*

Un baiser enivrant

SUZANNE MERCHANT

La ballerine et le Grec

Traduction française de
ISABELLE DONNADIEU

AZUR

HARLEQUIN

Collection : Azur

Titre original :
BALLERINA AND THE GREEK BILLIONAIRE

HARPERCOLLINS FRANCE
83-85, boulevard Vincent-Auriol, 75646 PARIS CEDEX 13
Service Clients — https://www.harlequin.fr/contenu/contactez-nous
ISBN 978-2-2805-1942-7 — ISSN 0993-4448

Édité par HarperCollins France.
Composition et mise en pages Nord Compo.
Imprimé en septembre 2025 par ScandBook UAB en Lituanie
en utilisant 100% d'électricité renouvelable.
Dépôt légal : octobre 2025.

FSC
www.fsc.org
MIXTE
Papier | Pour une gestion forestière responsable
FSC® C021394

Pour limiter l'empreinte environnementale de ses livres, HarperCollins France s'engage à n'utiliser que du papier fabriqué à partir de bois provenant de forêts gérées durablement et de manière responsable.

1

Il n'était pas prêt.

Loukas Ariti, milliardaire grec et visiteur réticent de sa propre île au milieu de la mer Égée, se pencha en avant afin d'avoir une meilleure vue. Lorsque le pilote de l'hélicoptère l'avait déposé la veille sur l'île d'Alysos, les souvenirs qu'il avait tant bien que mal tenté de garder profondément enfouis en lui la majeure partie de sa vie s'étaient aussitôt libérés, prenant son cerveau en otage. Depuis, il comptait les jours, les heures même, jusqu'à ce qu'il puisse repartir et ne jamais revenir.

En cette fin d'après-midi, le bleu de la mer Égée était en train de devenir plus sombre. À l'ouest, il apercevait au loin l'île de Skiathos dont les contours s'adoucissaient sous la lumière déclinante. Son attention était cependant fixée sur quelque chose de plus proche. La maison d'enchères Marshalls s'était engagée à lui envoyer leur historien d'art le plus compétent, et celui-ci était sur le point d'arriver.

Il observa Stephanos, le capitaine, amarrer l'*Athena* au quai puis aider son passager à poser pied à terre. Curieux, il plissa les yeux et se concentra sur la silhouette qui s'engageait sur le chemin rocailleux en direction de la villa.

Il s'agissait d'une femme, d'une jeune femme qui portait une robe d'été et une sacoche d'ordinateur portable sur son épaule. Ses cheveux clairs étaient coupés en un carré net.

Il la regarda s'arrêter un instant, lever les yeux vers la maison, et il soupira. L'idée qu'un étranger séjourne sous le toit de la villa de son parrain, mort depuis des années, était inimaginable. Et l'idée que cet étranger puisse être une belle jeune femme était presque intolérable tellement elle lui rappelait cet été fatidique, trente ans plus tôt. Non pas qu'il ait besoin que qui que ce soit lui rappelle ces événements tragiques.

Réprimant un nouveau soupir, il s'éloigna de la fenêtre.

Sophia s'arrêta, posa son sac et planta ses poings sur ses hanches. Elle inspira et pria pour que son cœur retrouve un rythme raisonnable, il battait vraiment trop vite.

Ce matin, la fraîcheur de l'air londonien laissait entrevoir l'arrivée prochaine de l'automne mais le soleil grec brillait encore fort en cette fin d'après-midi estivale.

Elle se retourna vers le quai où se trouvait toujours le capitaine, ainsi que sa valise. Lorsque cet homme, un certain Stephanos, avait mis les gaz, elle s'était accrochée au bastingage en regardant la proue incurvée du bateau sauter sur les vagues, à mesure qu'ils prenaient de la vitesse.

Elle revint au présent. Dans quelques minutes, elle allait rencontrer le mystérieux propriétaire d'une collection dont la valeur suscitait de folles spéculations depuis des années. La rumeur disait que personne n'avait vu ces œuvres depuis trente ans. La décision de son propriétaire de les vendre avait été une surprise mais, lorsque celui-ci avait contacté la maison Marshalls, le patron de Sophia n'avait pas hésité une seconde. Si l'opération était menée à son terme, il s'agirait sans aucun doute de la vente du siècle.

Et cette vente dépendait d'elle.

Lorsqu'elle avait trouvé un guide des îles de la mer Égée élimé, parmi les livres de son grand-père, elle avait été intriguée. L'amour de celui-ci pour la Grèce et ses sculptures était connu, il avait d'ailleurs déteint sur elle, mais elle ignorait que ses grands-parents s'étaient rendus en Grèce. Devant elle, ils n'avaient jamais évoqué les voyages qu'ils avaient faits avant sa naissance. En fait, ils ne lui avaient jamais vraiment parlé de quoi que ce soit. Voilà pourquoi, lorsque son patron avait laissé entendre qu'elle était la personne idéale pour mener à bien cette opération, elle avait sauté sur l'occasion.

Relever ce défi la réjouissait et l'excitait. La vie lui avait appris, de la plus dure des manières, que la seule personne sur laquelle elle pouvait compter était elle-même, et elle savait qu'elle avait les capacités pour remplir cette mission.

Elle releva les yeux vers la maison, accrochée à la falaise. Elle la trouvait magnifique avec ses murs blancs, ses volets aussi bleus que le ciel et l'incroyable enchevêtrement des teintes rouges et roses des bougainvilliers.

Reprenant son sac, elle s'élança pour les derniers mètres.

Une tête de lion en laiton poli, un anneau serré entre ses dents, ornait la porte en chêne patiné. Elle saisit l'anneau mais la porte s'ouvrit avant même qu'elle ait eu le temps de frapper.

— Oh...

L'homme qui apparut soudain devant elle éclipsa instantanément sa surprise.

Il était grand, très grand, et musclé. Elle n'avait aucun mal à l'imaginer sur le pont d'un yacht, sur une piste de ski alpin ou en train de soulever des poids dans une salle de sport. En tout cas, il ne ressemblait pas aux universitaires qu'elle côtoyait d'habitude lorsqu'elle réalisait ses estimations.

L'homme qu'elle était venue rencontrer tenait plus que tout à sa vie privée. Elle connaissait son nom mais n'avait jamais vu sa photo.

Vêtu d'un jean moulant, d'une chemise en lin, et de mocassins sans chaussette, l'homme devant elle ne pouvait pas être Loukas

Ariti. Peut-être s'agissait-il de son garde du corps. Cela expliquerait son regard noir qui la scrutait comme si elle représentait un danger.

Au bout de quelques secondes, il hocha la tête et recula. Apparemment, elle n'était pas une menace.

Elle franchit le seuil et lui tendit la main.

— Sophia Shaw, de la maison d'enchères Marshalls. Je suis ici pour voir M. Ariti.

L'homme referma la porte derrière elle et elle laissa retomber sa main avant de la frotter sur sa cuisse droite. Sa paume était moite et pas uniquement à cause du trajet difficile du quai jusqu'à la maison. Elle se força à refouler l'anxiété qu'elle sentait grandir en elle.

— C'est vous, le meilleur spécialiste que votre patron a promis de m'envoyer, lança l'homme d'une voix rauque.

— C'est moi.

Pour toute réponse, il hocha la tête. Peut-être que, si sa voix était rocailleuse, c'était parce qu'il n'avait pas parlé depuis quelque temps. Peut-être était-il un adepte du silence et de la solitude. Pourtant, sous son âpreté, elle avait entendu des notes aussi douces et chaleureuses que du chocolat noir.

Elle lui tendit une nouvelle fois la main et il la saisit.

— Loukas Ariti.

— Ravie de faire votre connaissance, monsieur Ariti.

Elle remonta son sac un peu plus haut sur son épaule.

— Si je comprends bien, vous n'êtes pas le garde du corps.

— Le garde du corps ?

Elle lui sourit mais le visage de son hôte demeura impassible.

— J'ai cru que vous étiez le garde du corps parce que vous ne ressemblez pas à un homme qui a passé les trente dernières années à éviter la publicité et à constituer une collection d'art.

— C'est parce que je ne l'ai pas fait. J'ai peut-être évité le regard du public mais ce n'est pas moi qui ai enrichi la collection.

— J'imaginais le propriétaire de ces œuvres enfermé dans son bureau…

— De mon côté, j'ignorais que le spécialiste envoyé par Marshalls serait *une* spécialiste. Comment s'est passé votre voyage ?

— Bien, même si le trajet a été long. Je suis partie…

S'il avait éprouvé la moindre curiosité pour sa réponse, celle-ci s'était déjà évanouie. Ignorant ce qu'elle était en train de dire, il l'invita, d'un simple signe de tête, à le suivre.

Elle obéit, le regard fixé sur ses boucles noires qui descendaient dans son cou, et sur son imposante silhouette.

Il la précéda dans un immense salon puis s'écarta, et elle se retrouva soudain face à l'une des vues les plus incroyables qu'elle ait jamais admirées.

— Je… Oh ! mon Dieu !

Les baies vitrées coulissantes avaient été repoussées de part et d'autre, ouvrant largement la pièce sur l'extérieur. Trois des côtés de la maison étaient occupés par une terrasse en marbre, le quatrième par une immense piscine à débordement dans laquelle se reflétaient les rayons orangés du soleil couchant. Au loin, la mer Égée s'étalait à perte de vue sous un ciel qui serait bientôt constellé d'étoiles.

Sous le charme, elle fit quelques pas sur la terrasse.

— C'est magnifique…

Elle inspira, savourant le parfum de lavande qui imprégnait l'atmosphère puis, se souvenant de l'homme qui n'était pas le garde du corps mais Loukas Ariti lui-même, elle se retourna.

Il avait été rejoint par une femme âgée aux cheveux grisonnants.

— Je vous présente Anna. Elle s'occupera de vous pendant votre séjour ici.

Elle le regarda passer ses longs doigts dans ses cheveux en bataille. Il semblait mal à l'aise et impatient de l'abandonner.

— Anna va vous conduire à votre chambre et vous servira à dîner.

— Merci. Je suis impatiente de me mettre au travail. Serait-il possible que je commence dès ce soir ?

Il secoua la tête.

— Vous débuterez plutôt demain matin, vous devez être fatiguée après votre voyage. J'aimerais cependant que votre mission soit la plus courte possible.

Il se détourna et elle reporta son attention sur la terrasse encadrée par des colonnes de marbre lisse. Une ballerine en bronze, signée par un sculpteur de renom, était posée sur une table basse.

— Comme vous voulez. J'aimerais cependant discuter avec vous de certains détails avant de commencer.

Hésitant, il la dévisagea, et elle s'attarda sur son visage sévère, sa bouche fine et son nez aquilin.

— Dans ce cas-là, mademoiselle Shaw, je vous propose de me retrouver dans mon bureau demain matin à 9 heures. Anna vous indiquera le chemin.

Elle acquiesça d'un simple geste de la tête.

— Sur ce, je vous souhaite une bonne soirée.

Loukas referma la porte de son bureau, s'adossa contre sa solidité rassurante puis lâcha un long soupir. Il n'imaginait pas que cette journée serait aussi difficile et, pourtant, il s'était préparé au pire.

Il lui avait fallu cinq ans pour prendre la décision de vendre, des années dominées par l'introspection et la culpabilité. Le fait qu'il n'ait personne avec qui en discuter ne l'avait pas aidé. Ses connaissances – il ne pouvait même pas parler d'amis – étaient peu nombreuses. En fait, il était plus proche de son avocat que de qui que ce soit d'autre, ce qui en disait beaucoup sur le genre d'homme qu'il était.

Le legs par Christos de sa collection d'œuvres d'art, une collection dont celui-ci avait hérité de son père et qu'il avait enrichie avec enthousiasme, était assorti d'une condition. La collection ne devait pas être vendue ou dispersée pendant trente ans après sa mort.

— Pourquoi ? avait-il demandé à son avocat lorsqu'il avait été en âge de poser la question.

— J'imagine qu'il souhaitait que la collection demeure intacte.

— Ce n'était pas ma question. Ce que je veux savoir, c'est pourquoi il me l'a léguée à moi, je n'avais que huit ans !

L'homme avait alors hoché la tête.

— C'est simple. Christos se sentait responsable du décès de vos parents. Il prenait ses responsabilités de parrain au sérieux et voulait subvenir à vos besoins. Évidemment, il ne s'attendait pas à mourir aussi jeune. S'il s'était marié et avait eu une famille, peut-être aurait-il modifié son testament, mais la vie en a décidé autrement.

— Je n'étais pourtant pas dans le besoin, mes parents m'avaient légué leur empire maritime et immobilier. Je n'ai jamais demandé quoi que ce soit.

Sauf un vrai foyer, une famille, et l'amour.

À l'âge de quatre ans, il était devenu orphelin, et milliardaire, objet d'un intérêt médiatique intense et cible de choix pour des ravisseurs. Christos avait mis un terme à sa vie de play-boy pour s'occuper de lui, limitant ses déplacements à quelques salons d'art européens et américains. Il l'avait installé sur l'île d'Alysos où les seuls moyens d'accès étaient le bateau et l'hélicoptère, et il avait engagé un précepteur. Quatre ans plus tard, une tragédie avait mis un terme à cette vie protégée.

Aujourd'hui, l'île d'Alysos, où Loukas avait été nourri, couvé et soigné, ne symbolisait plus à ses yeux que le sentiment de perte. Une souffrance telle qu'il lui avait fallu cinq ans pour prendre la décision de se débarrasser de la collection d'œuvres d'art qui pesait sur ses épaules comme un fardeau depuis la mort prématurée de Christos.

Cette collection était un rappel douloureux de la fin tragique de ce parrain qu'il adorait, et de son échec à le protéger. Aujourd'hui, il voulait que la collection quitte Alysos et soit éparpillée dans le monde entier, un peu comme des cendres, afin de se débarrasser de son sentiment de culpabilité.

Une fois que cette collection aurait quitté l'île, il n'aurait plus jamais à affronter ses souvenirs.

Choisir une maison d'enchères de bonne réputation pour s'occuper de la vente lui avait d'abord semblé mission impossible. L'idée de la publicité qu'elle attirerait à coup sûr l'avait presque poussé à renoncer mais, en ne choisissant pas une des maisons d'enchères les plus connues, s'était-il dit, peut-être pourrait-il un peu mieux contrôler la vente.

Lors d'un bref séjour à Londres, il était tombé par hasard sur la maison Marshalls. L'entrée discrète des locaux et la photographie dans la vitrine d'un antique vase grec, récemment vendu pour une somme sans précédent, avaient attiré son attention. Il était alors retourné dans son appartement de Mayfair, au coin de la rue, et avait fait quelques recherches avant de contacter la société.

Quelques jours plus tard, il signait un contrat.

Aujourd'hui, savoir que leur spécialiste se trouvait dans cette maison, qui avait été fermée pendant des années, le troublait.

Comment diable allait-il s'en sortir ?

Il attrapa une bouteille de single malt et un verre. Maudissant les tremblements de sa main, il se versa deux doigts du liquide ambré puis se dirigea vers la fenêtre. Il but une gorgée et laissa l'alcool lui brûler la gorge tandis qu'il posait son front sur la vitre froide.

Il fixa le chemin escarpé menant à la villa et repensa à la jeune femme qui l'avait emprunté quelques minutes plus tôt. Privilégiait-elle vraiment sa jambe gauche en marchant ou était-ce le fruit de son imagination ? Dans l'entrée, elle avait lissé sa cuisse droite de la main. Était-ce pour sécher une main moite ou pour soulager une éventuelle douleur ?

Enfin, peu importait, cela ne le regardait pas.

Il ferma le store couleur crème puis s'installa dans le fauteuil en cuir qui avait été celui de son parrain.

Il savait bien qu'accueillir un étranger ici pour examiner la collection serait difficile. Il pensait être préparé, mais pouvait-on jamais se préparer à une telle éventualité ? Et que ressentirait-il lorsqu'elle aborderait la question concrète de la vente des objets qui faisaient l'âme de cette maison ?

Cette question n'en était qu'une parmi toutes celles qu'il avait mises de côté dans son esprit, dans un compartiment intitulé « à traiter plus tard ». Hélas, le plus tard était devenu maintenant, et il n'avait toujours pas de réponse.

Sophia Shaw le déstabilisait.

Pourquoi ? Puisqu'il ne la connaissait pas, pourquoi avait-il ressenti un intérêt lorsqu'elle avait fait irruption sur le pas de sa porte ? Et pourquoi avait-il éprouvé un soupçon de plaisir, lorsqu'il l'avait regardée approcher ?

Il avala une nouvelle gorgée de whisky et passa une main sur son visage. S'il était attiré par un type de femme, Sophia Shaw n'en faisait pas partie. Donc, quelle qu'ait été sa réaction, il pouvait l'ignorer.

Dès demain matin, il s'assurerait qu'elle remplisse sa mission le plus rapidement possible afin qu'elle puisse repartir à Londres, et lui à Athènes, là où il se sentait en sécurité.

2

Quel magnifique spectacle ! Le soleil scintillait sur la surface de la mer comme des milliers de petits saphirs tandis que la silhouette des îles voisines se détachait de la brume et que les jardins autour de la villa dévoilaient leurs couleurs chatoyantes.

Les coudes sur la balustrade, Sophia inspira profondément pour tenter de mettre de l'ordre dans ses pensées.

Anna l'avait conduite hier soir dans une élégante chambre décorée dans des tons pâles dont les larges portes-fenêtres s'ouvraient sur une terrasse en pierre. C'était sur cette terrasse, idéale pour se détendre après un long voyage, que la gouvernante lui avait servi son dîner.

Malgré un long bain dans une somptueuse salle de bains en marbre, son sommeil avait été agité. Le fait d'essayer de réconcilier l'image de Loukas Ariti qu'elle s'était forgée dans son esprit avec l'homme qui l'avait accueillie ici l'avait gardée éveillée jusqu'aux premières heures du jour. Elle avait presque l'impression qu'un magicien lui avait joué un tour.

Quelle version de Loukas découvrirait-elle lorsqu'elle le verrait tout à l'heure ? Celle de son imagination ou l'homme charismatique aux cheveux en bataille et au regard noir qui semblait ne pas savoir sourire ?

Elle reporta son attention sur le plateau du petit déjeuner qu'Anna lui avait apporté.

Le café allait lui faire du bien. Il fallait qu'elle soit prête pour affronter Loukas Ariti. Celui-ci avait peut-être signé le contrat mais rien ne l'empêchait de le dénoncer, s'il estimait que ses compétences professionnelles étaient insuffisantes.

La porte se referma derrière elle dans un bruit sourd et, surprise, elle écarquilla les yeux. Elle avait l'impression d'avoir fait un voyage dans le temps et de se retrouver tout à coup dans un décor datant du siècle dernier. Des étagères remplies de vieux livres étaient alignées le long des murs, le parquet était partiellement recouvert d'un tapis élimé et un imposant bureau en bois sombre occupait presque toute la surface de la pièce.

En train de regarder par la fenêtre, Loukas Ariti lui tournait le dos, mais il lui suffisait d'étudier sa silhouette pour que l'image qu'elle s'était faite de lui ces dernières semaines se disperse comme une traînée de poudre.

Alors qu'il était vêtu d'un jean noir qui épousait parfaitement ses hanches et d'une chemise en lin blanc, elle le trouvait ce matin encore plus grand et plus imposant qu'hier soir.

Elle resserra les bras autour de son ordinateur portable et réfléchit à la façon dont elle allait aborder le projet. Un projet qui ne serait pas comme ceux qu'elle avait déjà entrepris, elle en avait la certitude. Cet homme, avec ses yeux sombres et son air solennel, l'intriguait. Mais l'intérêt de Sophia, et celui de la société Marshalls, devait se limiter à la collection. Elle ne devait surtout pas l'oublier.

— Monsieur Ariti, lança-t-elle d'une voix aussi assurée et professionnelle que possible, il est un peu plus de 9 heures.

Interpréter la communication non verbale de ses interlocuteurs était une seconde nature chez elle, et le déplacement contrôlé du corps de son hôte confirma son intuition. Tout en Loukas Ariti était tendu, depuis la ligne sévère de sa bouche jusqu'aux biceps de ses bras croisés en passant par ses cuisses musclées mises en valeur par son jean.

D'un geste de la tête, il l'invita à s'asseoir sur la chaise devant le bureau tandis qu'il s'installait dans le vieux fauteuil en cuir qui se trouvait derrière. Les sourcils froncés, il se pencha vers l'avant et appuya ses avant-bras bronzés sur la surface de la table.

— Vous vouliez discuter de la mission. Qu'avez-vous besoin de savoir ?

À l'évidence, il n'avait pas de temps à perdre avec des conversations futiles.

Sa voix était plus grave que dans ses souvenirs de la veille, plus rauque aussi, et ces yeux… Était-il possible d'avoir des yeux aussi noirs, aussi soupçonneux ?

Elle s'attendait à ce qu'il lui donne accès à la collection, à ce qu'il lui explique le système de catalogage et lui signale toute œuvre qui serait exclue de la vente. Tous ces points auraient d'ailleurs dû être évidents pour lui.

Hélas, ils ne l'étaient pas.

Dans le cadre de ses missions antérieures, elle avait pénétré dans des galeries privées superbement organisées, ou des maisons où tout avait été préparé avant son arrivée et où elle avait pu se mettre au travail presque immédiatement.

Chacune des ventes qu'elle avait déjà planifiées avait été différente. Dans certains cas, elle ne concernait que quelques œuvres. Dans d'autres, tout le contenu d'une maison ou d'une succession avait été mis aux enchères, jusqu'à la dernière petite cuillère en argent. Ces ventes, pourtant importantes, avaient probablement rapporté une fraction seulement de la valeur projetée de celle-ci, du moins si les rumeurs concernant la collection Georgiou étaient véridiques.

Organiser cette vente allait être un véritable défi, elle le devinait. Et apprivoiser cet homme allait en être un autre.

— Vous pourriez commencer par me parler de la collection.

À quand remonte votre dernier achat ? Quel est l'âge estimé de la pièce la plus ancienne ? Et celui de la plus récente ?

Elle tapota sur son clavier et ouvrit un dossier.

— Ce genre d'informations est très utile, monsieur Ariti. Il nous permet de donner le ton de la vente et de cibler des collectionneurs ayant des intérêts spécifiques.

— Je préfère que vous m'appeliez Loukas.

Avait-il entendu un seul mot de ce qu'elle avait dit ?

— Alors appelez-moi Sophia.

Il acquiesça puis croisa les bras, rejeta la tête en arrière comme pour étudier le plafond, et elle se laissa distraire par le spectacle. Le bouton du haut de sa chemise était ouvert. En dessous, il portait un T-shirt blanc, et encore en dessous…

— Rien, dit-il, au moment même où elle était en train de se dire qu'elle allait être contrainte de rompre le silence tellement il s'étirait. Rien n'est venu enrichir cette collection depuis trente ans, ou, plus précisément, depuis que j'en ai hérité. C'était mon parrain, Christos Georgiou, et son père avant lui, qui étaient les véritables collectionneurs.

Elle était surprise, cette information n'était pas connue au sein du monde de l'art. Elle donnait cependant un peu plus de substance à la rumeur selon laquelle personne n'avait vu la collection Georgiou depuis plus de trente ans.

— Vous avez donc été le gardien de cette collection depuis que vous avez…

Elle essaya de rapidement calculer son âge.

— Depuis que vous étiez un petit garçon, bien trop jeune pour endosser une telle responsabilité.

Les yeux de Loukas se posèrent sur les siens, et elle aperçut une étincelle s'allumer brièvement dans ses sombres prunelles puis il haussa les épaules et la lueur disparut.

— J'avais huit ans. Je vois que vous essayez de comprendre.

— C'est compliqué parce que…

— Parce que vous ignorez les circonstances dans lesquelles j'ai hérité de la collection. Eh bien, sachez que ces circonstances ne sont pas pertinentes.

— Ce n'est pas ce que j'allais dire. C'est compliqué parce que vous avez au moins vingt ans de moins que ce que j'imaginais. Vous rendez-vous compte à quel point vous êtes méconnu ? Vous êtes quasiment invisible !

Sitôt qu'elle eut prononcé ces mots, elle les regretta, elle était ridicule. Pour n'importe qui, atteindre, et conserver, un tel niveau d'anonymat nécessitait une détermination forte et constante. Il ne s'agissait pas d'un hasard.

La ligne de sa bouche se fit soudain moins ferme. Il n'avait pas l'air content, loin de là, mais tout à coup, il semblait moins sérieux.

En fait, elle le trouvait beau, se surprit-elle à penser. Pendant les quelques secondes durant lesquelles il avait cessé de froncer les sourcils, elle l'avait trouvé très beau.

Comment réagirait-elle si elle se trouvait prise dans le faisceau de son sourire ? Du moins, si jamais il souriait...

Elle quitta ses lèvres du regard et étudia les lignes discrètes aux coins de ses yeux. Il ne s'agissait sans doute pas de rides de rire mais plus sûrement des marques de protection contre le puissant soleil grec.

Elle le regarda passer une main dans ses longs cheveux. Lorsqu'il la reposa sur le bureau, elle remarqua qu'il ne portait pas d'alliance. Il portait par contre une fine montre en platine autour du poignet. Son apparence ne trahissait en rien son immense richesse. Malgré ce qu'elle affirmait, elle était curieuse des circonstances de son héritage. Quel genre de vie avait-il menée ? Comment avait-il pu assumer une telle responsabilité, si jeune ?

Il tapota ses doigts sur le bureau et elle revint au présent.

— Mon intention a toujours été de faire profil bas alors, si vous me dites que j'ai réussi, cela me fait plaisir.

— Vous savez déjà que vous avez réussi. C'est précisément pour cette raison que j'ai besoin que vous combliez certains blancs. Je...

— Votre mission est de répertorier les œuvres et de les estimer. Ma vie personnelle ne présente aucun intérêt pour vous.

Elle referma son ordinateur portable d'un geste brusque. Si c'était ainsi qu'il souhaitait travailler, pas de problème. Elle garderait ses questions pour plus tard. La personnalité du vendeur pouvait ajouter un intérêt à la vente, mais rien ne l'empêchait de rester anonyme.

Elle croisa les jambes et appuya la paume de sa main sur sa cuisse. Ses muscles ressentaient les conséquences de sa montée jusqu'à la villa par un chemin escarpé et, comme toujours, la douleur dans sa jambe droite était plus profonde et plus persistante que dans sa jambe gauche.

Se rendant soudain compte que Loukas regardait son mouvement, elle se redressa vite et croisa les mains sur le dessus de son ordinateur portable.

— Si c'est ce que vous voulez, c'est ainsi que nous gérerons la vente. Les acheteurs aiment souvent savoir à qui ils achètent. S'ils sentent un lien personnel avec l'œuvre, aussi minime soit-il, ils sont généralement prêts à payer plus cher. Mais une touche de mystère peut aussi jouer en votre faveur.

Il prit un crayon dans un pot en verre – un vase Lalique si elle ne se trompait pas –, et le fit tourner entre ses doigts.

— D'ailleurs, poursuivit-elle en l'absence de réponse de sa part, sans doute devrions-nous parler de la publicité...

— Publicité ?

Il planta ses yeux dans les siens.

— Nous ne pouvons pas organiser de vente aux enchères, surtout une vente de cette portée, sans la moindre publicité. Pour que la vente soit un succès, nous voulons attirer un maximum de personnes fortunées, de musées, de galeries ou de gouvernements qui souhaitent que certaines œuvres reviennent dans leurs collections nationales.

— Je ne veux pas de publicité. Et hors de question que quiconque vienne sur l'île, surtout la presse.

Elle réprima un soupir et se força à garder son sang-froid. Bon. La mission allait être plus difficile qu'elle ne l'imaginait, et plus longue aussi. Elle allait devoir convaincre Loukas qu'un minimum de publicité était inévitable et surtout obtenir sa confiance. Sinon, le risque qu'il change d'avis était réel.

L'échec de cette vente signifierait bien plus qu'une simple perte financière, la réputation de Marshalls souffrirait également. Elle était qualifiée, elle le savait, mais serait-elle capable de convaincre Loukas Ariti qu'elle était suffisamment compétente ?

— Nous pouvons certainement garder votre visage et votre nom secrets, concéda-t-elle tout en réfléchissant aux différentes options qui s'offraient à elle. Nous pourrions l'appeler la collection Christos Georgiou, puisque c'était le nom de votre parrain.

Elle ouvrit à nouveau son ordinateur portable.

— Depuis que nous avons finalisé le contrat, j'ai développé quelques idées pour la promotion. Une fois que j'aurai vu les œuvres, j'en sélectionnerai une ou deux pour illustrer nos communiqués de presse. Une œuvre connue, mais qui n'a pas été vue par le public depuis longtemps, s'avère souvent irrésistible pour certains acheteurs. Si vous voulez jeter un coup d'œil…

Elle tourna son ordinateur vers lui mais il se leva.

— Je vais me mettre de votre côté.

Il s'installa sur une chaise à côté d'elle et se pencha en avant pour attraper ses lunettes.

Son épaule effleura l'avant-bras de Sophia et, l'espace d'une seconde, il se figea, déconcerté par ce contact inattendu.

Son parfum floral l'enveloppa et il déglutit. Tout à coup, il avait envie d'inspirer le plus profondément possible et de le graver dans sa mémoire car c'était le plus doux des parfums qu'il ait jamais sentis. Sa tête se mit à tourner, son esprit menaça d'abdiquer mais il se reprit, et enfila ses lunettes.

Heureusement qu'il était assis à côté d'elle, il n'avait pas à la regarder. Il n'avait pas envie de voir l'incompréhension dans son regard. Oui, il avait commis une erreur mais cela ne se reproduirait plus. Il ne la toucherait plus.

Il recula légèrement sa chaise et essaya de se concentrer sur l'écran tandis qu'elle passait en revue différentes idées promotionnelles, lui demandant son avis, lui faisant des suggestions. Il ferma les yeux et pressa ses doigts sur ses tempes. Il avait l'impression de ne pas pouvoir garder son calme, tellement elle était proche de lui.

Il n'avait pas l'habitude de se trouver aussi près d'une inconnue et il tenait plus que tout à son espace personnel. Lorsque vous avez grandi sans que personne ne vous touche jamais, une simple poignée de main pouvait s'avérer une épreuve.

Il rouvrit les yeux.

— Vous allez bien ? lui demanda-t-elle comme si elle devinait son trouble. Je peux vous envoyer ces documents par mail, si vous préférez les étudier à votre rythme.

Pressé de mettre un peu de distance entre lui et cette femme qui avait envahi son espace personnel, même si elle l'avait fait avec son accord, il se leva.

— Oui, c'est sans doute mieux.

Il la regarda décroiser les jambes et se lever à son tour. Elle portait des sandales en cuir tressé qui laissaient voir des ongles de pied peints d'un joli rose nacré.

Son regard se reporta sur ses mains, dont les ongles étaient vernis de la même couleur. Leurs mouvements étaient très expressifs, même lorsqu'il s'agissait juste de manipuler un ordinateur.

Sa raison le rappela à l'ordre. Hors de question que sa présence le distraie à ce point. Plus vite elle conclurait sa mission, plus vite il pourrait retourner à sa vie, cette vie dans laquelle il se sentait en sécurité.

Il se força à se concentrer sur les questions pratiques qui devaient être abordées. Malgré tout, une pensée dominait son esprit. Sophia reconnaissait que l'héritage de la collection avait été un fardeau et elle était la première. Ses interlocuteurs estimaient d'habitude qu'il avait eu de la chance alors qu'à ses yeux, cet héritage était surtout un douloureux rappel de la façon dont la vie de Christos avait brusquement pris fin.

D'où venait l'intuition de Sophia ? Quelle était l'origine de son empathie ?

Tandis qu'elle était en train de ranger son ordinateur portable, il se dirigea vers la porte, impatient d'échapper à l'étroitesse de son bureau. Les mots qu'elle avait prononcés avaient touché une corde sensible, et il avait besoin de mettre de la distance entre eux.

— Si vous voulez bien me suivre, je vais vous montrer le bureau où vous pourrez travailler. Il dispose d'un accès direct à la zone de stockage au sous-sol.

Sophia était sur le point de découvrir ce que des milliers de collectionneurs d'art rêvaient d'apercevoir depuis près de trois décennies. Une fois le seuil franchi, le mystère qui s'était installé ces trente dernières années serait brisé, plus aucune marche arrière ne serait possible.

Son sac à l'épaule, Sophia suivit Loukas.

Elle passa un doigt sur la peau de son avant-bras, à l'endroit où son épaule l'avait effleurée. Pourquoi ce contact lui avait-il paru si unique, si exceptionnel ? Il n'avait duré qu'un instant puis il avait reculé brusquement, comme si elle l'avait brûlé. La tension qu'elle avait sentie envahir son corps masculin semblait l'avoir privé de la capacité de se concentrer sur les propositions qu'elle faisait défiler sur son écran. Ou peut-être l'idée de la publicité était-elle si désagréable qu'il refusait d'y penser.

Il la conduisit dans une pièce meublée d'un simple bureau et de rangées de classeurs métalliques.

— Voici le catalogue. Il devrait être classé par ordre alphabétique et par nom d'artiste. Les peintres sont le long de ce mur, les sculpteurs le long de celui-ci. Les autres disciplines se trouvent dans le classeur derrière la porte. Si des informations sur des œuvres manquent, c'est parce que Christos ne les connaissait pas.

Sans attendre, il se dirigea vers une deuxième porte, dans le prolongement de la première, et sortit une clé de sa poche.

— Et ici, c'est l'escalier qui mène aux réserves où tout est stocké.

— J'imagine que le sous-sol est protégé par une porte blindée, qu'il y a un code d'accès...

— Pourquoi y aurait-il un code ? Le chemin que vous avez gravi hier est le seul moyen d'accéder à la villa. Les jardins que vous pouvez voir depuis votre terrasse se terminent par des falaises abruptes. Le port et la plage voisine sont les seuls lieux accessibles en bateau, et l'île est protégée par un système de sécurité performant qui est régulièrement renforcé.

— Si je comprends bien, vous êtes le seul rempart qui protège ces œuvres.

— Je suis rarement ici. Je vis à Athènes mais les caméras sont surveillées sept jours sur sept et vingt-quatre heures sur vingt-quatre. L'entreprise qui s'en occupe dispose d'une ligne téléphonique directe avec le commissariat de Skiathos. La police peut intervenir en quelques minutes.

Sophia le rejoignit à la fenêtre pour regarder les jardins qui surplombaient la mer mais laissa une distance prudente entre eux.

— Je croyais que vous viviez ici, comme un reclus.

— Non, je passe le moins de temps possible ici.

— C'est pourtant tellement beau ! Et isolé. Pourquoi ne vivez-vous pas ici ?

— Comme je vous l'ai déjà dit, ma vie personnelle n'a rien à voir avec la vente. Vous n'avez pas besoin de connaître les détails de mon mode de vie pour vendre la collection. Je peux simplement vous dire que, jadis, j'ai été plus heureux ici que n'importe où. Cela a cependant changé.

— J'en suis désolée. Est-ce pour cette raison que vous avez décidé de vendre ?

Il baissa la tête, enfonça ses mains dans les poches de son jean, et inspira profondément.

— On peut dire ça, mais il m'a fallu de longues années pour en arriver là.

— Combien de temps ? Nous avons entendu pour la première fois que vous pourriez vouloir vendre il y a environ deux ans.

— Je...

Il secoua la tête.

— Peu importe, cela n'a rien à voir avec le travail que vous avez à faire. Vous trouverez tout en ordre au sous-sol. Le système de contrôle de la température maintient l'humidité à un niveau optimal. Si vous avez des questions, notez-les et j'y répondrai au dîner. Maintenant...

— Monsieur Ariti...

— Loukas.

— Loukas. J'ai besoin d'accéder au catalogue numérique sur mon ordinateur. Si vous pouviez me donner le mot de passe...

— Il n'y a pas de mot de passe. Je vous l'ai dit, rien n'a changé ici depuis l'époque de Christos. Tout est dans ces classeurs.

— Êtes-vous en train de me dire qu'il n'y a pas de catalogue informatisé ? lui demanda-t-elle alors qu'il était déjà au niveau de la porte.

— C'est exactement ce que je suis en train de dire. Maintenant, si vous voulez bien m'excuser...

Incrédule, elle le dévisagea.

— Avec une collection de cette valeur, je dirais qu'il s'agit d'une négligence grave.

— Vous ne connaissez pas sa valeur. Votre mission consiste

justement à l'évaluer. Il se peut d'ailleurs qu'elle ne soit pas aussi élevée que le monde de l'art semble le croire.

— La rumeur dit pourtant que…

— La rumeur…

Il planta ses yeux dans les siens et elle recula d'un pas, troublée par l'éclair de douleur qui venait de le traverser.

— Je ne suis pas sensible aux rumeurs. Tout ce que je vous demande, c'est d'estimer la collection et de la vendre.

Sur le seuil de la porte, il se retourna une dernière fois.

— Si vous voulez me rejoindre pour le dîner à 19 heures, j'essayerai de répondre à vos questions.

Loukas prit la direction de son bureau mais passa devant la porte sans s'arrêter, son besoin de sortir de la villa s'intensifiant à chacun de ses pas. Il n'y avait pas une pièce de cette maison qui n'était pas chargée de souvenirs, et il n'était pas en état de les affronter. Pas maintenant, au moment où il avait enfin décidé de s'en débarrasser.

Autrefois, il adorait cet endroit. Pour le petit garçon qu'il était, la perspective de vivre ailleurs, malgré les peurs qui rugissaient au plus profond de son âme, était inimaginable.

Christos avait été un parrain idéal, et Loukas l'avait idolâtré. Après la mort soudaine et terrifiante de ses parents, Christos avait fait preuve d'une grande gentillesse pour essayer de le guérir de sa peur de l'eau, ne le poussant jamais mais l'encourageant constamment. Avec une patience infinie, il lui avait appris à nager dans la piscine et Loukas avait pris suffisamment confiance en lui pour croire qu'il était capable de nager, peut-être même dans la mer.

Hélas, tout avait changé en quelques minutes.

Il appréciait le collectionneur d'art britannique qui venait ici tous les étés avec sa femme et sa fille. Son premier vague souvenir d'eux remontait à l'année qui avait suivi la mort de ses parents.

Cette année-là, Christos avait organisé une fête pour le vingt et unième anniversaire de la jeune fille.

De nombreux amis de Christos fréquentaient l'île, mais Loukas avait senti très tôt que ces Anglais étaient à part. Christos leur accordait une attention particulière, s'assurant notamment que leur fille ne manque de rien. Ces Anglais prenaient également soin de lui, ils l'invitaient à des pique-niques, à des jeux. Quand il avait eu moins peur de la mer, ils l'avaient même emmené à la plage pour jouer dans le sable.

Ses souvenirs étaient vagues mais il se rappelait que Christos leur rendait également visite à Londres.

Ce dernier été, l'ambiance avait été différente. Il n'avait que huit ans mais il était assez grand pour s'apercevoir que Christos était distrait, impatient de passer du temps avec la jeune fille. Ils allaient se promener sans lui et passaient des heures sur le voilier, revenant couverts de coups de soleil et l'air coupable. À plusieurs reprises, il avait également entendu des voix s'élever.

Cet été-là, l'atmosphère était vraiment électrique.

Puis il y avait eu la dispute, et le coup de tonnerre final.

Il claqua la porte derrière lui et s'engagea dans le sentier rocailleux serpentant le long de la colline. Lorsqu'il atteignit le point culminant de l'île, il chercha le rocher sur lequel il aimait s'asseoir quand il était petit.

Il n'était pas venu ici depuis trente ans mais rien n'avait changé.

Son regard glissa vers la petite crique protégée des regards par une falaise d'un côté et des rochers de l'autre. Peut-être les souvenirs gravés dans son cerveau finiraient-ils par s'estomper. Malheureusement, il savait que cet espoir était vain. Ces images, avec leurs détails horribles, lui rendaient visite tous les jours.

Personne n'était venu sur l'île depuis qu'il avait été recueilli par son précepteur et sa sœur, à Athènes. Jusqu'à hier. Jusqu'à ce que Sophia débarque.

La jeune femme se déplaçait avec la grâce d'une danseuse ou

d'une athlète. Ses mouvements étaient légers, élégants et rapides, à l'exception de ce soupçon de quelque chose d'irrégulier dans sa démarche qu'il croyait avoir remarqué. À moins qu'il ne l'ait imaginé.

S'était-il déjà laissé distraire par la voix d'une femme ? Ou par ses mouvements ? Sa présence le déstabilisait tant qu'il voulait qu'elle parte, le plus rapidement possible.

Il avait finalement atteint le point où il était capable de vendre la collection et de tourner la page. Hors de question que quoi que ce soit, ou qui que ce soit, interfère avec ses plans. La dernière fois que des visiteurs étaient venus sur l'île, son monde s'était effondré, mais cela ne se reproduirait pas.

Jamais.

3

Sophia écouta les pas de Loukas s'éloigner puis elle s'installa au bureau. L'image sur le fond d'écran de son ordinateur portable, Londres sous la neige, n'aurait pas pu être plus différente de la vue qu'elle voyait devant elle par la fenêtre. Les couleurs des fleurs de bougainvilliers et d'hibiscus étaient si éclatantes qu'elles lui faisaient presque mal aux yeux.

L'air méfiant qu'affichait en permanence Loukas la mettait mal à l'aise. Avec lui, elle avait l'impression d'être constamment sur le qui-vive. Quoi qu'il se soit passé sur l'île, ces événements avaient marqué Loukas et l'avaient traumatisé, c'était évident.

Était-elle vraiment la première à visiter l'île depuis trois décennies ? Si c'était le cas, pas étonnant que sa présence le mette mal à l'aise.

Elle se dirigea vers la rangée de classeurs et ouvrit un premier tiroir. Les dossiers étaient soigneusement rangés derrière des intercalaires aux noms des artistes, certains célèbres, d'autres moins connus.

Refoulant ses questions concernant Loukas, elle sortit un premier dossier puis, bien décidée à s'atteler à sa tâche, ouvrit la porte menant au sous-sol.

Le soleil était bas dans le ciel, lorsqu'elle éteignit son ordinateur, l'esprit encore émerveillé par toutes les œuvres qu'elle avait découvertes.

Certaines peintures étaient rares, d'autres plus connues mais toutes étaient dans un état impeccable, ce qui ajoutait à leur valeur, et toutes étaient méticuleusement répertoriées, en anglais et en grec. Jamais elle n'avait rencontré une collection aussi éclectique comprenant autant de grandes huiles abstraites que de petites aquarelles. S'occuper de cette vente était une occasion unique pour elle, une opportunité professionnelle rare et excitante.

Depuis ce matin, elle avait consciencieusement retranscrit les détails de chaque œuvre. Elle les avait photographiées puis avait envoyé les photos sur son ordinateur afin de les comparer à des œuvres similaires vendues ces derniers temps et de les estimer. Elle avait également noté sur son téléphone quelques questions à poser à Loukas.

Elle venait à peine d'envoyer un mail et quelques photos à Sean, son patron, lorsque la réponse de ce dernier apparut sur l'écran de son téléphone.

Vous vous moquez de moi ? C'est une blague ?

Ce n'est pas une blague. C'est bien vrai et, pour être honnête, assez impressionnant.

C'est le contrat du siècle alors pas de bêtise, s'il vous plaît.

Son ton était tempéré par un émoji souriant mais, derrière ses mots, elle percevait l'anxiété de Sean et la responsabilité qui lui incombait.

« Je n'envisage pas d'échouer, même si le propriétaire est... » commença-t-elle à écrire avant de reposer son téléphone et de soupirer. Comment décrire Loukas ?

Même si le propriétaire est... difficile ? susceptible de changer d'avis à tout moment ? agité ?

Non, aucun de ces mots ne lui convenait. Elle ne pouvait pas les utiliser pour décrire Loukas, ils ne reflétaient pas la réalité de l'homme qu'elle avait rencontré. Mais comment pouvait-elle faire comprendre à son patron, sans lui faire peur, que le propriétaire de la collection était tendu comme un arc, et en même temps, qu'elle ressentait une affinité particulière avec lui ?

Après moins d'une heure en sa compagnie, elle avait en effet perçu un lien avec cet homme, un lien plus profond qu'elle n'était prête à l'admettre.

Quand ai-je déjà fait une bêtise ? À moins que le tableau à la signature abstraite que je n'ai pas pu identifier l'année dernière se soit avéré un Picasso perdu depuis des décennies.

Son message envoyé, elle s'étira. Après une journée passée assise devant son ordinateur, elle était toute courbaturée. Loukas ne lui avait pas dit ce qu'elle devait faire de la clé du sous-sol alors elle la glissa dans sa poche et sentit aussitôt le poids de la responsabilité peser sur elle.

Son téléphone bipa une nouvelle fois.

Il ne s'agissait malheureusement pas d'un Picasso mais peut-être en trouverez-vous un pendant votre mission.

Oui, peut-être.

Dans cette maison, rien ne lui semblait impossible.

Sophia traversa la terrasse, contourna la piscine illuminée par des spots placés sous la surface de l'eau, puis entra dans le vaste salon. Une lumière tamisée éclairait la pièce meublée avec goût et ornée de magnifiques tapis persans.

Le long d'un mur était accrochée une série de portraits. Sans doute s'agissait-il de tableaux de famille. L'un d'eux représentait-il Christos ? Il serait utile de disposer d'un portrait de celui-ci pour illustrer les communiqués de presse annonçant la vente.

Elle resserra les doigts autour de son téléphone, dans sa poche. Tout à l'heure, elle demanderait à Loukas de lui indiquer le portrait de Christos afin qu'elle puisse le prendre en photo.

Le regard franc d'une femme à l'allure majestueuse attira soudain son attention. Intriguée, elle s'approcha pour l'examiner.

La femme sur le tableau était vêtue d'une robe bleu roi en soie avec un décolleté plongeant bordé de dentelle. Ses cheveux étaient relevés, révélant un cou élégant autour duquel était accroché un pendentif en or orné de perles de culture.

— C'était la grand-mère de Christos.

Elle se raidit en entendant le timbre profond d'une voix derrière elle. Elle se retourna et regarda Loukas approcher, un verre à la main. À l'odeur, elle devina qu'il s'agissait de whisky.

Elle l'observa déglutir et, comme s'il était mal à l'aise, déplacer son poids sur un pied puis sur l'autre. Était-il aussi troublé par sa présence qu'elle l'était par la sienne ?

— D'accord.

Elle avala sa salive, priant pour qu'il ne perçoive pas sa nervosité.

— Voulez-vous prendre un verre avant de dîner ? La table a été dressée sur la terrasse.

— Pourquoi pas un verre de vin blanc. J'étais juste en train de regarder…

Elle s'interrompit. Loukas ne l'écoutait déjà plus, il avait commencé à se diriger vers la table.

Elle le suivit et savoura l'air chaud sur sa peau. La brise qui soufflait un peu plus tôt s'était dissipée. La surface de la piscine était désormais étale.

Loukas tira une chaise et elle s'installa.

Nerveuse, elle lissa ensuite sa jupe puis sortit son téléphone de sa poche et le posa sur la table tandis que Loukas lui servait un verre de vin.

— Merci.

— Comment s'est passée votre journée ? Avez-vous avancé comme vous le vouliez ?

Il jeta un coup d'œil vers son téléphone avant de reprendre.

— J'imagine que vous avez des questions à me poser.

Elle répondit d'un simple geste de la tête, essayant de se concentrer sur ses paroles plutôt que sur l'effet troublant que sa voix avait sur elle. Son intonation lui coupait en effet le souffle et faisait battre son cœur à toute allure.

Elle tenta de se reprendre. En vain.

Depuis que Loukas l'avait laissée, ce matin, elle avait l'impression d'avoir changé de manière imperceptible.

Consciente du caractère unique de sa mission, et de la façon dont la vente pourrait influer sur le monde de l'art, elle se rendait compte de son privilège d'en faire partie. Son travail était sa vie, et il était peu probable qu'elle retrouve prochainement une mission aussi importante. La façon dont elle gérerait cette vente influencerait à coup sûr sa carrière future.

La fugace lueur de douleur qu'elle avait aperçue ce matin dans les yeux de Loukas l'avait profondément frappée et lui avait rappelé qu'elle devait être prudente. Un minimum de publicité était indispensable. Sans publicité, aucune vente n'était possible. Elle était néanmoins déterminée à la contrôler au maximum afin d'obtenir le meilleur résultat possible pour un minimum d'inconfort pour lui.

Inutile d'annoncer tout de suite à Sean que Loukas pourrait être un client récalcitrant. Mieux valait n'envoyer à Londres que des informations factuelles et impersonnelles, et présenter la collection comme étant celle de Christos. Ainsi, Loukas pourrait rester anonyme.

Chacun de ses clients était unique, et les relations qu'elle établissait avec eux étaient spéciales. Elle devait tenir compte de leurs souhaits et de leurs besoins, et surtout ne jamais oublier que se séparer de possessions précieuses pouvait être douloureux. Elle ne pensait cependant pas que c'était la vente de la collection qui était à l'origine du malaise de Loukas. Après tout, il ne l'avait pas touchée depuis trente ans.

Les raisons de son malaise étaient plus profondes, elle en avait la certitude et, à sa grande surprise, elle avait envie de le réconforter et de le protéger.

Anna leur apporta des petits pains plats à tremper dans l'huile d'olive ainsi que des bols de soupe froide, et Sophia sortit de ses pensées.

— Alors, reprit-il en rompant le pain avec ses longs doigts, que pensez-vous du portrait de la grand-mère de Christos ?

Elle esquissa un sourire, heureuse d'entamer la conversation sur un sujet neutre.

— Ce tableau est très beau. Pensez-vous qu'il soit ressemblant ?

— Je n'ai jamais rencontré cette femme, malheureusement. Mais les tableaux ont tous été peints par des portraitistes réputés, alors j'imagine qu'ils sont plutôt fidèles.

Elle trempa un morceau de pain dans l'huile d'olive.

— C'est délicieux.

— L'huile est produite avec des olives cultivées sur l'île d'Alysos.

Curieuse, elle se retourna vers le salon et la rangée de portraits.

— Mon regard a été attiré par son pendentif en forme de cœur. Je pense qu'il s'agit d'un médaillon.

Anna retira les bols de soupe vides et les remplaça par des assiettes de brochettes d'agneau et de riz parfumé aux épices.

— Vous avez raison. Ce médaillon est un bijou de famille. Hélas, il a été perdu.

— C'est dommage, il est très beau.

Peu à peu, elle parvint à se détendre. Le repas était délicieux, la douce musique de la mer au loin était apaisante, et elle commençait à apprécier la compagnie de Loukas. Mais sitôt qu'elle lui posa les questions qu'elle avait accumulées au cours de la journée, son ton se fit sec et son attitude plus distante.

— Combien de temps pensez-vous rester ici ? lui demanda-t-il alors qu'ils terminaient leur repas avec des fruits.

Elle avala tant bien que mal sa salive. Lorsque son regard perçant était rivé sur le sien, elle avait du mal à se concentrer.

— Je l'ignore encore. Cela dépend…

— Faut-il que je compte en jours, en semaines…

— Plutôt en semaines.

— Vous pouvez me répondre honnêtement, je ne vous en tiendrai pas rigueur. La collection est ici depuis trente ans alors quelques semaines de plus ou de moins ne feront pas de différence.

— Alors je dirais sans doute deux semaines. Ensuite, il faudra organiser le transport, gérer les questions d'assurance...

Il l'interrompit d'un geste de la main.

— Stop. Ces détails ne m'intéressent pas. Vous en discuterez avec Anna et Stephanos.

— Je vous promets de faire de mon mieux pour terminer le plus rapidement possible, mais je sais déjà que cette mission ne sera pas facile. Il se peut que certaines œuvres exigent des recherches approfondies.

— Je comprends. J'imagine cependant que vous avez hâte de rentrer à Londres, de retrouver votre vie, votre famille...

Sa famille... Quelle famille ?

Elle pensa à la maison de Kensington que ses grands-parents lui avaient léguée, un hôtel particulier rempli de meubles, d'argenterie et de porcelaine de valeur, et aux murs ornés de tableaux anciens. Elle ne s'était jamais sentie chez elle, dans cette maison. Même si elle en avait eu le droit, elle n'y aurait jamais invité des amis.

Par contre, dans son esprit, les plans de la maison de ses rêves étaient très précis. Cette maison possédait un jardin avec un vieux pommier et une balançoire. Elle était chaleureuse et accueillante, avec une cuisine ouverte, un salon meublé de canapés moelleux et une grande cheminée. Dans ses rêves, elle habitait cette maison avec son mari, deux enfants et un chien.

À une époque, elle avait cru que son rêve était à portée de main. Aujourd'hui, il lui semblait plus éloigné que jamais.

Elle aimait néanmoins l'appartement qu'elle occupait à Clapham. Il était petit mais confortable.

Un jour, elle vendrait la maison de ses grands-parents et son contenu. Un jour, quand elle aurait réussi à tourner la page...

Pour le moment, les souvenirs qui la rattachaient encore à cette maison étaient trop nombreux. Les souvenirs mais aussi l'espoir d'en apprendre un peu plus sur cette mère qu'elle n'avait jamais connue.

Depuis son plus jeune âge, sa mère souffrait d'une malformation cardiaque et les médecins lui avaient conseillé de ne pas avoir d'enfant. Mais elle l'avait eue, elle, lui avaient expliqué ses grands-parents sur le ton du reproche. Sa mère avait juste eu le temps de choisir son prénom avant que son cœur fragile ne cesse de battre.

Ses grands-parents n'avaient jamais prononcé les mots, mais ils avaient toujours été en suspens dans l'air. *Tu as tué ta mère, notre fille unique.* Elle n'avait jamais eu besoin de leur demander qui ils auraient préféré voir survivre, elle connaissait leur réponse.

Une fois, à l'âge de treize ans, elle avait osé leur demander qui était son père. Une camarade de classe l'avait interrogée à ce sujet, et elle espérait pouvoir lui répondre que son père était un homme célèbre. Malheureusement, ses grands-parents lui avaient simplement répondu que son père était mort et qu'elle ne devait jamais en parler. Pire encore, elle avait découvert que son acte de naissance portait la mention « père inconnu ».

Elle revint au présent et s'aperçut que Loukas était en train de la dévisager.

Avant qu'elle ne plonge dans ses souvenirs, il avait parlé de famille.

— Famille ? Je n'ai pas de famille. J'ai été élevée par mes grands-parents.

— Il doit tout de même y avoir quelqu'un.

— Non.

Peut-être était-il surpris car il était issu d'une famille nombreuse dont les membres veillaient les uns sur les autres et se rassemblaient régulièrement dans une ambiance joyeuse.

— Non, répéta-t-elle. Ma mère était fille unique et mon père est mort avant ma naissance. Je ne sais rien de lui.

Loukas attrapa une cuillère à café et la fit tourner entre ses doigts pendant quelques instants avant de river à nouveau son regard au sien.

— Vous n'êtes donc pas pressée de rentrer.

— Si vous êtes inquiet à l'idée que je fasse durer ma mission plus longtemps que nécessaire, vous pouvez être rassuré. Mon professionnalisme est irréprochable.

— Je n'étais pas en train de remettre en cause votre intégrité.

Elle lui sourit. Elle n'était pas vexée.

— Je comprends que vous puissiez penser que j'aimerais m'attarder, la région est magnifique. J'ai d'ailleurs toujours rêvé de découvrir les îles de la mer Égée. Ici, j'ai l'impression d'absorber les mythes et légendes de l'histoire ancienne à chaque inspiration.

— C'est la première fois que vous venez en Grèce ?

— Non, j'ai participé à une conférence à Athènes il y a quelques années, mais sur cette île, le temps semble s'être arrêté. Les vestiges antiques font simplement partie du paysage et le visage des habitants...

Elle baissa les yeux, soudain gênée.

— Et le visage ? insista-t-il.

— Certains visages, y compris le vôtre, me rappellent les descriptions de l'*Odyssée*.

Mal à l'aise, elle plia sa serviette.

— Je suis désolée, je n'aurais jamais dû dire cela.

— Aucun problème.

Une petite brise, chargée du parfum de l'eau de mer, s'éleva soudain, et elle frissonna.

— Vous avez froid ? Voulez-vous que nous rentrions ?

Sans attendre sa réponse, il se leva et il l'invita à le suivre jusqu'au salon.

— Puis-je vous offrir un digestif ? Un cognac ?

— Non, merci.

Elle s'installa à l'extrémité d'un canapé moelleux.

— Il faut que je vérifie mes mails.

Il se servit un verre de cognac puis se posa dans le fauteuil en face d'elle.

— Je pensais que vous aviez terminé votre journée de travail.

— Chaque soir, je vérifie que tout est prêt pour le lendemain. J'espère avoir un peu de temps, après ma mission, pour explorer les îles des environs. Travailler vite est donc autant dans mon intérêt que dans le vôtre.

Il fit tourbillonner le liquide ambré dans son verre pendant quelques secondes avant de poursuivre.

— Savez-vous quelles îles vous avez envie de visiter ?

— Cela dépendra du temps dont je disposerai, et de Sean. Cette mission est importante pour notre entreprise alors il sera peut-être impatient que je rentre à Londres.

Il but une nouvelle gorgée de cognac et reposa son verre.

— Où avez-vous passé vos dernières vacances ?

— À Rome et à Florence. J'avais besoin de revisiter certains des musées.

— Des vacances studieuses, donc. Allez-vous parfois à la plage, juste pour profiter du soleil ?

Elle se mordit la lèvre. S'allonger sur une plage n'était plus une activité qu'elle s'imaginait pratiquer, désormais.

— J'aime être occupée, faire des visites…

— À vous écouter, je devine que les vacances avec vos grands-parents étaient éducatives et que vous avez gardé cette habitude.

— En fait…

Elle s'interrompit net. La conversation était en train de se diriger vers un territoire qu'elle préférait éviter.

— En fait, nous ne sommes jamais partis en vacances. Mes grands-parents avaient voyagé avant ma naissance et ne souhaitaient plus continuer.

Elle allait se lever lorsque Loukas se pencha en avant et posa les coudes sur ses genoux. Apparemment, il avait encore des questions à lui poser.

— Aimiez-vous vivre avec vos grands-parents ?

Surprise, elle réfléchit un instant.

— À vrai dire, je ne me suis jamais posé la question. C'était ma vie, la seule que je connaissais. Je ne manquais de rien.

Sauf d'amour.

— Mais leur maison était… est… comme un musée, pas très accueillante.

— Vos grands-parents y habitent-ils encore ?

— Ils sont morts à quelques mois d'intervalle, il y a trois ans. Un jour, je vendrai cette maison.

Elle baissa les yeux vers ses mains, si serrées l'une contre l'autre que leurs jointures étaient blanches.

— Ma mère est morte à ma naissance mais elle a grandi dans cette maison alors je ressens un lien avec elle, là-bas. Lorsque je serai capable de tourner la page, je vendrai la maison.

— C'est ce que vous désirez ?

Elle réfléchit. Elle avait toujours ressenti son lien avec la maison comme un poids. Si elle parvenait à se débarrasser des sentiments et des émotions qui l'y rattachaient, sans doute serait-elle capable de vivre sans penser au passé.

— Oui. Par moments, j'ai l'impression que cette maison me freine et m'empêche d'avancer.

— Vos souvenirs de vos grands-parents doivent également être liés à cette maison.

— Malheureusement, ce ne sont pas de bons souvenirs. Ils n'ont jamais prononcé les mots mais je sais qu'ils me tenaient pour responsable de la mort de ma mère. Ce qui est la vérité. Je suis la cause de sa mort.

À ces mots, le regard de Loukas se fit plus perçant.

— Votre mère n'aurait sans doute pas voulu que vous vous sentiez coupable.

— Je n'ai aucune idée de ce qu'elle aurait voulu. J'espérais découvrir quelque chose à son sujet, en cherchant dans les papiers de mes grands-parents. Hélas, je n'ai rien trouvé. Même pas de photo. Je n'ai jamais vu une seule photo de ma mère.

— Vivez-vous toujours dans cette maison ?

— Non, j'ai déménagé quand j'étais étudiante. Aujourd'hui, je vis dans un appartement à Clapham. Je passe parfois dans la maison, bien sûr, car tout n'y était pas noir. C'est là notamment que j'ai développé mon amour de l'art.

Plus jeune, elle était heureuse quand elle faisait des projets d'avenir. Puis tout avait changé et, aujourd'hui, sa vie n'avait rien à voir avec celle qu'elle avait imaginée.

Mais elle ne le dit pas à Loukas. Elle ne lui expliqua pas non plus que la chambre de sa mère avait été verrouillée toute sa vie. Aujourd'hui encore, alors que ses grands-parents étaient morts depuis trois ans, elle n'avait toujours pas le courage d'y entrer.

Pourquoi diable lui avait-elle parlé de son enfance ? se demanda-t-elle soudain. D'habitude, elle ne l'évoquait jamais, surtout avec un homme qu'elle ne connaissait que depuis vingt-quatre heures et qui s'avérait être un client important.

Sans doute le calme et l'éclairage tamisé avaient-ils contribué à créer une ambiance intime propice aux confidences, comme une bulle de sécurité et de confiance.

Pour être honnête, elle était réticente à l'idée de faire éclater cette bulle. Hélas, elle n'avait pas le choix. Elle devait à tout prix rétablir une certaine distance entre eux. La seule personne en qui elle pouvait avoir confiance, c'était elle-même, elle le savait. Le problème, c'était que Loukas avait une façon de poser des questions qui ne lui laissait aucune marge de manœuvre. Il semblait s'intéresser sincèrement à ses réponses, à tel point qu'elle n'imaginait pas ignorer ses questions.

— Cela doit être plus facile pour vous, reprit-elle en essayant de déplacer la conversation sur son terrain à lui. Vous n'avez pas de lien personnel avec la collection que vous allez vendre.

— Pas avec la collection, c'est vrai, mais avec Christos. Le lien qui m'unit à lui est fort. Parfois, j'ai même l'impression de le trahir.

Visiblement fébrile, il serra la mâchoire.

Malgré sa volonté de mettre de la distance entre eux, elle avait soudain envie de lui tendre la main et de lui dire qu'il avait pris une décision courageuse.

Sa raison la rappela toutefois à l'ordre, et elle secoua la tête pour tenter de chasser cette idée déplacée.

— Parfois, glissa-t-elle, il est plus facile de laisser les choses en l'état. Il vous a fallu du courage pour décider de vendre la collection, non pas parce que vous y tenez mais parce qu'après, plus rien ne sera plus comme avant. Je suis consciente de ma chance de venir sur cette île avant que la collection soit dispersée.

Elle balaya la pièce du regard.

— Tout est tellement beau ici, et tellement serein.

— L'île n'a pas toujours été paisible, rétorqua-t-il d'un ton soudain froid.

Que s'était-il passé pour que la tranquillité de l'île soit brisée au point de provoquer en lui une telle angoisse ? Elle avait envie de le lui demander, mais la question lui paraissait difficile à poser, trop personnelle.

Son regard noir se posa à nouveau sur elle.

— Normalement, c'est à ce moment que vous me demandez ce qui s'est passé.

— Vous constaterez que je suis une oreille sympathique si vous voulez me parler, mais je n'ai pas l'impression que ce soit le cas, ce soir.

Il demeura silencieux durant de longues secondes puis passa une main dans ses cheveux et se redressa.

— Vous avez raison. Parler ne sert à rien. Rien ne peut changer le passé.

— Partager des événements peut parfois nous aider à les percevoir d'une manière différente.

— Vous avez l'air de parler en connaissance de cause.

— C'est vrai. En dehors des circonstances de ma naissance, j'ai dû surmonter d'autres difficultés pour pouvoir avancer. Si je n'en avais jamais parlé, je n'aurais pas pu aller de l'avant.

Il soupira.

— La décision de vendre n'a pas été facile à prendre mais, aujourd'hui, je suis décidé à aller jusqu'au bout.

Son regard glissa vers le mur sur lequel étaient accrochés les portraits.

— Possédez-vous un portrait de Christos ? Si c'est le cas, nous pourrions l'utiliser dans le matériel promotionnel.

Il se leva et lui fit signe de le suivre.

— Voici un portrait de Christos, peint peu avant sa mort. Il avait quatre ans de moins que moi aujourd'hui.

Christos avait été peint sur la terrasse, avec la mer en toile de fond. Un décor tout à fait approprié pour un homme à l'allure de pirate. Avec ses cheveux noirs et épais, son regard malicieux et son sourire ironique, il dégageait un charme magnétique.

— Je peux ? lui demanda-t-elle en levant son téléphone portable.

Il acquiesça mais elle hésita en voyant des traces de douleur sur son visage.

— Je vous en prie, insista-t-il. Allez-y.

Même s'il s'efforçait de la maîtriser, elle percevait de la tension dans sa voix.

— Vous l'aimiez beaucoup.

— Oui.

Elle prit la photo puis rangea son téléphone, soudain impatiente de fuir l'atmosphère pesante qui régnait dans la pièce.

— Merci pour le dîner, lui lança-t-elle avant de s'éloigner. Dormez bien.

4

Loukas arpenta son bureau de long en large. Jamais il ne pourrait dormir, il était à bout de nerfs. Il allait même exploser s'il ne trouvait pas vite une solution pour évacuer les pensées qui tournoyaient dans sa tête.

Il allait laisser l'employée de la maison Marshalls ici, sous la responsabilité de Stephanos et d'Anna, et rentrer à Athènes retrouver la sécurité rassurante de son appartement. L'empire maritime et immobilier dont il avait hérité à la mort de ses parents exigeait fréquemment sa présence, que ce soit dans l'un ou l'autre de ses bureaux à travers le monde, ou à son domicile, généralement pour signer des contrats.

À huit ans, sa richesse avait fait de lui une cible de choix pour les ravisseurs. Hélas, aucune école n'avait accepté la présence constante d'un garde du corps à ses côtés. Il était donc parti vivre, avec son précepteur, chez la sœur de celui-ci. Devenu un adolescent rebelle, il avait été envoyé en pension en Suisse. Il avait ensuite étudié la finance en Grande-Bretagne avant d'intégrer, par la petite porte, l'entreprise que ses parents lui avaient léguée. Vivant modestement sous un nom d'emprunt, il avait réussi à éviter les attentions de la presse à sensation, ainsi que celles des chasseurs de primes qui auraient pu s'intéresser à lui. Au fil des années, il avait travaillé dans le monde entier sur des projets de plus en plus importants. À la trentaine, lorsqu'il s'était enfin senti prêt, il avait pris les rênes de l'entreprise familiale à la place des experts qui la géraient depuis la mort de ses parents.

Pendant toutes ces années, la villa d'Alysos et la collection inestimable conservée dans ses coffres l'avaient tourmenté. La simple idée de ce lieu le rendait même fou. Cette île était responsable des événements les plus dramatiques de son existence.

Pourtant, jusqu'à ce jour tragique, sa vie sur l'île s'était déroulée comme dans un rêve, grâce à Christos. Par sens du devoir envers son plus vieil ami, son parrain l'avait pris en charge, lui, l'enfant traumatisé qui n'était pas en mesure de s'exprimer, et l'avait aidé à guérir. Grâce à lui, il avait même surmonté sa terreur de l'eau.

Pas pour longtemps, hélas.

Depuis, les flash-back de ce dernier jour ne cessaient de l'assaillir. Les cauchemars continuaient à tourmenter ses nuits.

Sans doute serait-il plus raisonnable de renvoyer Sophia à Londres et de demander qu'elle soit remplacée. Comme si elle possédait le pouvoir de déverrouiller la porte derrière laquelle il cachait ses émotions, elle le mettait mal à l'aise. Si elle restait, il risquait de s'effondrer, c'était certain.

Mais s'il lui demandait de partir, il déclencherait à coup sûr les foudres de son patron. Peut-être serait-elle alors rétrogradée ou pire, licenciée.

Organiser la vente était une mission importante. La commission reçue par Marshalls serait considérable, sans oublier le prestige que l'entreprise en tirerait. Un tel succès donnerait un coup de pouce important à la carrière de Sophia.

Il ne pouvait pas la priver de cette opportunité, simplement parce qu'elle avait deviné certaines des émotions qu'il préférait taire.

Sans qu'il s'en rende compte, sa gentillesse et son empathie lui avaient donné envie de s'ouvrir, de partager avec elle des souvenirs qu'il n'avait jamais racontés à personne. Même s'il détestait être sur cette île, où les souvenirs l'assaillaient, il avait envie de profiter de sa présence.

Ses yeux bleu azur, étincelants à la lumière des bougies lors du dîner, son large sourire et ses cheveux dorés effleurant la peau délicate de son cou l'avaient tout simplement envoûté.

Tout comme la jeune Anglaise avait ensorcelé Christos.

Il enfouit son visage entre ses mains et, las, secoua la tête.

Les deux événements n'étaient pas comparables. L'arrivée de Sophia avait été planifiée, organisée. Sa visite n'était pas tombée du ciel comme un mauvais présage. Comparer sa venue avec des événements vieux de trente ans n'avait aucun sens. Il fallait à tout prix qu'il remette les pieds sur terre.

Hélas, pour la deuxième fois depuis ce matin, il avait l'impression que le monde se rétrécissait autour de lui et qu'il devait s'échapper, sinon il allait étouffer. Il allait perdre la tête.

À bout de nerfs, il sortit sur la terrasse.

Sophia repoussa le drap, s'assit au bord du lit et frissonna en sentant la fraîcheur du marbre sous ses pieds. Elle se massa les tempes pour tenter de reprendre le contrôle de ses pensées. Elle avait l'impression que son esprit était sur un tapis roulant qu'elle ne parvenait pas à stopper. Elle avait le vertige.

Pourquoi avait-elle raconté sa vie à Loukas Ariti ? Qu'est-ce qui l'avait poussée à se livrer ainsi ? Elle ne parlait jamais de son passé. Jamais. Les faits étaient trop douloureux, trop humiliants, personne n'avait besoin de les connaître.

Loukas avait insisté sur le fait que les détails de sa vie personnelle n'étaient pas pertinents pour la vente. Eh bien, l'inverse était vrai également. Il n'avait pas besoin de savoir quoi que ce soit sur la vie privée de Sophia. Elle disposait des compétences pour mener à bien sa mission, c'était tout ce qu'il avait besoin de savoir.

Dans la salle de bains, elle alluma la lumière au-dessus du miroir. Son reflet n'apaisa en rien son agitation. Au contraire.

Ses cheveux étaient ébouriffés, sa peau pâle et ses yeux cernés. Lasse, elle se passa le visage à l'eau froide puis éteignit la lumière et sortit sur la terrasse.

Dans le ciel, elle voyait un fin croissant de lune et des milliers d'étoiles qui scintillaient comme de minuscules diamants. Au loin, elle pouvait entendre le doux bruissement des vagues sur le sable.

Et si elle allait se baigner ? Peut-être un bain l'aiderait-il à se calmer. Malheureusement, descendre à la plage dans l'obscurité lui paraissait trop dangereux.

Elle repensa soudain à la piscine, située à quelques mètres seulement de sa suite. Voilà la solution.

Décidée, elle rentra dans sa chambre et ouvrit l'armoire. Elle avait le choix entre une combinaison de plongée, qui couvrirait ses bras jusqu'aux coudes et ses jambes jusqu'aux genoux, et un bikini.

Il faisait nuit, la piscine était déserte, alors pourquoi ne pas mettre le bikini ?

Après s'être changée, sans attendre, elle rejoignit le bassin. La surface de la piscine ressemblait à un miroir sur lequel se reflétait le ciel constellé d'étoiles.

Elle entra dans l'eau et esquissa un sourire ravi. L'eau était chaude et soyeuse contre sa peau. Elle commença à enchaîner les longueurs et, peu à peu, les muscles de sa cuisse droite s'assouplirent, se détendirent. Elle adorait la façon dont l'eau la soutenait et lui résistait en même temps.

Après son accident, les opérations et les mois d'immobilisation, la natation était devenue sa thérapie préférée, le moyen idéal de renforcer les muscles de ses cuisses mais aussi de se changer les idées. Le rythme répétitif des mouvements agissait comme un calmant sur son esprit. Il l'aidait à rester concentrée et à évacuer ses soucis.

Même si sa jambe droite se fatiguerait toujours plus vite que la gauche, elle s'estimait chanceuse d'être en vie. Contre toute attente, un chirurgien talentueux avait réussi à sauver sa jambe. L'équipe soignante, dans son ensemble, avait fait des efforts considérables pour que son rétablissement soit couronné de succès.

Au bout de quelques minutes, elle ralentit ses mouvements puis s'arrêta et sortit de l'eau. Sur le bord, elle s'assit, remonta ses genoux jusqu'à son menton et regarda les ombres des arbres se refléter au fond de la piscine.

Soudain, elle aperçut une ombre et, curieuse, releva la tête.

Loukas.

— Vous m'avez fait peur !

Honteuse, elle se releva tant bien que mal.

— Je n'arrivais pas à dormir et j'avais besoin de bouger. J'ai travaillé toute la journée, assise à mon bureau...

Il l'interrompit en lui tendant une serviette.

— Moi non plus, je ne dors pas bien. Pour la prochaine fois, sachez que les serviettes de bain sont rangées dans le coffre, là-bas.

— Merci. Je suis désolée de vous avoir dérangé, mais je vais vous laisser, maintenant. Je vais retourner dans ma chambre.

Elle s'empressa d'enrouler la serviette autour de son dos et de la coincer sous ses bras. Ses jambes tremblaient légèrement après toutes les longueurs qu'elle avait enchaînées et, à sa grande horreur, lorsqu'elle tourna sa jambe droite, celle-ci céda. Elle se sentit vaciller et pria pour qu'elle chute dans la piscine et non sur les carreaux de marbre, mais elle ne tomba pas. Les mains puissantes de Loukas la rattrapèrent, la plaquant contre les muscles fermes de son torse.

— Je suis désolée, répéta-t-elle. Ma jambe a cédé. J'ai dû nager trop longtemps et elle se fatigue vite... Excusez-moi, je suis en train de mouiller votre chemise.

— Ce n'est pas grave, elle séchera. Pourquoi votre jambe se fatigue-t-elle vite ?

— Cela ne vous concerne pas.

S'écartant légèrement, elle testa la solidité de sa jambe.

— Je pense que ça va aller. Merci de m'avoir rattrapée.

— Vous ne risquez plus de tomber ?

— Non, c'est bon.

Malgré ses affirmations, elle se mit à trembler.

Elle frissonnait comme si elle regrettait son contact. Pressée contre son corps masculin, elle avait eu chaud. À sa grande surprise, elle avait éprouvé un sentiment de sécurité, presque comme si elle était à sa place. Pourtant, les seuls endroits où elle se sentait d'habitude à l'aise, ou acceptée, étaient son appartement de Clapham et son bureau. Là, personne ne pouvait voir sa cicatrice et personne ne savait qu'elle était responsable de la mort de sa mère.

Les pensées qui se bousculaient dans sa tête la faisaient frissonner de plus en plus fort. Elle serra la mâchoire pour empêcher ses dents de claquer. À son grand regret, tous les bienfaits de sa séance de natation étaient en train de s'évanouir.

— Vous avez froid. Vous devriez rentrer et prendre une douche chaude.

— Oui, c'est ce que je vais faire. Bonne nuit.

Elle s'éloigna d'un pas hésitant mais Loukas la rejoignit aussitôt.

— Laissez-moi vous aider.

— Ça va, ne vous inquiétez pas.

Malgré ses affirmations, elle demeura immobile de peur de trébucher. Sa jambe blessée chancelait et ses frissons redoublaient.

Elle tenta tant bien que mal de se concentrer. En vain : ses dents claquaient de plus en plus fort.

— Je peux ? lui demanda Loukas en passant un bras autour de ses épaules sans même attendre sa réponse.

Peu à peu, la chaleur de sa main sur le haut du bras de Sophia se répandit partout en elle, éveillant tous ses sens.

Il poussa enfin la porte de sa chambre, alluma la lumière, et elle se retourna pour le remercier.

Seule une serviette séparait son corps, vêtu d'un bikini mouillé, de sa silhouette d'Apollon. Troublée, elle serra les poings. Ses yeux étaient au niveau des boutons défaits de sa chemise et sa bouche était à peine à un centimètre de son torse. Elle baissa le regard et aperçut l'empreinte humide que son bikini mouillé avait laissée sur sa chemise blanche.

Lorsqu'elle releva la tête, elle vit une flamme s'allumer dans les profondeurs de ses prunelles et elle devina que leurs pensées étaient identiques. Tout à coup, elle mourait d'envie de se mettre sur la pointe des pieds et d'effleurer des lèvres celles de Loukas, et elle était certaine qu'il le désirait lui aussi.

Il soutint son regard et une décharge la traversa. L'alchimie qui palpitait entre eux était sur le point de l'enflammer, et elle mourait d'envie de se laisser aller. Pourtant, l'idée de se laisser aller à une telle intimité lui faisait peur.

Que se passerait-il si ses cicatrices choquaient Loukas ? Que se passerait-il s'il détournait la tête, dégoûté par les stigmates de son accident ? Cela s'était déjà produit. Elle s'en souvenait d'ailleurs avec une clarté saisissante.

Loukas recula, enfonça les mains dans ses poches, et elle s'appuya contre l'encadrement de la porte.

— Je préférerais que vous ne nagiez plus toute seule. Si je n'avais pas été là pour vous rattraper, vous auriez pu tomber dans la piscine ou vous cogner la tête… Vous auriez pu…

— Je suis une bonne nageuse, je vous le promets. J'adore nager. C'est d'ailleurs la natation qui a aidé ma jambe à guérir et…

— Vous ne m'avez toujours pas expliqué ce qui est arrivé à votre jambe, mais peu importe. En attendant, je préférerais que vous ne nagiez qu'en présence de quelqu'un.

— En votre présence ?

À ces mots, elle le vit se crisper un peu avant d'inspirer et de faire un effort visible pour se détendre.

— Non, je ne parle pas de moi. Je ne nage pas.

— Êtes-vous en train de dire que vous ne savez pas nager ?

— Je ne nage pas, c'est tout. J'ai choisi de ne jamais nager.

Perplexe, elle fronça les sourcils. Elle ne comprenait pas et, hélas, il ne semblait pas décidé à l'éclairer.

— Vous vivez sur une île. Vous devez avoir une très bonne raison de ne pas vouloir nager.

— Je vous rappelle que vous n'avez pas besoin de tout savoir sur ma vie pour estimer la collection. En plus, je ne vis pas ici mais à Athènes.

Il se tut et se dirigea vers la porte. Avant de sortir, il se retourna une dernière fois.

— La prochaine fois que vous voudrez aller nager, veuillez me le faire savoir, ou en informer Anna.

— Même si c'est au milieu de la nuit ?

— Surtout si c'est au milieu de la nuit.

— Pourtant vous ne pourrez pas me sauver, si vous ne nagez pas.

— Non, peut-être pas.

La porte se referma derrière lui et, sans attendre, elle alla prendre une douche.

Elle demeura sous le puissant jet d'eau chaude durant de longues minutes.

Si seulement l'eau brûlante pouvait la débarrasser de la sensation de sa main sur la sienne, du souvenir de la façon dont leurs yeux étaient entrés en collision, et du danger de ce presque baiser... Mais ce ne fut pas le cas.

Incapable de l'oublier, elle passa un doigt rêveur sur ses lèvres et plongea dans ses souvenirs.

La ligne impitoyable de la bouche de Loukas s'était adoucie au fur et à mesure qu'ils se regardaient fixement, elle l'avait vu. Ses yeux noirs s'étaient aussi réchauffés. Il avait voulu l'embrasser autant qu'elle avait eu envie de le faire, elle en avait la certitude.

Mais ils n'avaient pas cédé à la tentation. Ni l'un ni l'autre.

Était-ce la meilleure ou la pire décision qu'elle ait jamais prise ? Elle l'ignorait. En tout cas, le désir bourdonnait toujours en elle.

Loukas s'appuya sur la balustrade de la terrasse mais il ne voyait pas la mer. Il ne voyait que le visage pâle de Sophia, ses yeux bleu nuit et ses lèvres sensuelles qui semblaient n'attendre que les baisers.

Troublé, il ferma les yeux. Avait-il jamais eu envie d'embrasser une femme avec une telle intensité ?

Grâce à son compte en banque, et à son regard ténébreux, il n'avait aucun mal à séduire. Il était sorti avec de nombreuses femmes. Il avait aussi couché avec certaines d'entre elles. Il n'avait cependant jamais passé toute la nuit avec elles. Il ne les avait jamais invitées chez lui.

Il avait grandi en ne manquant de rien, à part d'affection. Il n'avait aucune expérience de l'amour ou de l'intimité émotionnelle. Il n'avait jamais eu de relation sérieuse.

Quelle femme voudrait découvrir que derrière la façade confiante du milliardaire se cachait un petit garçon de huit ans qui avait peur de l'eau ? Il avait été témoin des conséquences dramatiques de la passion débridée et de la colère, et jamais il ne prendrait le risque de s'exposer à nouveau à de tels sentiments.

Il plongea dans son passé et soupira. Il ne se souvenait même pas de la dernière femme avec laquelle il était sorti. Prendre la décision de vendre la collection de Christos avait requis toute son énergie et l'avait privé de toute envie de séduire. Et maintenant, le seul visage qu'il voyait dans son imagination était celui de Sophia.

Réagissait-il ainsi parce qu'il était en manque de compagnie féminine ? Était-ce pour cela qu'il la trouvait si... si séduisante ? Non, impossible. Sophia ne ressemblait à aucune des femmes qu'il avait connues. Fraîche, naturelle et intelligente, elle rayonnait et l'avait troublé sitôt qu'il l'avait aperçue sur le chemin, avec sa jolie robe de coton et ses sandales.

Il devait la laisser travailler afin qu'elle puisse repartir à Londres le plus rapidement possible, c'était la meilleure solution. Mais en était-il capable ? Il en doutait.

Sophia avait éveillé en lui un petit quelque chose qu'il ne parvenait pas à décrire, et il n'aurait pas l'esprit tranquille tant qu'il n'aurait pas identifié ce sentiment.

Incapable de résister à la tentation, il avait voulu en savoir plus sur elle et l'observer pendant qu'elle travaillait. Ses mouvements, rapides et élégants, le fascinaient. Lorsqu'il l'avait vue à la piscine, il était resté un moment à l'observer nager, fasciné, et pour la première fois depuis longtemps il s'était senti en paix.

Pourtant, il ne l'avait rencontrée que vingt-quatre heures plus tôt.

Au dîner, ils avaient surtout parlé de sa mission mais, lorsqu'elle avait évoqué son enfance, l'émotion l'avait gagné. Savoir que Sophia, cette femme si chaleureuse, avait grandi sans amour ni tendresse était insupportable. Quels grands-parents dignes de ce nom traiteraient leur unique petite-fille de cette façon ?

Sans doute imaginaient-ils que l'héritage qu'ils lui laisseraient compenserait son enfance solitaire. Hélas, il savait trop bien que rien ne pouvait réparer l'absence d'affection.

À l'évidence, Sophia avait été victime d'un accident à un moment ou un autre. Hier, il avait eu l'impression qu'elle boitait, sur le sentier. Aujourd'hui, il avait la preuve que sa jambe la faisait parfois souffrir.

Lorsqu'elle s'était relevée, au bord de la piscine, il avait aperçu une longue cicatrice à l'intérieur de sa cuisse droite. Peut-être s'était-elle cassé le fémur et avait-elle été opérée. En tout cas, il était heureux de lui avoir interdit de nager seule. Sa blessure l'avait trahie au moment où elle s'y attendait le moins. Il devait à tout prix la protéger des dangers de l'eau.

De son poste d'observation, il pouvait voir la lumière encore allumée dans sa chambre. Comme hypnotisé, il demeura immobile jusqu'à ce qu'elle éteigne. Il retourna alors dans le salon et s'arrêta devant le portrait de Christos pendant une minute, se souvenant de son sens de l'humour et de sa bonne humeur contagieuse.

Sa raison le rappela à l'ordre et il refoula ses doutes. À quoi bon se demander si Christos lui en voudrait de vendre la collection, il n'aurait jamais la réponse à cette question.

Il se servit un whisky et ressortit sur la terrasse. Il contourna la piscine avec précaution, s'allongea sur l'une des chaises longues et regarda les étoiles. S'il s'endormait, ce dont il doutait, il espérait rêver d'une femme douce et forte, et non d'une dispute ou d'une tempête.

5

Sophia lâcha un long soupir. La journée n'avait pas été facile.

Elle ferma son ordinateur avant de s'étirer et de bouger la tête de droite à gauche pour tenter de relâcher la tension dans son cou. En dehors d'une visite dans les réserves ce matin, elle avait passé toute la journée assise à son bureau.

Elle se souvenait à peine de ce qu'elle avait mangé à midi. Ce qu'elle se rappelait bien, par contre, et dans les moindres détails, c'était la sensation des bras de Loukas autour de son cou, la nuit dernière.

Lorsque ses yeux avaient croisé les siens et qu'elle s'était rendu compte qu'il avait ressenti la même décharge qu'elle, tous ses sens s'étaient éveillés. Son sang s'était enflammé dans ses veines.

Sa journée n'avait pas été facile, mais sa nuit non plus.

Sa douche l'avait bien réchauffée mais elle n'avait pas suffi à apaiser son trouble ni à calmer son rythme cardiaque. Allongée dans son lit, elle n'avait cessé de repenser à leur rencontre, encore et encore, et n'avait pas été capable de trouver le sommeil.

Et si…

Stop. À quoi bon se demander ce qui se serait passé s'il l'avait embrassée ou, plus choquant encore, si c'était elle qui avait pris l'initiative d'un baiser. De toute façon, elle n'aurait jamais laissé les choses aller plus loin, se répéta-t-elle pour tenter de s'en convaincre. En vain. La réaction entre eux avait été si soudaine, si explosive, si magique… Elle n'avait pas d'élément de comparaison mais elle savait qu'elle n'avait jamais rien ressenti de tel auparavant.

Elle jeta un coup d'œil par la fenêtre. Dehors, le soleil était déjà moins haut dans le ciel.

Sans attendre, elle sortit. Elle avait besoin d'air frais, de lumière naturelle et surtout de mettre un peu de distance entre elle et cette villa au contenu extraordinaire mais au propriétaire si énigmatique.

Loukas… Elle mourait d'envie d'en savoir plus sur lui. En même temps, elle devinait que moins elle en savait, plus elle était en sécurité.

Loukas était riche mais il était aussi complexe. Et surtout, il était son client, ce qui voulait dire qu'il n'était pas pour elle.

Elle referma derrière elle la lourde porte en chêne et s'engagea sur un chemin rocailleux qui semblait mener vers le point culminant de l'île. Au bout de quelques minutes, elle s'arrêta et admira la vue. Au loin, elle apercevait un voilier et, sur le quai, Stephanos en train de travailler sur le pont de l'*Athena*.

Se délectant du silence, elle continua à grimper. Par endroits, le sentier disparaissait sous des buissons de lavande qui libéraient leur envoûtant parfum lorsque ses jambes les frôlaient. Elle en cueillit un brin et en frotta les feuilles entre ses doigts. Elle adorait l'odeur de la lavande.

Lorsqu'elle atteignit le sommet, elle s'installa sur le plus gros rocher et étira ses jambes au soleil avant de masser les muscles endoloris de sa cuisse droite, pressant son pouce le long de sa cicatrice.

Elle aperçut soudain Loukas sortir de la maison et prendre le même sentier qu'elle. Le revoir après les événements de la nuit dernière était-il une bonne idée ? Elle l'ignorait. En tout cas, il lui restait quelques minutes pour se préparer, apprivoiser l'excitation tapie au fond de son ventre et surtout reprendre ses esprits.

Elle était ici pour travailler, elle devait à tout prix conserver une attitude professionnelle.

Il s'arrêta à quelques mètres d'elle, les poings sur les hanches.

— Puis-je me joindre à vous ?

— Bien sûr. Ce rocher est assez grand pour deux.

Il se hissa à côté d'elle. Tant mieux. S'ils étaient côte à côte, elle n'était pas obligée de le regarder. Par contre, elle ne pouvait éviter son envoûtant parfum, un mélange subtil de citron et de pin.

Troublée, elle changea de position et tenta de s'écarter un peu. Tout à coup, le rocher lui paraissait trop petit. Elle croisa les pieds et, discrètement, jeta un coup d'œil vers Loukas. Son regard s'arrêta sur sa main, longue et bronzée, et elle déglutit en se souvenant de cette main sur sa peau.

— Étiez-vous en train de me surveiller ?

— Non, mais je vous ai vue quitter la maison et prendre ce chemin…

— Si vous aviez besoin de me parler, il vous suffisait d'attendre mon retour.

— Je me demandais juste où vous alliez et je voulais m'assurer que vous étiez en sécurité.

— Vous vouliez surtout vérifier que je ne partais pas nager dans la mer toute seule, mais vous n'avez aucune raison de vous inquiéter. Je vous ai entendu et je sais que vous avez raison.

Tout en parlant, elle vit son visage se détendre légèrement.

— J'ai en effet d'abord pensé que vous alliez nager, admit-il. Jusqu'à ce que je vous voie tourner vers la colline.

— Dans ce cas-là, pourquoi m'avez-vous suivie ?

— Le chemin est escarpé et il peut être dangereux si vous ne connaissez pas le terrain. Et votre jambe…

Elle baissa les yeux vers sa cuisse.

— Ma jambe va bien, du moins la plupart du temps. Hier soir…

— À propos d'hier soir, je voulais m'excuser. Ce n'était pas… Ce n'était pas ce que j'avais prévu.

— L'important c'est que, grâce à vous, je ne suis pas tombée. Comme vous l'avez dit, j'aurais pu me faire mal.

— Vous aviez déjà mal.

La brise souleva légèrement sa jupe et, mal à l'aise, elle la plaqua sur ses jambes.

— Pas autant que si je m'étais cogné la tête sur les dalles. En fait, je ressens davantage une gêne qu'une véritable douleur, et j'y suis habituée.

— Que s'est-il passé ?

— J'ai sans doute nagé trop longtemps.

— Non. Je veux dire, que s'est-il passé, avant ? Qu'est-il arrivé à votre jambe ?

Ce n'était pas un sujet qu'elle avait l'habitude d'aborder. Grâce à beaucoup d'efforts, de détermination et de travail, elle était parvenue à accepter sa blessure. Elle avait enfoui le souvenir de l'accident dans une boîte, au fond de son esprit, et l'avait fermée à clé.

Elle avait également fini par accepter qu'elle n'avait pas eu une enfance normale. À quoi bon s'apitoyer sur son sort ? Elle ne pouvait pas changer le passé.

Alors, que répondre à Loukas ? Soit elle lui rétorquait que l'accident était un sujet dont elle ne parlait qu'avec son kinésithérapeute, soit elle lui offrait une version rapide et aseptisée des faits.

Après avoir discuté avec lui, la nuit dernière, elle devinait cependant qu'il ne se contenterait pas de la première option. Ne lui restait donc que la seconde.

Elle aspira une grande bouffée d'air marin pour se donner du courage.

— J'ai eu un accident. Je suis entrée en collision avec un bus, à un carrefour.

C'était une manière désinvolte de décrire un accident qui aurait pu être tragique. Ce jour-là, il pleuvait, et la route était glissante.

Le rapport de police avait conclu que ni elle ni le chauffeur de bus n'étaient fautifs.

— Vous étiez à pied ?

— Non, à vélo, je me rendais à une répétition. Heureusement, je portais un casque. Ma jambe, hélas, n'avait pas de protection.

Elle se risqua à jeter un coup d'œil vers lui. Il avait l'air navré.

— Je suis vraiment désolé.

— C'est gentil. C'était il y a un certain temps, presque cinq ans, alors de l'eau a coulé sous les ponts, depuis.

Elle se tut, gênée par son mensonge. Ce n'était pas la vérité mais elle préférait minimiser les conséquences.

— Comment allez-vous à présent ? Comment allez-vous vraiment ?

À sa grande surprise, elle avait envie d'être honnête avec lui. La plupart des gens pensaient qu'elle allait bien car elle ne boitait presque plus. Ils ne s'intéressaient pas à son état d'esprit. Loukas, lui, semblait sincèrement préoccupé par son bien-être.

— J'ai une plaque en titane ici, reprit-elle en tapotant sa cuisse. C'est elle qui me permet de marcher et, aujourd'hui, elle fait partie de moi. Sans cet accident, je ne travaillerais pas chez Marshalls, et je ne serais pas ici, face à ce paysage magique.

— Vous êtes courageuse.

Il étendit ses jambes à côté des siennes.

— Je n'ai pas toujours été courageuse. Quand j'étais coincée sous le bus, j'ai vraiment cru que j'allais mourir.

— Vous êtes restée coincée sous le bus ? Combien de temps ?

— Je ne sais pas. Je sais juste que les sauveteurs ont envisagé de m'amputer sur place mais ils ont finalement réussi à m'extraire. Ensuite, un chirurgien extraordinaire est parvenu à sauver ma jambe.

— J'imagine qu'il vous a fallu des mois pour récupérer.

Elle haussa les épaules.

— Le chemin a été long, c'est vrai. Certains jours ont été plus difficiles que d'autres mais, dans l'ensemble, j'ai essayé de rester positive. Je le devais bien aux médecins qui avaient pris soin de moi. Je crois aussi que j'ai eu un peu de chance.

— De la chance ?

— Je suis toujours en vie, les médecins ont sauvé ma jambe et, aujourd'hui, je peux marcher, grimper, nager…

Un nouveau frisson glissa le long de son dos. La présence de Loukas à ses côtés accentuait toutes ses sensations et mettait ses nerfs à vif. Son bras était proche de celui de Sophia, ses longs doigts touchaient presque sa main.

Pour être honnête, elle ressentait un certain soulagement maintenant qu'elle lui avait avoué la vérité. Elle pourrait nager dans la piscine ou prendre un bain de soleil sur la plage sans craindre qu'il soit choqué par sa cicatrice.

En plus, il ne semblait pas avoir relevé l'information importante qu'elle avait laissée échapper.

— À quelle répétition vous rendiez-vous ?

Elle ferma les yeux. Si, il avait bel et bien enregistré cette donnée.

Elle remonta les jambes, noua les bras autour de ses genoux et fixa l'horizon. Le voilier au loin avait hissé une voile à rayures bleues et rouges.

Comment allait-elle échapper à sa question ?

— Sophia…

Sa voix était si douce qu'elle oublia instantanément toutes ses réticences, tous ses doutes.

— J'allais à une répétition du *Lac des cygnes*. J'étais danseuse, à l'époque. Comme vous pouvez le constater, je peux mener une vie presque normale, aujourd'hui. La seule chose à laquelle j'ai dû renoncer, c'est celle pour laquelle je vivais, ma passion, la danse. Pendant des années, la danse m'a offert un incroyable sentiment de liberté. J'ai commencé à l'école primaire et, dès le collège, j'ai obtenu une bourse d'études. Dans mon cours de danse, je n'étais pas une orpheline, j'étais comme tout le monde. C'est pour cette raison que, quand j'ai compris que je ne pourrais plus jamais danser, j'ai d'abord voulu mourir.

Elle sentit les larmes lui monter aux yeux et, honteuse, elle se mordit la lèvre. Elle ne pleurait jamais. Pleurer était inutile, un gaspillage d'énergie, et elle détestait s'apitoyer sur son sort, surtout quand elle avait autant de raisons d'être heureuse.

Discrètement, elle s'essuya les yeux, priant pour qu'il ne remarque pas ses larmes.

Hélas, ses yeux perçants les avaient vues.

Sa main puissante se posa sur son épaule. Aussitôt, la chaleur de sa compassion s'infiltra en elle et l'enveloppa.

Elle repensa à la façon dont il l'avait soutenue la nuit dernière, à la façon dont leurs regards s'étaient accrochés l'un à l'autre. Pour la première fois de sa vie, elle avait alors eu l'impression d'être à sa place alors qu'elle ne s'était jamais sentie chez elle nulle part.

Doucement, il l'attira vers lui.

Il ne la serrait pas fort, elle pouvait s'éloigner si elle le désirait. Mais elle ne le voulait pas. Elle avait envie de rester là, contre sa chaleur, et de s'imprégner de sa force.

Émue, elle se pressa un peu plus contre lui et posa sa joue sur son épaule.

— Je suis désolée, je ne pleure jamais. Sauf…

— Sauf… de temps en temps ?

Il repoussa une mèche de cheveux qui était tombée sur son visage et la glissa derrière son oreille avant de la dévisager.

— Il n'y a rien de mal à pleurer de temps en temps.

Elle secoua la tête pour tenter de se reprendre.

— Sans que je m'en rende compte, vous avez réussi à briser mes défenses. D'habitude, je ne parle jamais de mon accident. Mais ne vous inquiétez pas, cela n'affectera en rien mon travail.

Déterminée à maîtriser ses émotions, elle déglutit et ravala un sanglot.

— Pourquoi ne pas en parler ?

— Parce que personne n'a envie d'entendre les détails de l'accident.

— L'hôpital vous a certainement proposé des séances de thérapie. Et vos grands-parents...

— À cette époque, ils étaient déjà tous les deux dans une maison de retraite. Je pense qu'ils n'ont même pas remarqué mon absence. Et je n'ai pas vu de psychologue. Ils ne peuvent vous aider que si vous le voulez et, à l'époque, je n'étais pas prête. Surtout, je ne voulais pas susciter la pitié.

Les doigts de Loukas dessinèrent de petits cercles sur son épaule. Un geste tout simple mais si réconfortant qu'elle avait envie qu'il continue pour toujours.

— Vous deviez avoir des amis dans la compagnie, un partenaire... J'imagine qu'ils étaient à vos côtés pendant votre convalescence.

Elle frotta sa joue contre la douceur de sa chemise et, troublée, ferma les yeux.

— Certains sont venus me voir à l'hôpital mais je les ai repoussés. Ils n'avaient pas les mots pour me réconforter, car ce qui m'était arrivé est le pire cauchemar des danseurs. Je n'avais jamais eu de famille. J'en avais trouvé une dans la compagnie et, à cause de l'accident, je l'ai perdue.

— Et... votre partenaire ?

— Daniel ? Au début, il a essayé de me soutenir mais il ne pouvait pas regarder mes blessures, ce qui n'était pas une bonne base pour construire une relation durable. Il était une étoile montante, il n'avait pas envie d'être freiné par une partenaire handicapée, alors je l'ai libéré. En quelques jours, j'avais perdu ma carrière, mon partenaire, ma famille, mon avenir et tous mes rêves.

— Il n'avait pas envie d'être freiné ? Quel égoïste !

— Je ne lui en veux pas, la cicatrice n'était vraiment pas belle.

— Comment êtes-vous arrivée à cette carrière dans l'art ? Il y a un grand écart entre la danse et l'histoire de l'art.

— C'est grâce à un homme.

— Vous avez rencontré un homme ?

— Ce n'est pas ce que vous pensez. Mon grand-père avait un ami qui lui rendait fréquemment visite, un historien d'art. Il n'avait pas d'enfant et s'intéressait à moi. Il discutait avec moi, m'incluait dans ses conversations avec mon grand-père.

Elle esquissa un sourire rêveur.

— Il avait l'habitude de dire que j'avais un coup d'œil averti. Après l'accident, il est régulièrement venu me rendre visite à l'hôpital. Au début, il se contentait de s'asseoir près de mon lit et de parler, même si je n'étais pas de très bonne compagnie. Il n'abordait jamais la question de la fin de ma carrière de danseuse. Peu à peu, il a commencé à m'apporter des magazines d'art, des catalogues de vente aux enchères. Il les feuilletait puis me demandait mon avis sur telle ou telle pièce. Au fil des semaines et des mois de convalescence, j'ai commencé à attendre ses visites avec impatience pour pouvoir lui donner mon avis. Aujourd'hui, je sais qu'il connaissait déjà toutes les réponses à ses questions mais, grâce à lui, je me suis découvert une nouvelle passion. Il a transformé le fardeau de ma blessure en un cadeau pour ma nouvelle carrière.

— Vous le voyez toujours ?

— Oui, et je lui suis très reconnaissante. Quand je le remercie de m'avoir sauvé la vie, il me répond que ce sont les secouristes qui m'ont sauvée mais il a eu un rôle majeur dans ma guérison. Il m'a épargné de devenir aigrie et désabusée, et c'est presque aussi important. Les encouragements des médecins n'auraient servi à rien si j'avais choisi de gaspiller mon énergie en m'apitoyant sur mon sort.

Toujours lovée contre son torse, elle esquissa un sourire.

— Je suis désolée, je me suis déchargée de mon histoire sur vous. D'habitude, je ne fais pas preuve de sensiblerie.

— Je le sais bien. Au contraire, vous êtes incroyablement forte.

— Merci. Maintenant…

Elle se redressa, planta ses yeux dans les siens et, aussitôt, l'air lui manqua et elle oublia tout. Comme hypnotisée, elle plaqua sa main sur son torse.

— Loukas…

— C'est la vérité. Vous êtes forte, et très belle.

Sous le choc, sous le charme, elle agrippa sa chemise, savourant le contact avec ses muscles parfaitement ciselés.

— Loukas… Je…

— Oui… murmura-t-il tandis qu'elle levait son visage vers lui.

Ses lèvres étaient douces sous les siennes.

Comme ensorcelé, il enfouit ses doigts dans les cheveux de Sophia. Ils étaient aussi soyeux qu'il l'imaginait.

Gardant une main dans sa chevelure, il laissa l'autre caresser sa joue, s'attarder sur la courbe de sa mâchoire avant de descendre jusqu'à son élégant décolleté.

Il pourrait rester ainsi pendant des heures. La sensation de ses lèvres sur les siennes, son léger parfum floral et le battement erratique de son pouls dans le creux de son cou l'ensorcelaient.

Sophia avait été blessée mais aujourd'hui, elle était forte.

Son cœur se serra au souvenir de toutes les souffrances qu'elle avait endurées. Elle avait connu la solitude, le manque d'affection et la douleur physique, mais, grâce à sa force de caractère, elle avait survécu et s'était aguerrie.

Il refoula ses pensées et savoura plutôt l'instant présent.

Il avait envie de prendre son temps pour profiter de sa bouche gourmande, pour goûter davantage ses envoûtantes lèvres sensuelles, et peut-être plus. Un désir intense venait de l'envahir et menaçait de l'enivrer.

Il ne voulait cependant pas l'effrayer.

Il se força à ralentir et, avant de perdre complètement la tête, il rompit le baiser et prit son beau visage en coupe.

Au même instant, elle laissa échapper un envoûtant petit soupir sensuel qui annihila toutes les pensées de Loukas. Incapable de résister à la tentation, il reprit possession de sa bouche.

Comme si elle ne voulait plus jamais le libérer, elle approfondit le baiser et, envoûté, il glissa sa langue en elle et commença à la faire danser contre la sienne. Tout à coup, il avait l'impression qu'ils étaient seuls au monde.

Peu à peu, le baiser se fit plus gourmand, plus audacieux. Ses mains se déplacèrent sur son corps svelte et, troublé, il la plaqua contre lui. Il fit courir ses doigts le long de sa colonne vertébrale et la sentit haleter sous sa bouche lorsqu'il toucha un point sensible, sous ses omoplates.

En réponse, elle glissa une main sous sa chemise, et il se mit à frissonner de tout son long jusqu'à ce que sa raison le rappelle à l'ordre.

Se reprenant tant bien que mal, il détacha sa bouche de la sienne, ignorant son gémissement de protestation. Il attira son beau visage contre son torse, l'emprisonnant d'une main pendant qu'il lui caressait le dos.

— J'étais obligé de m'arrêter, marmonna-t-il. Une minute de plus et nous…

Tout en parlant, il lissa sa jupe sur sa cuisse, effleurant sa cicatrice, et elle se redressa d'un bond.

— Ne touche pas ma jambe, s'il te plaît.

— Je suis désolé, je voulais juste couvrir tes jambes. J'ai senti ta cicatrice, mais je ne l'ai pas touchée. Je ne voulais pas…

— Personne ne veut la toucher, elle fait peur.

— Elle ne me fait pas peur.

Elle ne répondit pas. Elle regarda autour d'elle, l'air apeuré comme si elle se rendait soudain compte de l'endroit où ils se trouvaient et de ce qui venait de se passer.

— Je suis désolé, Sophia. Je ne voulais pas te blesser. J'avais juste envie de t'embrasser, tu… Tu me coupes le souffle.

Elle secoua la tête, visiblement déroutée par le baiser, puis descendit du rocher en se laissant glisser jusqu'au sol avant de se retourner pour le regarder.

— As-tu l'intention de m'embrasser à nouveau ? Parce que je ne pense pas que…

Il se sentait à vif, tout à coup, comme si elle lui avait arraché une couche de protection. Il avait adoré la sentir dans ses bras. Pour être honnête, il n'aurait jamais cru connaître à nouveau du plaisir sur cette île mais, grâce à Sophia, ses souvenirs lui semblaient soudain moins acérés, moins douloureux.

Il refoula le souvenir de ses lèvres brûlantes contre les siennes, et la sensation de son corps de déesse entre ses bras, et tenta de se concentrer sur sa question.

Aurait-il envie de l'embrasser à nouveau ?

— Je ne peux pas te le promettre. Et toi, voudras-tu m'embrasser ?

— Non… Enfin, je ne sais pas…

Elle s'engagea sur le sentier, d'un pas aussi léger que celui d'une danseuse, même si elle ne dansait plus. Au bout de quelques mètres, elle se retourna cependant.

— Je t'ai raconté mon histoire, lui cria-t-elle. Tu devrais peut-être faire de même.

— Sophia !

Il l'appela, inquiet qu'elle perde l'équilibre et tombe. La pente était raide et le chemin traître. Si elle chutait… Mais si elle s'arrêtait et revenait, il serait obligé de lui raconter…

Elle leva une main pour lui montrer qu'elle l'avait entendu et continua à avancer.

Sophia était une femme courageuse, et déterminée. L'histoire de sa vie était à la fois déchirante et inspirante.

Il ne pouvait pas en dire autant de la sienne.

6

Par deux fois, elle trébucha et manqua de tomber mais elle continua à dévaler la colline en direction de la villa. Elle n'avait pas le choix. Son cœur battait à toute allure, elle transpirait. Elle devait à tout prix s'isoler.

Lorsque Loukas avait crié son nom, elle avait accéléré, levant juste une main pour lui signifier qu'elle l'avait entendu.

Elle en avait trop dit, et la situation avait échappé à sa maîtrise. Elle avait bien essayé de reprendre le contrôle, en mettant Loukas au défi de s'ouvrir à son tour. En vain. Il n'avait pas répondu et elle n'avait pas retrouvé sa légèreté.

Au contraire, son propre comportement l'horrifiait, elle avait honte. Personne n'avait besoin de connaître les détails tragiques de sa vie. Le partage à outrance était un signe de faiblesse, de complaisance et, jusqu'à aujourd'hui, elle avait toujours refusé de s'engager sur cette voie. Et comme si le fait de s'épancher auprès de Loukas n'avait pas été suffisant, elle avait pleuré… Jamais elle ne s'était humiliée à ce point.

Sans doute sa cote de popularité auprès de lui était-elle au plus bas, désormais. Peut-être allait-il même demander à son patron de lui envoyer un autre historien d'art, moins émotif.

Et puis il y avait eu ce baiser…

À ce souvenir, ses joues s'embrasèrent et ses doigts s'égarèrent sur ses lèvres encore gonflées de plaisir.

Très vite, le baiser était devenu sauvage, intense, érotique à souhait. Il l'avait ensorcelée et, l'espace d'un instant, elle avait voulu qu'il dure pour toujours.

Quand Loukas avait tenté de rompre le baiser, elle s'était agrippée à lui. Lui était capable de se contrôler, pas elle. Elle avait perdu la tête.

Elle n'était revenue à la réalité que lorsqu'elle avait senti les doigts de Loukas sur sa cuisse. Sa cicatrice la ramenait toujours brutalement sur terre.

Il lui avait fallu des années pour se sentir à l'aise avec les conséquences de son accident. Depuis la réaction consternée de Daniel, elle se demandait si elle serait un jour capable d'accepter que quelqu'un d'autre touche sa cuisse. Et Loukas s'en était approché bien trop près, même si cela n'avait pas été intentionnel de sa part.

Elle traversa la terrasse. L'eau scintillante de la piscine l'attirait mais elle se dirigea plutôt vers sa suite.

Sitôt qu'elle referma la porte derrière elle, le soulagement la gagna. La prochaine fois qu'elle verrait Loukas, elle lui expliquerait qu'elle n'avait pas de problème à travailler sur le catalogue toute seule. Anna et Stephanos pouvaient tout à fait s'occuper d'elle s'il préférait rentrer à Athènes.

Repousser les émotions que sa présence faisait naître en elle était bien trop difficile et éprouvant.

Sans doute serait-il d'accord pour dire que retourner à Athènes était la meilleure solution. En ce moment même, il devait d'ailleurs être en train de chercher une solution pour ne jamais la revoir, et pour ne pas lui parler de son enfance.

Il lui avait déjà expliqué qu'il n'évoquait jamais son passé alors pourquoi avait-elle insisté ?

À bout de nerfs, elle ferma les yeux. Elle était émotionnellement épuisée.

Sans qu'elle s'en rende compte, la compassion et la douceur de Loukas avaient brisé les murs de défense derrière lesquels elle se cachait depuis des années. Après ses aveux, elle n'avait plus eu qu'une idée, s'abandonner à la sensualité, savourer la sensation exquise de sa bouche sur la sienne, de ses muscles durs sous ses mains. Le désir, qu'elle s'était refusé depuis si longtemps, l'avait envoûtée. Comme une avalanche, il l'avait emportée.

Jusqu'à ce qu'il rompe le baiser.

Une nouvelle bouffée d'humiliation l'envahit. Elle, la spécialiste compétente envoyée par son agence pour remplir une mission extrêmement importante, avait failli tout gâcher. Elle devait à tout prix se reprendre.

Elle boita jusqu'à la salle de bains, sa cuisse lui reprochant sa descente au pas de course de la colline, et elle fixa son reflet dans le miroir. Ses joues étaient en feu, ses yeux rougis par l'émotion. Elle s'aspergea le visage d'eau froide et prit plusieurs profondes inspirations pour essayer de stabiliser son rythme cardiaque.

Si son cœur battait si vite, c'était juste parce qu'elle était descendue trop vite de la colline, se répéta-t-elle pour s'en convaincre.

Peut-être travailler lui permettrait-il de se changer un peu les idées.

Elle avait laissé son ordinateur portable dans son bureau. Tout à l'heure, elle était tellement pressée de partir qu'elle n'avait pas pensé à le rapporter dans sa chambre.

La vie était parfois ironique... Elle avait quitté son bureau en catastrophe, bouleversée par le souvenir des bras de Loukas la nuit dernière, et voilà que ces images lui revenaient en pleine figure.

Cela valait-il la peine de récupérer son ordinateur portable, au risque de croiser Loukas ? L'idée de le revoir si vite lui donnait le vertige. Elle avait besoin de temps pour digérer ses pensées et, surtout, calmer les réactions de son corps.

Elle se força à se reprendre. Oui, elle allait se remettre au travail. C'était la seule façon pour elle d'oublier ce qui s'était passé entre eux, au moins momentanément.

Elle sortit et longea un petit bosquet d'oliviers. En train de jardiner, Stephanos lui fit un signe de la main. Elle rentra ensuite dans la maison par une porte latérale donnant sur le couloir menant à son bureau.

Si elle était passée par la porte principale, elle aurait dû passer devant le bureau de Loukas. Par ici, le risque de le croiser était moindre.

Elle trouva son ordinateur sur le bureau, là où elle l'avait laissé. Elle l'attrapa, ainsi que plusieurs dossiers, et repartit sans attendre.

Les bras chargés, elle tenta d'ouvrir la porte menant à la terrasse mais la pile de pochettes lui échappa et tomba sur le carrelage.

Elle était encore accroupie, à essayer de les rassembler, lorsqu'elle entendit la porte du bureau de Loukas s'ouvrir. Zut.

Quelques secondes plus tard, elle vit ses chaussures. Son regard remonta vers ses chevilles, puis vers ses longues jambes fuselées. Ses yeux s'arrêtèrent sur le col ouvert de sa chemise. Il manquait un bouton et le tissu était froissé à l'endroit où son poing s'était accroché quelques minutes plus tôt.

La bouche sèche, elle déglutit tant bien que mal.

— J'avais besoin de mon ordinateur et je ne voulais pas te déranger.

Elle se releva vite.

— Je dois me remettre au travail.

— Ne te cache pas, s'il te plaît.

— Je ne me cache pas, je vais travailler dans ma suite. Je suis désolée pour tout à l'heure.

Menteuse ! Elle recommencerait sans la moindre hésitation.

Voilà pourquoi elle devait se tenir à l'écart. C'était la seule solution pour ne pas l'embrasser à nouveau et perdre la tête.

— Je sais à quel point tu tiens à ta vie privée. J'ai envahi ton espace personnel et je m'en excuse.

— C'est à moi d'en décider, tu ne crois pas ? Bon, laisse-moi t'aider.

— Merci.

Ses doigts effleurèrent les siens lorsqu'il saisit les dossiers et un frisson glissa le long de son dos.

— Je les porte jusqu'à ta chambre et ensuite, je te laisse travailler. D'accord ?

Devant sa porte, comme promis, il lui rendit les documents.

— Le dîner sera servi à 20 heures.

— Tu ne préfères pas dîner seul ? Je… En fait, j'ai réfléchi et je pense que tu peux retourner à Athènes. Je suis en sécurité avec Anna et Stephanos, et je sais que tu préfères être là-bas.

Il riva son regard intense au sien.

— J'ai l'impression de te comprendre un peu mieux, maintenant.

— Tu n'as pas besoin de me comprendre. Il te suffit d'être satisfait de mon travail.

Il recula et enfonça les mains dans les poches de son jean.

— Je te verrai sur la terrasse à 20 heures. À tout à l'heure.

— Je ne pense pas…

— Et pour l'instant, ajouta-t-il en se retournant, sache que l'idée de retourner à Athènes ne m'attire pas. Pas du tout.

7

La perspective de retourner dans son bureau ne l'enchantait guère, c'était un endroit sombre, rempli de souvenirs qui ne manquaient jamais de lui tourner la tête, or il avait besoin de réfléchir calmement. Décidé à échapper à l'atmosphère de cette pièce, il sortit dans le jardin.

Il ne s'était pas aventuré dans l'oliveraie depuis son retour. Enfant, son précepteur l'emmenait pourtant souvent dans le jardin pour lui apprendre à reconnaître les plantes, les reliant à ces mythes grecs qu'il aimait tant.

Il s'assit à l'ombre d'un vieil olivier. Il adorait ces vieux arbres. Leur pérennité lui avait toujours donné un sentiment de sécurité et de protection.

Pour être honnête, cela faisait longtemps qu'il ne s'était pas senti aussi bien ailleurs que dans son appartement d'Athènes.

Vingt-quatre heures plus tôt, il était prêt à tout pour retourner dans son repaire surplombant l'Acropole. Maintenant, il n'était plus aussi sûr de ses sentiments. L'arrivée de Sophia avait dissipé une partie des sombres souvenirs qui lui encombraient l'esprit.

Une partie seulement.

Au premier coup d'œil, elle lui avait rappelé cette jeune femme qui avait capté l'attention de Christos et puis, au fil des jours, cette sensation s'était atténuée. Depuis cet après-midi, il avait même l'impression que son cerveau avait été débarrassé de toute mémoire, à l'exception de celle des minutes qu'ils avaient passées dans les bras l'un de l'autre sur un rocher chauffé par le soleil, au sommet de l'île.

Ces souvenirs-là, il ne pouvait les oublier.

Sa bouche voluptueuse l'avait ensorcelé. Sa langue malicieuse avait allumé des étincelles de désir à travers tout son corps, et son pouls s'était emballé sous ses caresses. Peu à peu, il s'était abandonné et il avait failli perdre la tête. Malheureusement, il n'avait pas suffisamment d'expérience pour faire face aux émotions complexes qui lui serraient le cœur. Il n'était même pas sûr d'être capable de décrire ces sensations.

Son regard glissa vers la mer, à l'horizon. Pour la première fois, il pouvait la regarder sans avoir la gorge nouée par sa peur maladive de l'eau, sans doute parce que son esprit était trop occupé par Sophia.

Elle avait partagé ses souvenirs les plus intimes avec lui, elle avait mis son âme à nu et lui avait accordé sa confiance. En était-il digne ? Il avait des doutes.

Après son départ soudain, il était resté sur le rocher, songeur. Lui faire ces aveux lui avait-il permis de se débarrasser d'une partie de son fardeau ? Il avait envie de lui poser la question, de savoir si ces confidences lui avaient fait du bien. Même si elle était une femme forte, parler avait dû lui demander un certain courage.

À sa grande surprise, il ressentait le besoin de lui rendre la pareille et de partager son passé avec elle. Pourtant, il ne l'avait jamais raconté à quiconque. Christos l'avait bien incité à parler, et son parrain l'avait aidé à surmonter certaines craintes mais, à l'époque, il n'avait pas l'âge d'exprimer ses sentiments les plus profonds. Ensuite, quand son parrain était mort, il avait fermé le couvercle sur toutes ses émotions.

En écoutant Sophia, il avait senti quelque chose changer en lui. Son attention, d'habitude concentrée sur la répression de ses émotions, s'était déplacée vers elle, et soudain, il s'était senti prêt à s'ouvrir.

Il était sérieux lorsqu'il lui avait dit qu'elle était un bon exemple. Elle était un modèle qu'il allait s'efforcer de suivre.

Il s'allongea sur l'herbe, satisfait, pour la première fois depuis des années, de se perdre dans ses pensées sans être englouti par les regrets ou la culpabilité.

Lorsque la brise se mit à souffler, il rouvrit les yeux. Tout à coup, le ciel était plus sombre et la mer, agitée.

Une tempête approchait.

Un frisson d'inquiétude glissa le long de sa colonne vertébrale. Il déglutit et essaya d'effacer de son esprit l'image de la mer en furie, des vagues aussi hautes que des immeubles et de la pluie battante.

La tempête qui approchait n'était qu'un coup de vent sans conséquence, se répéta-t-il en boucle pour tenter de ralentir son rythme cardiaque.

L'orage éclata à la tombée de la nuit. Un éclair violent transperça l'obscurité et, quelques secondes plus tard, le premier coup de tonnerre résonna.

Tous ses muscles tendus, il concentra son attention sur la terrasse où Sophia apparaîtrait bientôt mais, incapable de l'attendre sans rien faire, il sortit.

Chaque éclair était plus intense que le précédent. Chaque coup de tonnerre était plus assourdissant que les autres et la pluie redoublait. La tête baissée, il traversa la terrasse en courant pour rejoindre la porte de la suite de Sophia.

Elle lui ouvrit presque immédiatement.

— Qu'est-ce qui ne va pas ? Il s'est passé quelque chose ?

— Non, tout va bien.

Il entra pour échapper à la pluie diluvienne et elle ferma la porte derrière lui.

Il l'étudia du regard. Ce soir, elle portait un legging noir qui mettait en valeur ses jambes galbées et un caftan en soie assorti à la couleur de ses yeux. Une simple chaîne en argent brillait autour de son cou.

Il inspira. S'il parvenait à faire entrer suffisamment d'oxygène dans ses poumons, peut-être son cerveau pourrait-il fonctionner normalement et peut-être pourrait-il parler.

— Tu es magnifique, finit-il par marmonner.

C'était la vérité, elle était d'une beauté à couper le souffle.

— Je te remercie, se contenta-t-elle de répondre en baissant les yeux, évitant son regard. Pourquoi es-tu ici ? Le dîner est-il annulé ?

Était-ce une note d'espoir qu'il décelait dans sa voix ? Elle ne voulait probablement pas le voir mais avait eu peur de refuser l'invitation à dîner d'un client, même si ce client l'avait embrassée quelques heures plus tôt.

— Anna a dressé la table à l'intérieur.

Il fit un geste en direction de la baie vitrée. Dehors, la nature se déchaînait.

— Je suis venu te chercher. J'avais peur que la pluie te décourage.

Un nouveau coup de tonnerre craqua dans la nuit noire, plus fort que tous les autres, et il tressaillit.

— Il faut plus qu'un orage pour me décourager. D'habitude, j'apprécie les tempêtes mais je n'aimerais pas me retrouver dehors sous celle-ci, surtout au milieu des rochers.

La chaleur envahit Loukas à la pensée du rocher sur lequel ils s'étaient installés cet après-midi. À voir la confusion dans le regard de Sophia, il devinait que le souvenir était également revenu à sa mémoire.

— Si nous courons, nous ne serons pas trop mouillés.

Il baissa les yeux vers ses pieds. Elle portait une paire de ballerines de danse. À une époque, ces chaussures représentaient une partie essentielle de sa vie quotidienne.

— Nous ne sommes pas obligés de courir, si tu as du mal.

— Aucun problème, je peux courir.

Elle ouvrit la porte au moment où un nouvel éclair zébrait le ciel.

— Allons-y.

Il leur fallut moins d'une minute pour traverser la terrasse et, lorsqu'ils arrivèrent devant les portes vitrées, il se rendit compte qu'il lui tenait la main. Il l'attira vite à l'intérieur.

— Pas trop mouillée ?

Les gouttes de pluie brillaient comme des diamants dans ses cheveux.

— Juste mes chaussures, répondit-elle en les enlevant.

Sans lui lâcher la main, il la guida jusqu'à la table. Anna avait allumé des bougies et placé un bouquet de fleurs dans un vase en cristal, au milieu.

— Anna servira le dîner d'ici quelques minutes. Veux-tu un verre, en attendant ?

Elle s'installa dans un fauteuil, face à la fenêtre.

— Avec plaisir. Nous devrions porter un toast à Zeus. Il nous offre ce soir un florilège de ses légendaires coups de foudre.

L'orage était en train de s'apaiser, lorsqu'ils terminèrent de manger.

Pendant tout le dîner, elle parvint à le distraire par un flot de paroles sur les différentes œuvres de la collection, sur les réactions qu'elle recevait de Londres... Était-ce une tactique de sa part visant à l'empêcher de dire ce qu'il avait à dire ?

Peu lui importait. Il avait toute la nuit devant lui et il n'était pas pressé. Au contraire, il serait très heureux de rester ici aussi longtemps que nécessaire à l'admirer, à la dévorer du regard. L'inclinaison de sa tête, les discrets mouvements de ses mains, son sourire... Tout en elle l'hypnotisait. Ses gestes élégants, héritage de sa formation de danseuse, le fascinaient.

Il avait passé la majeure partie de sa vie en marge de la société, préférant observer plutôt que participer, alors il était heureux de se contenter de la contempler.

Il n'avait pas envie de mettre un terme à ce moment exquis mais, en attendant, il était en train de retarder l'inévitable.

Il repensa à la bravoure et à la candeur dont elle avait fait preuve cet après-midi. Il se devait d'essayer d'être aussi courageux qu'elle.

Il était tard, peut-être était-elle fatiguée, songea-t-il soudain. Peut-être ferait-il mieux de reporter leur discussion à demain. Non, c'était une mauvaise idée. Demain, son courage aurait sans doute disparu.

— Tu as eu peur de la tempête ? lui demanda-t-elle soudain, lui rendant involontairement la tâche plus facile. Tu étais tendu et, maintenant que l'orage s'est calmé, tu me parais plus serein.

Malgré les apparences, il n'était pas calme du tout.

— Contrairement à toi, je n'aime pas les tempêtes.

Seul point positif, cet orage ne l'avait pas terrifié et n'avait pas réveillé de douloureux flash-back.

— Y a-t-il une raison particulière à cela ?

— Tu es très perspicace.

— J'ai toujours été très observatrice.

Il attrapa la bouteille de vin, lui en proposa mais elle secoua la tête.

— Plus de vin pour moi, merci.

Charmé par ses cheveux brillant sous la lumière tamisée de la bougie, il esquissa un sourire.

— Tu es en train de repousser l'inévitable, continua-t-elle.

Elle avait raison, il le savait. Il fallait qu'il arrête de tout remettre à plus tard.

— Ce n'est pas facile de parler de quelque chose dont je n'ai jamais été capable de discuter avec qui que ce soit, mais tu m'as montré tout à l'heure que c'était possible. Tout ce qu'il faut, c'est de la détermination et du courage.

— Je ne possédais ni l'une ni l'autre de ces qualités, cet

après-midi. Ma détermination à garder mon histoire pour moi et mon courage m'ont fait défaut. Je t'ai tout avoué et, en plus, j'ai pleuré.

— Quand j'avais quatre ans, commença-t-il d'un ton neutre, mes parents se sont noyés pendant une tempête.

Il fixa la nuit quelques instants avant de poursuivre.

— Leur bateau a chaviré et ils ont été pris au piège. Depuis, j'ai peur des tempêtes, et de l'eau.

À ces mots, il la vit blêmir. Sous le choc, elle plaqua une main sur sa bouche. Son autre main attrapa la sienne et la serra.

— Loukas... Je suis désolée. Tu étais si petit que tu n'as sans doute pas beaucoup de souvenirs de tes parents.

Sa raison lui ordonnait de retirer sa main mais ce lien était si chaud, si rassurant, qu'il ne voulait pas le briser.

— Je me souviens très bien de ce jour, hélas. J'aurais préféré ne pas me le rappeler.

— Tu étais présent ? Tu as vu ce qui s'est passé ?

— Oui. J'étais sur le bateau, avec eux.

L'étreinte des doigts de Sophia se resserra encore sur les siens.

— Inutile de m'en parler, si c'est trop douloureux pour toi.

— Tu préférerais que je ne le fasse pas ?

— Non, pas si cela te fait du bien d'en parler. Mais si ce n'est pas le cas...

Maintenant qu'il avait commencé, il voulait vraiment en finir. Et il allait y parvenir, même si les signes avant-coureurs d'une crise de panique étaient en train de l'envahir, même si les battements de son cœur étaient de plus en plus rapides et si le poids qui pesait sur sa poitrine menaçait de l'étouffer.

— Tout va bien, Loukas. Respire et regarde-moi.

Il trouva ses yeux bleus et s'y accrocha. Sa main caressa la sienne et, peu à peu, le monde se rétrécit autour d'eux, autour de cette table. Peut-être était-ce de ce soutien dont il avait besoin.

Elle lui tendit un verre d'eau et il en avala une gorgée, soulagé de ne pas s'étouffer.

— Merci.

Son rythme cardiaque ralentit et sa panique commença à s'estomper peu à peu.

— Cela ne s'était pas produit depuis longtemps, je suis désolé.

— Tu n'es pas obligé de me raconter, si tu n'as pas envie.

— J'en ai besoin. Du moins si tu veux bien m'écouter.

Elle acquiesça d'un geste de la tête.

— D'accord. Tu étais donc sur le bateau. Que s'est-il passé ?

— Nous étions en vacances chez Christos et il nous a suggéré d'aller faire un tour en mer. Le vent soufflait ce jour-là mais Christos n'imaginait pas qu'une tempête se lèverait. Il s'en est beaucoup voulu de ne pas avoir vu l'orage arriver. Comme je ne savais pas nager, je portais un gilet de sauvetage, c'est ce qui m'a sauvé.

Il passa une main sur son visage.

— Lorsque les vagues sont devenues trop hautes, mon père a changé de cap pour se diriger vers une autre île plus proche, mais le vent était trop fort. Mes parents m'ont alors attaché à un harnais de sécurité pendant qu'ils descendaient dans la cabine chercher des gilets de sauvetage. Malheureusement, il était trop tard. Une vague plus forte que les autres a fait chavirer le bateau et je suis tombé à l'eau.

Il se tut pour prendre une profonde inspiration mais il avait du mal à respirer. Il manquait d'oxygène.

— Le bateau a coulé en quelques minutes et mes parents ont été pris au piège dans la cabine.

Il plongea dans son regard azur. Il n'avait pas envie de l'accabler avec son histoire, elle avait connu suffisamment de tragédies.

— Et toi ? s'enquit-elle d'une petite voix.

— Je revois mon père m'accrocher au harnais et me parler mais je ne me souviens pas de ses mots. Une vague m'a emporté, détachant le harnais du rail. Je n'ai aucun souvenir de ce qui s'est passé ensuite. Je sais juste que j'ai été secouru assez rapidement et que, si le harnais ne s'était pas cassé, j'aurais été entraîné sous l'eau.

Il regarda Sophia se mordre la lèvre. Ses beaux yeux étaient humides.

— J'aurais adoré posséder un souvenir de mes parents, même fugace, murmura-t-elle, mais vivre avec des souvenirs comme les tiens doit être intolérable. Les avoir perdus si soudainement... Qu'es-tu devenu, après ?

— Christos et mon père étaient des amis proches. Il était mon parrain et il savait que je n'avais pas d'autre famille proche, alors il m'a recueilli.

Il baissa les yeux vers leurs mains jointes.

— Il était gentil et affectueux. Il a fait de son mieux pour remplacer mes souvenirs terrifiants par des histoires heureuses de mes parents alors que lui-même devait être brisé par le chagrin et torturé par la culpabilité. J'étais le seul héritier de l'entreprise de mon père. À l'âge de quatre ans, je suis donc devenu un riche orphelin, et une cible de choix pour d'éventuels ravisseurs.

— Et puis Christos est mort.

Il déglutit et tourna son regard vers le portrait de son parrain accroché au mur.

— Je me souviens très bien de ce dernier été. J'avais huit ans, et Christos m'avait enfin aidé à surmonter ma terreur de l'eau.

— C'est pour cette raison que tu ne nages pas.

Il le confirma d'un geste de la tête.

— Ensuite, j'ai été recueilli par la sœur de mon précepteur, à Athènes. J'étais scolarisé à la maison. Quand je suis devenu un adolescent rebelle, j'ai été envoyé dans un internat en Suisse. L'avocat de Christos m'a dit que celui-ci avait décidé de faire de moi son héritier à la mort de mes parents. S'il s'était marié et avait eu des enfants, je suis sûr qu'il aurait modifié son testament.

— Dans quelles circonstances Christos est-il mort ?

Surpris par sa question, il se redressa et tenta de reprendre sa main mais elle la serra plus fort.

— Je ne veux pas en parler, rétorqua-t-il d'une voix sèche.

— Comme tu veux, mais si jamais tu as besoin...

— Non.

Comme pour passer à un autre sujet, il secoua la tête.

— J'ai obtenu un diplôme de finance en Angleterre et j'ai rejoint l'entreprise de mon père. J'ai peu à peu gravi les échelons avant de revenir à Athènes. Aujourd'hui, je pourrais faire l'essentiel de mon travail depuis la maison mais je préfère voyager.

Elle lui tenait toujours la main, or il devait rompre le contact, il le savait. Hélas, il n'y arrivait pas. La peau de Sophia était bien trop douce.

— Tu voyages pour ne pas avoir à faire face à tes sentiments ?

— Au contraire, je les affronte tous les jours. Ils ne me quittent jamais.

— Malgré tout, tu préfères fuir.

Sa voix était si douce qu'il l'entendait à peine.

— Je ne fuis pas, je travaille. J'aime rester en contact avec mes collaborateurs. Le fait de voir les gens face à face est important.

— Ce genre de vie est peut-être bon pour les affaires mais il empêche toute relation sérieuse. Je sais que tu es un homme réservé mais tu dois tout de même mener une existence très solitaire.

— Une relation sérieuse..., répéta-t-il d'un ton presque dégoûté. Je n'ai ni le temps ni l'envie d'une relation sérieuse.

— Dans ce cas-là, tu seras heureux de rentrer à Athènes pour retrouver ta vie de reclus.

Incrédule, il la dévisagea. Elle paraissait capable de plonger dans son âme et de lire en lui. Mais elle pouvait penser ce qu'elle voulait, il menait sa vie comme il l'entendait, et avoir une relation sérieuse ne l'intéressait pas. Il savait par expérience que le destin pouvait basculer en une fraction de seconde.

Perdu, il croisa les bras.

— Si tu penses pouvoir rester seule avec Anna et Stephanos, je partirai peut-être.

Rentrer à Athènes lui semblait impossible, mais rester dans l'orbite envoûtante de Sophia était dangereux et ne mènerait à rien de bon, il le savait aussi. Une aventure de quelques jours ne comblerait jamais une femme comme elle. Elle voudrait tout, et surtout ce qu'il ne pourrait jamais lui offrir.

Elle méritait mieux qu'un homme comme lui.

— Je me débrouillerai, répondit-elle avant de baisser la tête, ses cheveux masquant son visage. Je terminerai sans doute mon travail plus vite que prévu.

— Bonne nouvelle, rétorqua-t-il même si une partie de lui était déçue. Cette collection a toujours été un fardeau pour moi.

Il repoussa sa chaise et se leva.

— Une fois la collection dispersée, je pourrai laisser l'île aux bons soins de Stephanos et d'Anna.

— Il sera facile de se débarrasser des œuvres d'art, les acheteurs se bousculeront. Par contre, il sera plus difficile d'effacer tes souvenirs. Eux, tu ne peux pas les vendre. D'ailleurs, penses-tu vraiment que la vente te rendra plus heureux ?

— Je ne serai jamais heureux, au sens classique du terme.

— Après mon accident, j'ai cru avoir perdu toute chance de trouver le bonheur mais j'ai décidé de ne pas m'apitoyer sur mon sort. Oui, mes rêves ont changé, mais rien ne m'empêche de profiter de chaque instant.

Il regarda Sophia se lever de table et fixer la mer, noire et brillante, sous le clair de lune. La pluie s'était arrêtée et le vent s'était calmé.

Lorsqu'il souffla sur la bougie pour l'éteindre, elle se retourna.

— Loukas...

À quoi avaient servi ses aveux ? Il ne se sentait pas mieux. Au contraire, il avait l'impression que tous ses nerfs étaient à vif.

Il riva son regard au sien et se noya dans ses prunelles. Même dans la pénombre, l'alchimie qui pétillait entre eux était assez puissante pour l'enflammer.

Il refoula son désir. Il avait besoin de toute son énergie pour se maîtriser, or il avait l'impression que Sophia lui avait jeté un sort, le privant de sa carapace.

Il aurait dû ignorer le défi qu'elle lui avait lancé car le fait de révéler son histoire avait réveillé son sentiment de culpabilité. Ses souvenirs du jour de la mort de ses parents étaient peut-être sommaires mais son imagination avait complété ses lacunes et il était sûr d'une chose, il n'aurait jamais dû survivre à cette tempête, la mer aurait dû l'engloutir lui aussi.

8

Sophia se rendit à deux reprises dans la chambre forte pour vérifier, elle fouilla tous les recoins du sous-sol. En vain. Elle avait identifié toutes les œuvres mentionnées dans le catalogue, sauf une sculpture qui demeurait introuvable.

Elle n'avait pas vu Loukas depuis leur dîner, trois jours plus tôt, sans doute était-il reparti à Athènes. Il lui suffisait néanmoins de laisser son esprit s'évader pour le revoir, beau comme un dieu avec ses cheveux d'ébène, sa bouche sévère et son regard ténébreux.

Et malheureusement, son esprit s'égarait bien trop souvent.

Elle mourait d'envie de revoir Loukas. Les révélations qu'il lui avait faites l'avaient bouleversée et elle aurait aimé pouvoir l'aider. Malheureusement, il refusait toute aide. Il avait verrouillé son cœur et jeté la clé.

Elle devait à tout prix trouver cette clé, sinon il passerait sa vie tout seul, écrasé par les souvenirs, cabossé.

Son attitude n'était pas professionnelle, elle en était bien consciente, elle était contraire à l'éthique de base. Malgré tout, elle aspirait à retrouver ce sentiment d'appartenance qu'elle avait ressenti entre ses bras. Leur baiser avait enflammé une partie d'elle dont elle ignorait l'existence et depuis, son corps en redemandait, encore et encore.

Pour Loukas, hélas, il ne s'était agi que d'un banal baiser destiné à la réconforter et il était reparti à Athènes remettre son costume d'homme solitaire, d'homme isolé du monde.

Elle revint à son travail. La seule solution était de lui envoyer un mail pour lui demander s'il pouvait l'éclairer sur cette sculpture manquante.

Moins de trois heures plus tard, une réponse arriva dans sa boîte aux lettres et, étonnée, elle la relut deux fois. Loukas lui annonçait qu'il était toujours sur l'île.

Elle était encore en train d'assimiler le fait qu'il se trouvait dans la villa quand, cinq minutes plus tard, il poussa la porte de son bureau. Surprise, elle se leva d'un bond et le dévisagea.

— Je pensais que tu étais reparti à Athènes.

À voir ses yeux cernés et sa barbe de trois jours, elle devinait qu'il n'avait pas beaucoup dormi.

— Non, je suis resté ici, à... à hiberner. Je n'avais pas envie de compagnie.

— Excuse-moi de t'avoir dérangé. Je vais gérer le problème toute seule, si tu préfères.

— Arrête, rétorqua-t-il en levant la main. Oui, je préfère rester seul mais je peux tout de même t'aider.

— Inutile. Je vais me débrouiller.

Ignorant sa réponse, il baissa les yeux vers son bureau.

— Montre-moi de quelle œuvre il s'agit, s'il te plaît.

Ses mains tremblaient lorsqu'elle pointa du doigt le dossier de la sculpture. Elle prit une profonde inspiration pour se reprendre. Autrefois, elle utilisait toujours cette technique avant de monter sur scène. Aujourd'hui, elle y avait recours à chaque fois qu'elle était stressée.

Cette fois-ci, cependant, elle ne fonctionna pas lorsqu'il pencha sur elle son corps d'Apollon. Il ne s'était peut-être pas rasé mais il s'était douché et son parfum épicé l'enivrait.

— Je crois savoir où se trouve cette sculpture.

— Vraiment ?

Elle avait bien avancé dans son travail. Sans doute aurait-elle terminé d'ici trois jours. Ensuite, elle pourrait rentrer à Londres.

Elle avait envahi l'espace personnel de Loukas et, depuis trois jours, il l'évitait. C'était la preuve qu'il était impatient de la voir partir. Malheureusement, à l'idée de quitter cette île paradisiaque, le cœur de Sophia saignait.

— Je vais te montrer, viens avec moi.

Elle le suivit jusqu'à une solide porte en bois ornée d'une petite plaque de laiton sur laquelle était inscrit « privé ». Il sortit une carte de la poche de son jean, l'appliqua sur la poignée pour déverrouiller la porte et la poussa.

— Il s'agit de mes appartements privés. Christos et moi vivions ici. Aucun visiteur n'a jamais passé cette porte.

Mal à l'aise, elle recula.

— Si tu préfères que je n'entre pas...

— Non, c'est la seule façon de te montrer la sculpture.

Elle le suivit jusqu'à une grande salle de séjour meublée dans un style qui avait dû être moderne il y a trente ans. Des canapés élimés étaient disposés de part et d'autre d'une table basse en bois clair. De grandes baies vitrées ouvraient la pièce sur une cour fermée sur ses quatre côtés.

Curieuse, elle sortit dans le patio.

De fines colonnes de marbre soutenaient une pergola sur laquelle grimpait une luxuriante vigne vierge. Ici et là étaient installés de confortables fauteuils tandis que de grands pots en terre cuite accueillaient des plantes multicolores.

La délicate musique de l'eau attira son oreille et elle remarqua un bassin au centre de la cour. Des nénuphars roses flottaient à sa surface et, sur un socle au centre, se trouvait la statue en marbre d'une déesse grecque.

Il s'arrêta et observa Sophia croiser les bras. La tête penchée, les yeux plissés, elle examina la statue durant de longues minutes avant de se redresser et de se tourner vers lui.

— Elle est divine, n'est-ce pas ?

Il quitta l'ombre de la colonnade et sortit au soleil. Les murs blancs étaient tellement éblouissants qu'il enfila ses lunettes de soleil. Il n'avait pas quitté ses appartements depuis trois jours et ses yeux n'étaient plus habitués à une telle luminosité.

— Elle est en effet divine, répondit-il avant de passer un doigt rêveur sur le marbre poli. Ses mains me fascinent. Elles sont parfaites, comme les tiennes.

Pas convaincue, elle regarda ses mains.

— Je ne suis pas sûre d'être à la hauteur d'Aphrodite.

— Tu penses que c'est une statue d'Aphrodite ?

— Selon moi, il s'agit d'une copie romaine d'une sculpture grecque de Praxitèle, un artiste du IVe siècle avant Jésus-Christ. Elle représente la déesse de l'amour et de la beauté.

Elle posa sa main fine sur le bras gauche de la déesse.

— Elle sort de l'eau et tend la main vers sa serviette. Je peux prendre quelques photos ?

— Bien sûr.

Elle fit le tour du bassin et photographia la sculpture sous toutes les coutures.

— Son auteur l'a façonnée de telle façon qu'elle soit admirée de tous les points de vue. Cet emplacement est donc parfait pour elle.

Elle balaya la cour du regard.

— Ce patio est vraiment magnifique. Merci de m'avoir permis de voir la sculpture.

Il haussa les épaules comme si de rien n'était.

— Pas de problème. De ce côté se trouve la cuisine et là, ce sont les chambres, uniquement accessibles par la cour. L'appartement est très sécurisé.

Il raccompagna Sophia à l'intérieur.

— Les fenêtres de l'autre côté donnent sur des falaises abruptes. Tu les as peut-être aperçues depuis la colline.

Il regretta aussitôt d'avoir abordé le sujet de leur rencontre sur le rocher. Sophia, heureusement, n'y prêta pas attention.

— Cette partie de la villa est totalement isolée.

— Oui, le reste de la maison était assez grand pour accueillir tous les invités des fêtes qu'organisait Christos.

Il jeta un coup d'œil vers le bassin avant de reprendre.

— Je vais devoir réfléchir à la façon de sortir Aphrodite du bassin pour la mettre avec le reste de la collection.

Ces trois jours sans voir Sophia avaient été un véritable enfer. Depuis leur dîner, il n'avait qu'une envie, la retrouver et s'excuser d'avoir gâché la soirée avec ses souvenirs. Il s'était cependant retenu, persuadé qu'elle ne voudrait pas le voir.

Pour tenter de l'oublier, il s'était réfugié dans le travail et le sport, courant sur le tapis de sa petite salle de sport jusqu'aux heures les plus sombres de la nuit, frappant dans son punching-ball et enchaînant les douches glacées. En vain. Il n'avait cessé de penser à elle.

Sophia était une femme magnifique qui semblait être capable de lire dans son âme blessée et de percer ses secrets les plus intimes. Quel homme serait capable de résister à une telle femme ?

Sa présence avait modifié l'atmosphère d'Alysos, elle l'avait égayée. Depuis son arrivée, cette maison n'était plus une villa désolée et désertée mais un véritable lieu de vie. Même caché derrière sa porte verrouillée, il pouvait percevoir cette métamorphose.

Malheureusement, toutes ses tactiques pour tenter de l'oublier n'avaient servi à rien. À la seconde où son mail avait atterri dans sa boîte de réception, il avait su qu'il avait perdu la bataille.

Il passa la paume de sa main sur sa mâchoire râpeuse. Il aurait au moins pu se raser, avant d'aller la retrouver.

Il regarda Sophia se diriger vers la porte et les regrets le gagnèrent. Il n'avait pas envie qu'elle parte. Il n'était avec elle que depuis quelques minutes mais il avait envie de plus, de beaucoup plus. Sans réfléchir, il la suivit, essayant tant bien que mal de trouver un moyen de retarder son départ.

— Tu as besoin de quelque chose d'autre ?

— J'ai tout ce qu'il me faut, merci.

Elle lui adressa un sourire si grand, si lumineux qu'il lui coupa le souffle et chassa instantanément de son cerveau stressé toutes ses pensées rationnelles.

— Je vais m'occuper de cette sculpture. Ensuite, je pourrai terminer et repartir. Tu seras débarrassé de moi, je ne serai plus sur ton chemin. Ma mission a finalement été plus fluide que je l'imaginais.

Il n'aurait pas utilisé le mot « fluide » pour décrire la façon dont s'était déroulée son expertise. L'idée de la faire dérailler pour la faire durer plus longtemps surgit d'ailleurs dans son esprit.

— Tu n'es pas sur mon chemin.

Elle posa une main sur la poignée de la porte.

— Je suis désolé d'avoir été injoignable, ces derniers jours. J'essayais de résoudre un problème.

— J'espère que tu l'as réglé.

Pas du tout. Et j'ignore si j'y parviendrai un jour.

Elle actionna la poignée et il lui tint la porte ouverte, résistant à l'impulsion folle de la claquer et de la verrouiller. Il devait à tout prix trouver une solution pour la revoir bientôt. Un sourire de sa part, et toute volonté de l'éviter s'était magiquement évanouie. Elle l'avait ensorcelé.

— Es-tu allée nager ? lui demanda-t-il soudain.

Pourquoi cette question ? Il n'arrivait pas à croire qu'elle lui était venue à l'esprit.

— Oui, mais j'ai suivi ton conseil. À chaque fois, je me suis assurée qu'Anna n'était pas loin et...

— As-tu envie d'aller à la plage ?

Les mots étaient sortis de sa bouche avant qu'il ait eu le temps de réfléchir. La plage était son pire cauchemar mais son envie de rester aux côtés de Sophia était plus forte que toutes ses craintes. Une fois qu'elle serait partie, il y aurait un vide dans sa vie que rien ne pourrait combler, alors il devait profiter de chaque minute.

— Je pourrais venir avec toi.

Ses yeux bleus comme le ciel d'été se posèrent sur lui. Elle semblait surprise.

— Oui, j'aimerais beaucoup aller à la plage avec toi.

Magiquement, la possibilité de passer plus de temps avec elle réveilla tous ses sens. Ses épaules contractées se détendirent et le poids sur sa poitrine s'envola.

— À quelle heure seras-tu libre ?

— Je peux arrêter le travail vers 17 heures, si tu veux. Il faudra juste que je vérifie mes mails en fin de journée, pour m'assurer que je n'ai pas reçu d'autre message de Londres.

— C'est parfait. À tout à l'heure.

Une fois Sophia partie, il retourna dans la cour, un sourire aux lèvres, et leva les yeux vers le ciel. Il était de la même nuance de bleu que ses yeux enjôleurs.

Son regard glissa ensuite vers la sculpture.

— Merci, Aphrodite.

9

Il était plus de 17 heures lorsque Sophia s'installa à son bureau et étudia les documents concernant la sculpture. Comme elle le soupçonnait, elle représentait bien Aphrodite, la déesse de la beauté et de l'amour. Il ne lui restait plus qu'à jeter un coup d'œil au contenu de l'enveloppe marron qui donnait son volume au dossier. Elle y renonça cependant en voyant le mot « personnel » griffonné dans un coin.

De retour dans sa suite, elle enfila son bikini et une longue chemise puis drapa un châle de coton autour de ses épaules. Quelques minutes plus tard, elle retrouva Loukas au pied de l'escalier. Ses cheveux noirs étaient toujours ébouriffés mais il s'était rasé depuis leur rencontre, tout à l'heure.

Et dire qu'il se cachait dans ses appartements depuis trois jours… Comment était-ce possible qu'elle ne l'ait pas su ? Qu'elle n'ait pas senti sa présence ? L'avait-il évitée parce qu'il regrettait de l'avoir embrassée ou de lui avoir parlé des conditions de la mort de ses parents ?

— Es-tu sûr de vouloir aller à la plage ?

Il avait l'air anxieux.

— Bien sûr. Allons-y.

Sans attendre sa réponse, il s'engagea d'un pas rapide sur le chemin escarpé.

Il semblait tellement nerveux qu'elle avait une envie folle de lui proposer de s'arrêter et d'admirer la vue pendant qu'elle plaquerait ses paumes sur sa nuque et masserait ses muscles noués.

— Loukas...

D'un coup d'œil, il vérifia qu'elle le suivait bien mais continua sur le même rythme, presque comme un homme en mission et, tout à coup, tout s'éclaira en elle.

Il détestait la mer et avait peur de l'eau, cette promenade était donc une épreuve pour lui. Il était toutefois obligé de continuer à avancer car, s'il s'arrêtait, s'il prenait le temps de réfléchir, il risquait de perdre son sang-froid. Or il refusait de faiblir devant qui que ce soit.

Dans ce cas-là, pourquoi lui avoir proposé de l'emmener à la plage ? Elle ne comprenait pas.

Lorsqu'il atteignit le quai, il s'arrêta pour lui permettre de le rattraper. Instinctivement, elle passa une main sur sa cuisse et remarqua aussitôt son regard inquiet.

— Excuse-moi, j'avais oublié ta blessure.

— Ce n'est pas grave. C'est un bon exercice pour ma jambe.

— Veux-tu te reposer une minute ?

— Non, continuons. Par où allons-nous ?

Il lui indiqua l'endroit où le chemin réapparaissait, derrière le promontoire, au-delà du port.

Sur la crête, elle s'arrêta un instant pour admirer le paysage.

— C'est ainsi que j'imaginais les îles grecques. De petites criques préservées du regard, des eaux turquoise... C'est magnifique.

Ici et là, des rochers parsemaient la plage, comme si Zeus les avait laissés tomber là au hasard.

Impatiente de se baigner, elle dévala la pente en trottinant et se débarrassa de ses sandales. Sur le sable, elle déboutonna sa chemise et noua son châle autour de sa taille avant d'avancer prudemment vers l'eau. Une vague, douce et soyeuse, roula sur ses pieds et, heureuse, elle esquissa un sourire.

Lorsqu'elle se retourna, elle vit que Loukas s'était arrêté loin de l'eau, à côté de ses vêtements. Même à distance, elle pouvait voir la nervosité émaner de son corps d'Apollon. Tous ses muscles étaient tendus et il gardait les bras croisés.

Si seulement elle pouvait l'aider à se détendre… Si seulement il pouvait plonger dans cette eau cristalline et nager avec elle… Il possédait un corps parfait qu'elle rêvait de découvrir… Elle se força à chasser cette pensée de son esprit. Pour lui, elle n'était qu'une gêne.

Refoulant ces pensées, elle se débarrassa de son châle sur le sable avant de plonger dans l'eau.

Quel bonheur… Un sourire aux lèvres, elle laissa les vagues la bercer doucement. Au-dessus d'elle, dans le ciel azur, un oiseau tournoyait. Elle se sentait si bien, si légère, qu'elle avait presque l'impression de voler elle aussi. Jamais elle ne s'était sentie aussi proche du paradis.

Loukas ne quitta pas Sophia des yeux. Ainsi, il le verrait tout de suite si elle était en difficulté. Que ferait-il dans un tel cas ? Il l'ignorait et il ne voulait pas y penser. L'anxiété lui serrait déjà la gorge et l'angoisse menaçait de lui faire perdre la tête.

Il la vit soudain disparaître sous l'eau et, paniqué, il retint son souffle. Il respira à nouveau sitôt qu'elle remonta à la surface, quelques mètres plus loin.

À bout de nerfs, il réprima un soupir. Il devait à tout prix se contrôler, son comportement était totalement irrationnel.

Il plongea dans ses souvenirs et repensa à l'été durant lequel Christos lui avait appris à nager. Il se rappelait encore la fierté qu'il avait éprouvée quand il avait maîtrisé la brasse et avait atteint l'autre bout de la piscine avec Christos à ses côtés, ce dernier se tenant prêt à le rattraper s'il venait à paniquer. Il avait une confiance absolue en Christos.

À sa mort, il s'était senti tellement perdu qu'il avait eu l'impression de se noyer. Depuis, sa peur de l'eau était devenue un cauchemar récurrent qui, aujourd'hui encore, perturbait régulièrement son sommeil.

Une vague plus haute que les précédentes se forma et il perdit Sophia de vue. Une nouvelle fois, il arrêta de respirer, ne reprenant son souffle que lorsqu'elle réapparut.

Il avait envie de l'appeler et de lui demander de sortir de l'eau. Il n'allait pas supporter cette torture très longtemps. Et si sa jambe se fatiguait ? Et si elle avait une crampe ? Et si...

Elle se remit sur le ventre et commença à nager en direction du rivage avec fluidité et élégance. Enfin ! Le soulagement le gagna.

Une fois hors de l'eau, elle enroula son châle autour de sa taille puis remonta la plage en boitant légèrement. Elle pressa ses cheveux entre ses mains pour les essorer puis secoua la tête, libérant une gerbe de gouttes d'argent.

Jamais il n'avait vu une femme aussi belle. Elle l'envoûtait, elle l'ensorcelait.

Sous le charme, il la dévora du regard, essayant de graver cette image dans son esprit pour pouvoir la revoir après son départ.

Avait-elle froid ? Elle avait la chair de poule et ses mamelons étaient tendus sous le haut de son bikini. Troublé par ce spectacle, il déglutit puis laissa son regard glisser vers son ventre plat, vers la courbe sensuelle de ses hanches et de ses cuisses. Il n'y avait rien chez elle qu'il aurait voulu changer. Elle était parfaite.

— C'était mon meilleur bain de mer depuis très longtemps, lâcha-t-elle dans un éclat de rire. Peut-être même le meilleur bain de mer de toute ma vie. J'aurais juste aimé...

Lui était surtout heureux qu'elle soit de retour sur la terre ferme, saine et sauve.

— J'aurais juste aimé que tu nages avec moi... Excuse-moi, je n'aurais jamais dû dire cela, c'était insensible de ma part.

Elle enroula son châle autour de ses épaules puis s'assit sur le sable et tapota la place à côté d'elle.

— Assieds-toi, j'ai envie de profiter un peu de la mer.

— Je pensais que tu devais rentrer vérifier tes mails, répondit-il en s'installant à côté d'elle. Tu es à jour dans ton travail ?

Elle haussa les épaules et son châle glissa, révélant les courbes voluptueuses de sa poitrine. Jamais il n'avait vu spectacle plus érotique.

Elle le remit en place.

— Oui. J'ai juste trouvé une enveloppe scellée dans le dossier. Je ne l'ai pas ouverte, je te la donnerai.

Elle était si proche de lui, tout à coup, que la température de Loukas monta de quelques degrés. Ressentait-elle cela elle aussi ?

Il lui jeta un coup d'œil discret, s'attarda sur son profil parfait, sur la sensualité de sa bouche, sur l'élégance de son cou, et tous ses sens s'éveillèrent.

Il serra les poings pour tenter de se contrôler. Sophia était plus belle qu'Aphrodite. Elle était chaleureuse et intelligente, gentille et pleine de compassion. Il mourait d'envie de la prendre dans ses bras et de la sentir se fondre à nouveau contre lui.

Il la désirait, corps et âme, c'était aussi simple que cela.

Elle baissa les yeux vers ses mains crispées.

— C'est difficile pour toi, n'est-ce pas ? Tu es stressé, je le vois.

Elle posa une main sur les siennes et il ferma les yeux, incapable de la regarder mais incapable également de retirer sa main. Sa caresse était tout ce dont il avait besoin.

— Sophia...

— Je suis désolée de t'avoir laissé m'accompagner ici. C'était égoïste de ma part. Essaye néanmoins de te détendre, tout va bien.

Il noua ses doigts aux siens et plongea dans ses prunelles couleur azur. Une étincelle de quelque chose qui ressemblait à de l'appréhension s'alluma brièvement puis disparut.

— Tu es tellement belle, tellement parfaite... À côté de toi, Aphrodite ne fait pas le poids.

— Certaines parties de moi ne sont pas parfaites. Ma jambe...

— Ta jambe est une partie de toi et tout en toi est beau, à l'intérieur comme à l'extérieur.

Il porta la main de Sophia à sa bouche et embrassa ses doigts.

— Loukas... répondit-elle d'une petite voix en frissonnant.

— Tu as froid, tu devrais rentrer.

— J'ai envie de rester quelques minutes de plus mais tu peux partir, si tu veux.

— Et te laisser sur la plage où tu pourrais décider de retourner dans l'eau ? Jamais de la vie.

Il se leva, lui prit les mains et l'aida à se relever. Il ramassa ensuite la chemise qu'elle avait jetée sur le sable et la lui tendit pour qu'elle puisse la mettre. Lorsqu'elle glissa les pieds dans ses sandales, il lui prit la main et traça un petit cercle à l'intérieur de son poignet avec son pouce.

— Je le confirme, tu es plus belle qu'Aphrodite.

Il se dirigea vers le chemin mais elle demeura immobile.

— Je suis sérieux, Sophia, je refuse de te laisser seule sur la plage.

— C'est la première fois que je te vois sourire.

Incrédule, il écarquilla les yeux. De quoi parlait-elle ?

— Quand tu as parlé d'Aphrodite, tu as souri. Je ne t'avais jamais vu faire cela.

— Tu n'as pas dû faire très attention.

— Au contraire. Et je suis prête à parier que ce ne sont pas des rides de rire, autour de tes yeux. À l'évidence, tu t'es rendu compte que le fait de me comparer à Aphrodite était une idée idiote.

— Pas du tout. Je le pense vraiment.

— Eh bien... merci. Aphrodite étant la déesse de la beauté et de l'amour, je le prends comme un compliment. De ton côté, tu devrais essayer de sourire plus souvent. Sourire utilise moins de muscles que le froncement de sourcils, et tu as un beau sourire.

Il garda sa main dans la sienne jusqu'à ce qu'ils atteignent la porte de sa chambre.

— Tu vas te remettre au travail ?

— Oui. Je mangerai plus tard, Anna a rempli mon réfrigérateur de plats délicieux.

— Anna et Stephanos sont partis à une fête de famille à Skiathos. Ils seront absents quelques jours.

— C'est ce qu'elle m'a dit. Elle semblait d'ailleurs impatiente de retrouver sa famille.

— Puis-je te poser une question ?

Le regard soudain méfiant, elle essaya de retirer sa main mais il la tint fermement.

— Sur la plage, l'espace d'un instant, j'ai eu l'impression que tu étais effrayée. Je ne veux pas que tu aies peur de moi. La peur est un poison.

— Je le sais.

D'un doigt, elle effleura sa joue avant de reprendre.

— Et rassure-toi, je n'avais pas peur de toi, Loukas. Je craignais juste que tu ne m'embrasses pas. D'ailleurs, tu ne l'as pas fait.

Sans un mot de plus, elle entra dans sa chambre et referma la porte derrière elle.

10

Elle passa une main dans ses cheveux. Ils étaient secs à cause de l'eau de mer et elle avait du sable entre les orteils. Impatiente de se débarrasser des traces de son bain de mer, elle s'attarda de longues minutes sous l'eau brûlante de la douche. Ce bain de mer avait eu un effet énergisant et thérapeutique sur elle, mais elle ne pouvait s'empêcher de ressentir une pointe de culpabilité en se rappelant le malaise de Loukas sur la plage.

Il était parvenu à se détendre un peu, lorsqu'elle était sortie de l'eau, mais seulement un peu.

Une fois propre, elle enfila un peignoir de soie.

Sur la plage, elle avait vraiment cru que Loukas allait l'embrasser. Quelques centimètres seulement séparaient sa bouche de la sienne et à cet instant, elle n'avait eu qu'une envie, la capturer et la savourer, encore et encore. Malheureusement, il avait fermé les yeux, comme s'il ne voulait pas la voir, et il ne l'avait pas embrassée. Au contraire, il l'avait poussée à rentrer à la villa où elle allait dîner toute seule avant de se remettre au travail.

Si elle ne lui avait pas envoyé ce mail ce matin, à propos de la sculpture, jamais elle n'aurait su qu'il était encore sur l'île. Elle aurait pu terminer sa mission et retourner à Londres sans jamais le revoir. D'ailleurs, peut-être était-ce ce qu'il désirait.

Elle soupira.

Avec un peu de chance, le souvenir de leur baiser finirait par s'estomper. Oui, il diminuerait, forcément. C'était le fait d'être près de lui, de sentir son envoûtant parfum, de voir les flammes dans ses prunelles sombres, qui faisait qu'il était toujours au centre de ses pensées.

Elle s'installa sur la terrasse pour manger la salade qu'Anna lui avait préparée et regarder le soleil se coucher.

Loukas ne l'avait pas embrassée.

Elle soupira une nouvelle fois. Il avait eu l'occasion de l'embrasser et il ne l'avait pas saisie.

Comment lui expliquer que la peur qu'il avait vue dans ses yeux était la peur d'elle-même ? Un seul effleurement de ses lèvres lui aurait fait oublier tous les scrupules qu'elle avait à mélanger travail et plaisir, et lui aurait fait perdre la tête.

Elle n'avait jamais été tentée par les aventures d'un soir mais, après réflexion, peut-être était-ce ce dont elle avait besoin pour reprendre ses esprits.

Avait-il fait preuve de retenue, ou considérait-il le baiser de l'autre jour comme une erreur ?

Lasse, elle rentra dans sa chambre mais laissa la baie vitrée et les volets ouverts. Elle s'installa ensuite devant son ordinateur portable.

Sa vie, sa nouvelle vie, lui convenait. Elle connaissait même des moments excitants, lorsqu'une œuvre d'art atteignait un prix plus élevé que l'estimation ou qu'un objet de valeur disparu réapparaissait. La montée d'adrénaline qu'elle ressentait autrefois lorsqu'elle se produisait sur scène faisait aujourd'hui partie du passé, et elle n'avait plus envie de s'attarder sur cette perte. À quoi bon, de toute façon ? Il lui avait fallu des années pour accepter son nouveau destin et, aujourd'hui, elle s'en satisfaisait. Danser exigeait de la rigueur, et elle avait mis à profit cette discipline pour accepter la nouvelle direction que sa blessure l'avait obligée à prendre. La vie qu'elle rêvait autrefois de mener était devenue inaccessible mais elle avait de nouveaux rêves, désormais.

Le problème, c'était que le désir qu'elle avait senti tournoyer dans ses veines, lorsque la bouche de Loukas avait touché la sienne, menaçait d'anéantir toute sa détermination et de la faire tomber dans une spirale sans fin de perte de contrôle.

Une spirale dangereuse mais terriblement tentante.

Jamais il ne parviendrait à dormir. En fait, il avait l'impression de n'avoir pratiquement pas fermé l'œil depuis l'arrivée de Sophia.

C'était bien de la peur qu'il avait vue dans son regard, tout à l'heure. Elle ne l'avait d'ailleurs pas nié. Par contre, il n'avait pas cru à sa réponse désinvolte. Elle avait été mal à l'aise, il en était certain.

Était-il à ce point intimidant ? Il l'ignorait. Il trouvait juste surprenante l'idée qu'elle puisse avoir peur de lui.

Il lâcha un long soupir.

Il aurait pu lui proposer de dîner ensemble mais il y avait renoncé de peur d'augmenter encore sa nervosité.

De retour dans son bureau, il dénicha sa bouteille de whisky au fond du tiroir dans lequel il la cachait puis ressortit en trombe. Dans cette pièce, les souvenirs se bousculaient en lui, les « et si » l'assaillaient de toutes parts.

Ses pas le guidèrent automatiquement jusqu'au portrait de Christos. Il étudia le visage de son parrain durant de longues minutes tandis que les regrets l'envahissaient. Christos était si plein d'énergie, de soif de vivre et… d'amour.

Avait-il aimé la jeune fille qui avait été la cause de la catastrophe ?

Refoulant sa question, il sortit sur la terrasse et, à bout de nerfs, passa une main lasse sur son visage. Sophia était là depuis moins d'une semaine et, pourtant, il avait l'impression de l'avoir toujours connue.

Il se retourna et aperçut soudain de la lumière provenant de la fenêtre de la chambre de Sophia. Il entendait également du bruit.

Curieux, il tendit l'oreille. Étaient-ce des sanglots ?

Inquiet, il traversa la terrasse et frappa à sa porte.

— C'est toi, Loukas ? demanda une voix étouffée.

Sans attendre sa réponse, elle ouvrit la porte. Sa chambre était plongée dans une quasi-obscurité. La seule source de lumière provenait de la lampe de chevet.

— Quelque chose ne va pas ? lui demanda-t-elle.

— Tu travailles encore ? Il est pourtant tard.

— Tu es bien debout, toi aussi.

— Puis-je entrer ?

Elle hésita un instant avant d'ouvrir la porte en grand pour lui permettre d'avancer dans la pièce. Elle portait un peignoir en soie bleu marine aux larges manches et au décolleté plongeant. D'une main nerveuse, elle agrippa son col et cacha la peau satinée de son cou.

Il la dévisagea. Sous le léger hâle qu'elle avait acquis depuis son arrivée, sa peau était pâle. Sa bouche sensuelle était gonflée, comme si elle s'était mordu la lèvre, et ses yeux étaient humides.

Elle renifla et il aperçut un mouchoir en papier roulé en boule dans son poing.

— Tu as pleuré ?

— Non, je n'ai pas pleuré.

Elle baissa les yeux mais Loukas posa un doigt sous son menton et l'obligea à relever la tête.

— Tu as pleuré, je le vois bien. Qu'est-ce qui ne va pas ?

— Rien du tout. Peux-tu me laisser, s'il te plaît ?

— Je n'irai nulle part tant que tu ne m'auras pas expliqué pourquoi tu as pleuré.

En soupirant, elle se dirigea vers la baie vitrée. La lune était cachée par les nuages, seule la lumière des étoiles illuminait le ciel. Elle s'essuya les yeux et lança son mouchoir dans la poubelle.

Sans un mot, Loukas lui en tendit un autre et elle se moucha bruyamment.

— Je suis désolée.

— Explique-moi ce qui se passe, je pourrai peut-être t'aider.

— Comment as-tu su que j'étais réveillée ?

— Je n'arrivais pas à dormir et…

Mal à l'aise, il enfonça les mains dans ses poches avant de reprendre.

— Ce n'est pas tout à fait vrai, je n'ai même pas essayé de dormir. J'étais sur la terrasse et je t'ai entendue pleurer.

— La prochaine fois, je fermerai les volets.

— Parce qu'il y aura une prochaine fois ? Je croyais que tu ne pleurais jamais.

— Il s'avère que je pleure de temps en temps, surtout quand tu es dans les parages.

— As-tu envie de m'expliquer ce qui se passe ?

— Pas vraiment.

Elle riva son regard au sien et, instantanément, magiquement, le regard brûlant de Loukas enflamma sa maigre couche d'autoprotection et elle lâcha un long soupir. À quoi bon tenter de lui cacher quoi que ce soit, elle en était incapable.

De toute façon, elle n'avait même pas envie d'essayer.

Elle se laissa tomber sur le canapé et replia les genoux sous ses fesses. Loukas s'installa sur le pouf à côté et posa les coudes sur ses genoux. Au bout de quelques minutes, elle prit une profonde inspiration et lui adressa un sourire hésitant.

— Je n'aurais jamais dû pleurer, c'était ridicule…

— À te voir aussi bouleversée, j'en doute.

Elle le dévisagea. Il avait l'air épuisé, sa bouche était crispée et ses yeux cernés.

À peine quelques heures plus tôt, elle avait caressé ses mains pour tenter de l'aider à se détendre et elle aurait bien recommencé si elle n'avait pas eu peur de le crisper encore plus.

Elle jeta un coup d'œil vers son ordinateur portable, ouvert sur la table, et il suivit son regard.

— C'est le travail ?

— Non, c'est autre chose.

— La raison est donc personnelle. Qui t'a contrariée ? S'il le faut, je peux…

— Comme je te l'ai dit, c'est stupide. Je déteste être considérée comme une victime, ce n'est pas de cette façon que je veux être perçue.

— Quiconque te connaît, et connaît les batailles que tu as livrées, sait que tu es une femme courageuse et déterminée. Tu n'es pas une victime, Sophia. Tu es une conquérante.

— Si c'était le cas, je ne serais pas en train de pleurer.

— Dis-moi tout et laisse-moi en être juge.

— Si tu insistes… Mais prépare-toi à être déçu par mon comportement.

Elle lissa la soie bleue de son peignoir et rassembla son courage.

— J'ai reçu un mail d'une organisation caritative. Depuis l'accident, je me suis éloignée de ce genre d'association, dont j'étais proche avant. Sans doute à cause de ma peur d'échouer sous le regard du public ; je voulais trouver ma nouvelle voie toute seule, dans l'intimité.

— Je comprends. La sympathie du public peut facilement se transformer en jugement.

— Quoi qu'il en soit, l'accident a d'abord fait l'objet d'une brève dans le journal. Une étoile montante du ballet forcée de prendre sa retraite… En lisant cela, je me suis effondrée. La personne que j'avais été n'existait plus. Je savais que, d'une manière ou d'une autre, je devais me reconstruire mais l'intrusion de la presse rendait cette mission difficile. Heureusement, de nouvelles informations ont vite chassé celle me concernant.

Sa voix se brisa et il lui tendit un verre d'eau.

— Merci.

— Que voulait l'association caritative qui t'a écrit ? S'il s'agit d'argent, je peux…

— Non, non, cela n’a rien à voir. Ses responsables voulaient savoir si je serais prête à prendre la parole lors de leur conférence annuelle. Ils aimeraient que je parle de la fin brutale de ma carrière et de la façon dont j’ai réussi à me reconstruire.

— Si j’ai bien compris, ils veulent que tu évoques, en public, le seul sujet dont tu ne parles jamais à personne.

— Tu as bien résumé la situation.

— Il te suffit de dire non, c’est aussi simple que cela.

— Ce serait égoïste de ma part. Refuser signifierait ignorer des gens qui ont besoin d’aide.

— L’important, c’est toi. N’accepte pas une mission qui pourrait nuire à ta santé mentale. Tu m’as expliqué à quel point tu as eu du mal à arriver là où tu es aujourd’hui, alors ne gâche pas tout. Tu dois rester forte.

— Je ne suis pas sûre que le fait de refuser m’aidera à rester forte. Je pense au contraire que ce serait une preuve de faiblesse.

— Cela ne me semble pas être une raison suffisante pour accepter, ou pour être à ce point contrariée.

De nouveaux sanglots nouèrent sa gorge et elle se força à les refouler.

— À l’exception de l’autre jour, je n’ai pas pleuré pour… En fait, je n’ai jamais pleuré, mais il a suffi que je te parle de l’accident pour que tout remonte à la surface, que j’aie des flash-back, des cauchemars… Le bain de mer cet après-midi m’a fait un bien fou et puis j’ai reçu ce mail et…

Il posa la main sur son épaule et commença à la masser légèrement.

— Et tu es de retour à la case départ.

Elle pencha un instant la tête sur le côté, effleurant ses doigts avec sa joue.

— Il y a une semaine, je n’aurais pas hésité, j’aurais dit oui sans la moindre arrière-pensée. J’étais confiante et je n’avais aucune raison de penser que je ne serais pas capable de parler en public.

— Tout cela, c'était avant que tu me racontes l'accident.

— Oui. Je n'en veux pas aux responsables de l'association de m'avoir contactée. Ils me considèrent probablement comme un excellent exemple. Non, je suis contrariée parce que j'ai découvert que j'étais encore fragile. J'ai perdu toute confiance en moi alors que c'était autrefois la seule qualité que j'étais certaine de posséder. À cause de mon enfance, je n'ai jamais eu confiance en personne, mes parents étaient morts, et mes grands-parents... Je n'ai jamais pu leur confier mes états d'âme.

Elle reprit son souffle.

— Je dois retrouver ma confiance. Je ne veux pas devenir une victime égocentrique.

La main de Loukas glissa de l'épaule de Sophia vers son bras et se referma autour de sa main.

— Le fait que tu y réfléchisses est la preuve que tu n'es pas égoïste. Sinon, tu aurais refusé la demande immédiatement, sans te poser de questions.

Le pouce de Loukas caressa le pouls dans le creux de son poignet. Sentait-il son cœur taper à toute allure contre ses côtes ? Elle avait l'impression qu'il allait exploser.

— As-tu envie d'un verre ?

— Non, merci. Je veux juste essayer de faire le tri dans mes pensées. Avec un peu de chance, je me sentirai à nouveau maîtresse de la situation demain.

Elle lui sourit. Pour être honnête, elle se sentait déjà un peu mieux.

— Merci, Loukas. Tu m'as aidée rien qu'en étant à mes côtés.

— Heureusement que je ne suis pas parti quand tu me l'as demandé, mais si tu veux que je le fasse maintenant, je peux.

Elle baissa les yeux vers leurs mains jointes.

— Non. J'aimerais que tu restes.

— Tu es sûre ?

Elle leva les yeux vers lui, plongea dans ses prunelles sombres et, comme hypnotisée, s'y noya. Son cœur était en train de chavirer, elle avait le vertige.

— Oui, j'en suis sûre.

— Sophia…

La main de Loukas traça un chemin le long de son bras jusqu'à son épaule puis vers l'arrière de sa tête. Ses doigts experts plongèrent dans sa chevelure tandis que son autre main se posait sur sa taille. Magiquement, sa température monta en flèche et son sang se mit à rugir dans ses veines. Une décharge venait de la traverser et, à voir les flammes pétiller dans le regard de Loukas, elle devinait qu'il l'avait sentie lui aussi. Une boule de chaleur était en train de s'épanouir dans son ventre, de se propager dans ses veines et de se déverser dans chaque parcelle de son corps.

— Loukas…

— Oui, *agape mou*.

Comme pour tester la réaction de Sophia, ses lèvres chaudes et fermes effleurèrent sa bouche. Pour toute réponse, elle se lova contre les muscles durs de son torse puis, impatiente de sentir sa force sous ses paumes, elle posa les mains sur ses épaules.

Il glissa sa langue dans sa bouche et, envoûtée, elle s'arc-bouta contre lui, se plaquant contre sa chaleur. Sa tête retomba contre les coussins du canapé lorsque la bouche de Loukas quitta la sienne pour parcourir sa gorge et déposer une nuée de baisers espiègles dans le creux de son cou.

Il embrassa le pouls qui y battait frénétiquement et, à son tour, elle enfouit ses doigts dans sa chevelure et l'attira vers elle. Elle n'était plus qu'une boule d'émotions, elle était en feu.

Lorsque sa main experte tira sur la ceinture de son peignoir, il la regarda dans les yeux. Son regard était si chaud, si brûlant qu'elle se sentit instantanément fondre. Toute retenue s'envola.

— Tu veux arrêter ? lui demanda-t-il d'une voix essoufflée.

Non. Entre ses bras, toutes ses angoisses, toutes ses incertitudes étaient en train de s'évanouir. L'émotion et le désir étaient si intenses qu'elle avait du mal à avoir une pensée cohérente.

— Je ne veux pas m'arrêter, répondit-elle en agrippant sa chemise, et je ne veux pas non plus arracher tes boutons.

Amusé, il esquissa un sourire.

— Je te laisse les défaire.

Une nouvelle vague de plaisir l'envahit. Il lui avait souri.

— Tu viens de sourire !

Ses doigts glissaient dans sa chevelure, voltigeaient sur son visage et ses pommettes, allumant des étincelles partout où ils se posaient.

Elle défit deux boutons de sa chemise avant de glisser sa main sous le lin, laissant ses ongles aller et venir entre les poils sombres de son torse. Sous ses doigts, ses pectoraux se contractèrent puis il marmonna quelque chose en grec avant de capturer sa bouche.

Il n'y avait rien dans ce baiser qui lui rappelait la douceur du premier. La bouche de Loukas était exigeante et gourmande à la fois. Elle s'accordait parfaitement à la sienne.

Lorsqu'une main se referma sur son sein et en pinça la pointe offerte, elle retint son souffle, sous le choc, sous le charme.

— Loukas... Je...

Il se leva d'un mouvement fluide et la porta jusqu'au lit. Il s'allongea ensuite avec elle et ouvrit largement son peignoir.

Instinctivement, elle tenta de couvrir sa cuisse mais il captura son poignet et l'en empêcha.

— Ne te cache pas, s'il te plaît.

Son regard quitta son visage pour parcourir lentement son corps, laissant une trace de chaleur et de désir partout où il se posait, allumant tous ses sens.

— Tu es si belle. Chaque partie de toi est magnifique.

Son doigt effleura sa cicatrice et elle tressaillit.

— Tu as mal ?

— Non, mais l'idée que tu voies ma cicatrice me fait peur.

— Tu n’as aucune raison d’avoir peur. Mais si tu préfères la couvrir, pas de problème. Je te laisse le contrôle.

Elle lui adressa un sourire malicieux.

— Si c’est cela, le contrôle…

— Je ne veux pas faire quoi que ce soit qui te mette mal à l’aise.

Il lâcha ses poignets et posa les mains sur ses épaules.

— Je te laisse me guider.

Ses yeux sombres, brûlants de sincérité, se posèrent sur les siens et toute crainte disparut comme par magie. Ses prunelles lui disaient tout ce qu’elle avait besoin de savoir.

Timidement, elle ouvrit son peignoir.

— Si tu es sûr de vouloir la voir…

— Je veux tout voir de toi, Sophia, même ta cicatrice.

Il posa son front contre le sien.

— Cet accident a fait de toi la femme que tu es aujourd’hui, une femme d’une beauté à couper le souffle.

11

Lorsque Loukas se réveilla, la pâle lumière du matin filtrait par les persiennes et Sophia était blottie contre lui, une main sur sa joue, l'autre sur son torse.

Perdu, il referma les yeux. Il était en territoire inconnu. Il ne passait jamais toute la nuit dans le lit d'une femme, et il n'invitait jamais personne dans le sien non plus. Jamais. Pourtant, la présence de Sophia lui semblait naturelle, juste, parfaite. Tous les deux avaient dormi profondément et ce matin, pour la première fois depuis des années, il se sentait de bonne humeur.

La passion brûlante qui pétillait entre eux depuis leur rencontre avait explosé hier soir avant de se transformer en un tendre et voluptueux corps à corps.

Au souvenir de cette nuit de sensualité, son désir se réveilla. L'envie de la prendre dans ses bras et de la posséder encore une fois le titillait mais il se retint. Il ne pouvait pas la réveiller, elle dormait paisiblement.

Prenant bien soin de ne pas la déranger, il se tourna pour étudier son profil parfait. Ses joues rosées et ses lèvres couleur cerise tranchaient avec le teint crémeux de sa peau. Il apercevait quelques taches de rousseur sur le bout de son nez, probablement une conséquence du soleil grec. Elle semblait en paix, calme. Avec un peu de chance, elle se réveillerait aussi fraîche et dispose que lui.

Comment lui exprimer la profondeur de l'émotion qui s'était

emparée de lui devant son courage, hier soir ? Elle s'était mise à nu et lui avait révélé sa blessure. Elle lui avait accordé sa confiance et il était prêt à tout pour se montrer digne de ce cadeau précieux. Il allait lui prouver qu'elle avait eu raison de lui faire confiance, il s'en faisait la promesse.

Sophia s'agita dans son sommeil, faisant glisser le drap de coton qui les recouvrait tous les deux. Il le remonta sur la courbe envoûtante de ses seins, laissant son regard s'attarder quelques instants sur ces pointes roses qui s'étaient révélées si sensibles sous ses baisers.

Inutile de la réveiller pour l'instant. Ils étaient seuls sur l'île, rien ne les empêchait de rester au lit toute la journée.

Doucement, il dénoua ses jambes des siennes et s'écarta. Elle marmonna quelques mots dans son sommeil et il déposa un baiser sur sa tempe.

— Tu peux te rendormir, je vais juste préparer du café, ma chérie.

Les portes étaient restées ouvertes toute la nuit, remarqua-t-il en traversant la terrasse. Un comportement qui ne lui ressemblait pas mais qui ne le surprenait pas non plus, toute pensée rationnelle s'étant évanouie sitôt que le corps de déesse de Sophia était entré en contact avec le sien. Sa bienveillance et sa beauté l'avaient rendu fou de désir, et il n'avait pas réussi à le réprimer. Il avait cependant fait de son mieux pour ne pas perdre la tête, pour au contraire faire preuve de douceur et de prudence.

Sophia ne lui avait cependant pas facilité la tâche. Sa voix chantante quand elle avait murmuré son prénom et ses réponses sensuelles à ses caresses l'avaient envoûté, avaient allumé des étincelles partout en lui. Et quand elle s'était arc-boutée contre lui, il avait atteint les limites de son self-control.

Après avoir touché les étoiles, il lui avait demandé si elle pouvait rester plus longtemps sur l'île pour qu'ils puissent profiter, sans s'engager évidemment, de leur extraordinaire alchimie.

Elle n'avait pas encore répondu et, pour être honnête, il avait peur qu'elle refuse.

Il revint dans sa chambre quelques minutes plus tard.

Une tasse de café dans chaque main, il demeura immobile quelques instants et la regarda. Il la dévora du regard, savourant ces instants avant qu'elle ne se réveille et ne lui donne sa réponse.

Ses cheveux étalés sur l'oreiller le faisaient penser à un halo d'or.

Sous le charme, il déglutit tandis que sa température montait de quelques degrés. Une multitude d'idées osées étaient en train d'envahir son esprit.

Incapable de résister à la tentation, il se glissa dans le lit. Il l'attira ensuite contre lui et, d'un doigt, lui caressa tendrement la joue.

— Loukas… murmura-t-elle en plaçant une main sur son torse.

Esquissant un sourire, il déposa un baiser sur le sommet de son crâne.

— C'est bien moi. Tu attendais quelqu'un d'autre ?

Elle ouvrit les yeux et lui adressa l'un de ses sourires qui faisaient accélérer son pouls et s'envoler tous ses doutes, toutes ses pensées rationnelles.

Son cœur battant de plus en plus vite, il noua ses doigts aux siens.

— Attention, si ta main descend plus bas, j'ai peur que mon sens des responsabilités m'abandonne.

— Vraiment ?

Avec une infinie sensualité, elle pressa sa joue contre son épaule.

— Les responsabilités sont passées de mode.

Amusé, il lâcha un petit rire.

— Je t'ai apporté un café.

— Ce n'était pas nécessaire, je t'ai, toi, et tu fais battre mon cœur plus vite que n'importe quelle quantité de caféine. La preuve, tu m'as empêchée de dormir pendant des heures !

— Quelle tentatrice tu es…

— Je suis comme Peitho, la déesse de la tentation.

— Je ne peux pas te résister.

— Alors ne me résiste pas.

Assise à son bureau, Sophia regarda par la fenêtre. Elle avait commencé à travailler tard et n'avait absolument rien accompli depuis deux heures. Impossible de se concentrer, son esprit s'égarait sans cesse. Elle repensait à Loukas, lové contre elle dans son lit, et à la question qu'il lui avait posée la nuit dernière puis à nouveau ce matin.

Pourrait-elle rester plus longtemps ? Serait-il raisonnable de s'attarder ici ?

À Londres, Sean faisait pression pour qu'elle rentre le plus tôt possible afin de travailler à l'organisation pratique de la vente. Il avait constitué une équipe impressionnante et il voulait qu'elle en fasse partie. Elle était la seule à avoir vu la collection et il avait confiance dans son jugement.

Sans doute pourrait-elle néanmoins prolonger son séjour pendant quelques jours sans éveiller ses soupçons.

Elle avait déjà annoncé à Loukas qu'elle espérait prendre quelques jours de vacances à la fin de la mission, alors pourquoi ne pas les passer avec lui ?

Depuis son arrivée, elle n'avait pas réussi à séparer son travail de sa vie personnelle mais, si elle restait après avoir terminé sa mission, il ne serait plus question de travail. Cela rendrait la situation plus acceptable, non ?

Elle n'avait pas eu de relation depuis son accident. Le moment était-il venu de se laisser aller à une aventure ? Était-ce ce que désirait Loukas ?

Il lui avait avoué qu'il n'avait jamais eu d'histoires sérieuses et que leur relation ne serait pas différente. Serait-elle capable de quitter l'île en sachant que leur aventure était terminée et qu'il était peut-être déjà au bras d'une nouvelle conquête ?

Elle avait des doutes. Les sentiments qu'elle commençait à

ressentir pour lui étaient déjà plus profonds que ce qu'elle avait jamais éprouvé. Devait-elle rompre maintenant et fuir pendant qu'elle en était encore capable, avec le cœur brisé mais la tête haute ? Ou bien devait-elle s'accorder ces quelques jours de bonheur tout en sachant qu'elle devrait vivre avec le manque, après leur séparation ?

Les questions fusaient de toutes parts dans son esprit mais aucune réponse ne surgissait.

Loukas savait qu'elle retournerait à Londres dans quelques jours. Pour lui, elle n'était qu'une femme comme les autres. Oui, leur corps à corps avait été d'une tendresse inouïe. Oui, les émotions qu'il avait exprimées avaient été sincères mais ni l'un ni l'autre n'avait fait la moindre allusion au futur.

Le seul point dont elle était certaine, c'était qu'elle voulait être avec lui, dans ses bras et dans son lit.

À bout de nerfs, elle referma le dossier sur son bureau et se leva ; il lui était impossible de travailler dans cet état.

12

Après avoir perdu le fil de ses pensées pour la troisième fois depuis le début de leur conversation, Loukas annonça à son assistant qu'il serait indisponible pour le reste de la journée et raccrocha. Comment discuter de la mise en service d'un nouveau navire porte-conteneurs alors que la seule chose à laquelle il pensait, c'était la lumière dorée du soleil sur le corps de déesse de Sophia et les mots doux qu'elle lui avait murmurés au réveil.

Il saisit l'enveloppe brune qu'elle lui avait remise et la porta jusqu'à la table de la terrasse. Sans attendre, il l'ouvrit et en sortit le contenu, des dizaines de photos ainsi qu'une pochette colorée portant le logo et l'adresse d'un photographe à Skiathos. Au milieu des photos, un éclat doré attira son regard. Au bout d'une chaîne en or se trouvait le médaillon en forme de cœur qu'il avait vu pour la dernière fois au cou de la grand-mère de Christos, sur le portrait accroché dans le salon.

Curieux, il l'examina. Il manquait la moitié du médaillon.

Il s'y intéresserait plus tard. En attendant, il le glissa dans sa poche puis sortit ses lunettes.

— Loukas ?

Il releva les yeux et aperçut Sophia, debout dans l'embrasure de la porte. Elle portait une robe bleu clair, et ses cheveux flottaient librement sur ses épaules. Séduit, il retint son souffle.

— Tu n'es pas en train de travailler ? s'étonna-t-elle.

Elle s'approcha et, incapable de résister à la tentation, il la serra dans ses bras.

— Je n'arrivais pas à me concentrer, je pensais à toi, alors j'ai délégué la mission de conclure un contrat à un de mes collaborateurs.

— Dit l'homme qui voyage sans cesse pour s'assurer du bon fonctionnement de son empire !

Elle n'avait pas tort.

Rêveur, il déposa un baiser sur le sommet de sa tête.

— Tu sens la rose et… ?

— Et la framboise. C'est mon shampooing.

Il caressa ses cheveux. Ils étaient aussi doux que de la soie.

— Tu ne travailles pas non plus. Rencontres-tu un nouveau problème ?

— Mon problème, c'est toi ! Je n'arrive pas à me concentrer non plus. Je viens de découvrir une petite huile signée Van Gogh que je ne connaissais pas, et même cette peinture n'a pas réussi à retenir mon attention.

— Oublie donc Van Gogh et viens regarder avec moi ce que contient l'enveloppe.

La plupart des photos semblaient avoir été prises sur l'île, autour du port, sur la terrasse de la villa ou sur la plage.

— À mon avis, elles datent de plusieurs années différentes.

Sophia saisit un premier cliché.

— Si tu les compares, tu peux voir que cette fille a grandi. Sur cette photo, elle a l'air d'avoir une dizaine d'années.

Elle attrapa une autre photo.

— Sur celle-ci, elle paraît plus âgée. Ses cheveux sont lâchés.

Il acquiesça d'un hochement de tête.

— Et voilà Christos, sûr de lui, comme toujours.

— Est-ce toi, quand tu étais petit ? lui demanda-t-elle en lui tendant une photo.

— Oui, se contenta-t-il de répondre avant d'ouvrir une nouvelle pochette et d'en sortir des clichés aux coloris plus vifs. Me voici avec quelques années de plus.

Christos avait une main sur son épaule mais il ne fixait pas l'objectif, il regardait la personne à côté de lui. Une jeune femme aux longs cheveux blond clair qui avait grandi, depuis les premiers clichés.

Si seulement il se souvenait de son nom.

Soudain ému, il laissa tomber la photo.

— Qu'est-ce qui ne va pas ? lui demanda Sophia, inquiète.

— Juste des souvenirs.

— De mauvais souvenirs ?

— Pas cette année-là, non.

Elle entrelaça ses doigts aux siens avant de se pencher sur les clichés.

— C'est bizarre... Quelque chose sur cette photo me semble familier mais je n'arrive pas à mettre le doigt dessus.

Loukas en attrapa une autre, qui était tombée sur la table, et s'attarda sur l'écriture décolorée au verso.

— « Le visage qui lança mille navires », lut-il à haute voix.

— « Helen », continua Sophia.

Il retourna le cliché et elle poussa aussitôt un petit cri. Surpris, il regarda l'image qu'il tenait dans sa main, puis le visage de Sophia, puis à nouveau l'image et il se figea, abasourdi.

— Helen, répéta-t-il.

— Helen était le prénom de ma mère.

— Cette femme, sur la photo... Elle te ressemble comme deux gouttes d'eau.

Il reposa la photo et la dévisagea. Elle était blême.

— Non ! C'est... impossible !

La main devant la bouche, elle secoua la tête, incrédule.

— Dis-moi que ce n'est pas vrai, s'il te plaît.

— Je ne peux pas, malheureusement. Je ne sais rien.

De ses mains tremblantes, elle reprit les premières photos.

— Regarde celle-ci, Loukas. Je sais maintenant pourquoi elle me semblait familière. C'est à cause d'eux ! Ce sont ses parents, mes grands-parents ! Je n'ai jamais vu de photo de ma mère mais je reconnais bien mes grands-parents.

Elle se leva, si brusquement qu'elle renversa la chaise derrière elle.

— Comment est-ce possible ? Pourquoi étaient-ils ici ? Chaque année, en plus ?

Sa voix se brisa dans un sanglot.

— Il y a forcément une autre explication. Elle ne peut pas être ma mère.

Ses yeux appelaient Loukas à l'aide mais comment la réconforter ? Son esprit plongea dans ces souvenirs qu'il préférait d'habitude garder sous clé. Quand il pensait à ces semaines-là, il voyait une période marquée par l'inquiétude et la nervosité mais sans doute colorait-il en noir cet été en raison de la façon dont il s'était achevé.

Il attira Sophia vers lui et serra ses mains dans les siennes.

— Peut-être n'est-ce qu'une coïncidence.

— Loukas, ce sont mes grands-parents, je les ai reconnus ! Pourquoi seraient-ils accompagnés d'une personne me ressemblant comme deux gouttes d'eau si ce n'est pas ma mère ?

Perdu lui aussi, il haussa les épaules.

— Je l'ignore mais nous allons explorer toutes les hypothèses. Je sais d'ailleurs par quoi nous allons commencer. Ne bouge pas, je reviens tout de suite.

Loukas revint sur la terrasse quelques minutes plus tard, un grand livre relié en cuir sous le bras.

— Ce livre d'or était dans le bureau de Christos. Je me souviens très bien qu'il demandait à tous ses visiteurs d'écrire quelques mots avant leur départ.

Il feuilleta le livre jusqu'aux dernières pages avant de le lui tendre. Nerveusement, elle passa son index sur la liste des noms.

— Trouvé ! Alan, Marjorie et Helen Shaw. Voilà, nous avons la preuve.

Déconcertée, elle se leva d'un bond et il lui prit la main.

— Assieds-toi, Sophia, nous allons en discuter. Je vais faire du café…

Elle retira sa main et, tremblante, recula.

— Non. Je ne peux pas, pas maintenant. J'ai besoin de réfléchir, seule.

— Je comprends. Te faut-il quelque chose ?

— Non, merci. Je… Je te verrai plus tard.

— Comme tu veux.

Le cœur serré, il la regarda s'éloigner. Il avait envie de la prendre dans ses bras, de lui dire que tout irait bien, que cette découverte ne modifiait rien. Hélas, c'était impossible. Cette révélation changeait tout, et elle en était consciente.

Il rangea les photos, qui étaient restées sur la table, à l'exception du portrait d'Helen. Celui-ci était pour Sophia.

Un dernier cliché était resté coincé dans l'enveloppe. Sur cette photo de la sculpture d'Aphrodite, un petit mot était accroché avec un trombone rouillé.

Cette statue me fait penser à H. Je la mettrai là où je pourrai la contempler tous les jours.

Quelques heures plus tard, Sophia entra dans sa salle de bains. Elle s'aspergea le visage d'eau froide et brossa ses cheveux, prenant bien soin d'éviter son reflet dans le miroir. Elle n'avait aucune envie de voir ses yeux rougis.

Impossible d'oublier ou de nier la vérité qui lui avait sauté aux yeux devant les photos.

Une panique, identique à celle qu'elle avait ressentie après son accident, menaçait de lui faire perdre la tête. Elle se força à respirer lentement pour retrouver son calme et réfléchir avec logique.

Décidée, elle se redressa. Les questions se bousculaient en elle et elle ne pouvait pas attendre plus longtemps avant de les poser à Loukas.

Elle le trouva sur la terrasse ; il était appuyé à la balustrade. Le visage impassible, il la regarda approcher.

Les photos avaient disparu de la table, ne restait qu'une enveloppe à son nom.

— Ceci est pour toi. C'est la photo d'Helen.

— Merci.

Ils s'assirent l'un en face de l'autre et, nerveuse, elle se mordit la lèvre.

— Je dois te poser la question... Christos est-il mon père ?

Durant de longues secondes, il ne répondit pas puis il croisa les bras sur la table et hocha la tête.

— Je le crois, oui.

— Qu'est-ce qui te fait penser ça ?

— La façon dont ils se comportaient l'un avec l'autre, cet été-là. Si tu regardes les photos, tu verras qu'il ne fixe jamais l'objectif. Il la regarde, elle. Ses sentiments sautent aux yeux, et ceux d'Helen également.

— Ce n'est pas parce qu'ils se regardent que...

— Ce n'est pas l'unique raison. Christos voyait la famille Shaw à chacun de ses voyages à Londres. Je le sais car Helen avait l'habitude de lui confier des cadeaux pour moi. J'ai encore quelques petits soldats...

Il marqua une pause.

— Je le sais aussi à cause de ce que j'ai vu.

— J'ai conscience que tu as du mal à évoquer Christos, dit-elle avant de sortir un mouchoir de sa poche. Je sais aussi que tu ne parles jamais des circonstances de sa mort mais, si tu crois vraiment qu'il était mon père, je dois savoir.

— Viens avec moi, répondit-il en se levant.

Il l'entraîna dans le salon. Devant le portrait de la grand-mère de Christos, il sortit son téléphone de sa poche, en alluma la lampe de poche et la dirigea vers un point précis du tableau.

— Tu vois ceci ?

Elle s'approcha un peu plus. L'artiste avait peint une minuscule marque en forme de cœur au-dessus du sein gauche de la femme.

— Cela ressemble à une tache de naissance.

— Tu possèdes la même marque, au même endroit. Je l'ai remarquée hier soir mais, sur le coup, je n'y ai pas prêté plus d'attention. Nous étions occupés à... Ce n'est que ce matin, après avoir vu ces photos, que j'y ai repensé. Plusieurs femmes de la famille Georgiou possèdent cette marque.

Troublée, elle porta la main à son sein gauche.

— Peut-être est-ce une coïncidence. Je pourrais faire un test ADN, pour être sûre.

— Le problème, c'est que Christos n'a plus de parents vivants.

Ils retournèrent sur la terrasse.

Elle mourait d'envie de sentir le réconfort de ses bras. Malheureusement, il s'installa de l'autre côté de la table.

— Quand tu as parlé de ce que tu as vu, tu fais référence à Christos et Helen, n'est-ce pas ?

— Oui, mais avant d'en discuter, nous devons parler de nous.

Il serra ses mains dans les siennes et la regarda droit dans les yeux.

— Tu te rends compte que cela change tout, pour nous deux, n'est-ce pas ?

Perdue, elle haussa les épaules. Où voulait-il en venir ?

— Si Christos était mon père, cela signifie juste que, le même jour, j'ai découvert le visage de ma mère et l'identité de mon père.

— Cela signifie surtout que tu pourrais être son héritière. Tu pourrais être la propriétaire d'Alysos, et de toute la collection.

Incrédule, elle écarquilla les yeux et retint son souffle. Elle avait l'impression que son sang venait de se transformer en glace.

— Non... Non ! Je n'en veux pas.

— Pourquoi ? Si tu vendais la collection, tu pourrais te retrouver à la tête d'une petite fortune.

— J'aime la vie que je me suis construite, je n'ai pas envie d'en changer.

— Il faudrait que j'en parle à mes avocats. Ce serait un moyen de me débarrasser d'Alysos et de la collection sans avoir besoin d'organiser une vente aux enchères publique, sans prendre le risque que la presse me harcèle, sans avoir à raconter l'histoire de Christos.

— Je t'ai promis que cela n'arriverait pas, Marshalls gardera le secret. De toute façon, c'est de l'histoire ancienne. L'intérêt du public s'émousse très vite, je le sais par expérience.

Un frisson glissa le long de son dos. Tout à coup, elle percevait une distance se creuser entre eux, une distance qu'elle avait désespérément besoin de réduire. La panique qu'elle avait réprimée tout l'après-midi était en train de lui revenir en pleine face.

— Loukas...

Il lui lâcha les mains.

— Nous ne pouvons pas continuer ainsi, Sophia. J'espère que tu le sais.

— Pourquoi ne pas garder le secret ? Cette relation prendra de toute façon fin à mon départ.

— Si Christos avait été au courant de ton existence, il aurait voulu que tu hérites de sa fortune. Tu ne penses pas ?

Elle plongea dans ses prunelles sombres.

— Je n'en ai pas la moindre idée, et toi non plus. Peut-être aurait-il partagé son héritage entre nous.

— Il a fait de moi son héritier uniquement parce qu'il se sentait responsable de la mort de mes parents et qu'il n'avait pas de famille. Il savait que je n'avais pas besoin de son argent alors que toi... Cet héritage changerait ta vie. Je suis sûr qu'une fois que tu auras eu le temps d'y réfléchir, tu percevras la situation d'une manière différente.

Une vague de désespoir monta dans la poitrine de Sophia et lui noua la gorge. Quelques heures plus tôt, elle flottait dans une bulle de bonheur. Celle-ci venait hélas d'exploser.

— Ma vie a déjà changé du tout au tout, Loukas. Ce que nous avons partagé m'a changée.

— Je sais, admit-il d'une voix douce en effleurant sa main. Je me souviendrai toujours de ce moment et je le chérirai dans ma mémoire, mais je ne peux pas prendre le risque que notre relation devienne publique et compromette ton héritage. Je pourrais être accusé de t'avoir séduite pour mettre la main sur ce dernier.

— Que se passerait-il si je le refusais ?

— L'honnêteté exige que j'informe mes avocats de notre découverte. Christos t'aurait aimée, Sophia. Il aurait voulu prendre soin de toi et te mettre à l'abri financièrement.

— Si Christos était mon père, je l'aurais aimé moi aussi. Maintenant, je dois savoir ce qui lui est arrivé.

Le cœur de Loukas se brisa à la vue de la silhouette fragile qui lui faisait face. Il mourait d'envie de la prendre par la main et de l'attirer dans ses bras mais il se retint.

— Si tu es sûre de vouloir savoir…

— Je suis sûre.

— C'était l'été de mes huit ans. Tes grands-parents et Helen étaient présents depuis une semaine, je crois. Helen venait de fêter son anniversaire. L'une des photos représente d'ailleurs le gâteau. Je pense que les parents de Christos avaient rencontré Alan lors d'un salon d'antiquités à Londres dix ans plus tôt. Ils l'ont invité à Alysos avec sa femme et sa fille. Christos et Helen se sont rencontrés à cette occasion. Célébrer l'anniversaire d'Helen sur l'île est ensuite devenu une tradition.

Il soupira et posa ses coudes sur la table.

— Cette année-là, Christos et Helen étaient inséparables. J'étais d'ailleurs jaloux parce qu'il n'avait pas beaucoup de temps à me consacrer. En même temps, je percevais une tension entre eux et tes grands-parents.

Il retira sa main et la passa sur son visage.

— Helen était très belle mais elle semblait fragile.

— L'une des rares choses que je sais de ma mère, c'est qu'une maladie infantile avait fragilisé son cœur. Les médecins lui avaient conseillé de ne jamais avoir d'enfant mais elle a insisté pour aller au bout de sa grossesse. C'est pour cette raison que je me suis toujours sentie responsable de sa mort.

— Je comprends. Un soir, la veille de leur départ, j'ai entendu Christos quitter la maison et, comme j'étais curieux, je l'ai suivi.

— Que s'est-il passé ?

Ses mots étaient à peine plus forts qu'un murmure.

— Il a retrouvé Helen sur la falaise qui surplombe la plage. Ils se sont allongés sur l'herbe. Je savais que je ne devais pas être là mais j'avais peur qu'ils me voient, si je bougeais. À ce moment-là, ton grand-père est arrivé. Il était en colère. Il a éloigné Helen et a commencé à crier après Christos.

— Tu te souviens de ce qu'ils disaient ?

— Non. Je me suis enfui, j'étais terrifié.

Son visage était d'une blancheur fantomatique et son souffle irrégulier.

— Le lendemain matin, Stephanos a retrouvé le corps de Christos au pied de la falaise. Le yacht de tes grands-parents était déjà parti. La mort de Christos a été considérée comme accidentelle, il avait de l'alcool dans le sang.

— As-tu parlé à quelqu'un de la dispute ?

— Des policiers sont venus pour enquêter. Je leur ai dit que je n'étais au courant de rien, que j'avais passé la nuit dans ma chambre.

— Pourquoi ne pas leur avoir raconté ce que tu avais vu ?

— J'avais huit ans et j'avais peur. De toute façon, rien n'aurait pu ramener Christos.

Le silence s'installa, et Sophia essaya d'imaginer ce qu'elle aurait ressenti si elle avait été témoin d'un événement aussi dramatique, à huit ans. Oui, elle avait vécu une enfance solitaire mais elle n'avait pas été traumatisée. Elle avait juste manqué d'affection. L'accident avait mis sa détermination à rude épreuve, mais elle s'était battue et avait surmonté toutes les difficultés.

Loukas avait vécu avec le manque depuis son plus jeune âge. Elle comprenait maintenant pourquoi l'héritage de Christos lui pesait. Pour lui, l'île et la collection étaient liées à des souvenirs dramatiques : la perte de ses parents, la mort de son parrain bien-aimé... Il avait perdu tous les gens qu'il aimait.

Elle plongea dans ses yeux noirs. Elle y voyait de la douleur mais aussi du soulagement.

— Je le comprendrai si tu voulais partir dès maintenant, reprit-il d'une petite voix, tu dois être sous le choc.

— Non, j'ai envie de terminer mon travail, même si tu décides d'annuler la vente. Laisse-moi juste le temps de finaliser le catalogue avant de décider quoi que ce soit.

— Dans combien de temps penses-tu finir ?

— D'ici trois jours.

— Vendredi, donc.

Il se leva, fit le tour de la table et posa ses mains puissantes sur ses épaules. Quand il se pencha au-dessus d'elle pour déposer un baiser sur ses cheveux, elle s'enivra de son parfum, puis il s'éloigna.

Il n'avait pas prononcé le mot mais cela ressemblait à des adieux.

Émue, elle ferma les yeux.

Tout à coup, elle avait l'impression d'être une femme différente. Les révélations concernant ses parents lui semblaient incroyables, mais les preuves des voyages en Grèce de ses grands-parents et de sa mère, dans le livre d'or, ne laissaient aucune place au doute.

Oui, peut-être était-elle en effet une héritière.

Réprimant un soupir, elle passa une main lasse sur son visage.

Loukas avait promis de lui laisser le temps de réfléchir mais elle ne pouvait y parvenir toute seule. La seule personne avec laquelle elle souhaitait en parler, la seule personne avec qui elle pouvait vraiment en discuter, c'était lui, or il avait pris ses distances.

Avait-il dit qu'elle devait partir vendredi, ou bien vendredi était-il le jour limite pour qu'elle décide de ce qu'elle voulait faire ? Si elle refusait de réclamer l'héritage, pourrait-il la forcer ? Serait-il assez dur pour ignorer ses volontés ?

Elle n'en avait pas la moindre idée.

13

Il l'évita pendant deux jours, se retranchant derrière la porte verrouillée de ses appartements pour être sûr de ne pas la rencontrer. La perspective de la voir sans pouvoir la toucher, la serrer entre ses bras ou l'embrasser lui était insupportable.

Les émotions qui s'étaient emparées de lui le terrifiaient. Il avait toujours fait en sorte de se prémunir contre ce genre de sentiments qui avaient le pouvoir de le détruire. Il avait perdu ses parents puis Christos, et il refusait de perdre qui que ce soit d'autre. Hors de question que son cœur soit brisé une nouvelle fois. La douleur était trop forte et le risque de perdre le contrôle bien trop grand.

Depuis des années, il n'avait confiance qu'en lui-même alors pourquoi avait-il envie de s'ouvrir à Sophia, tout à coup ? Ce comportement ne lui ressemblait pas.

Plus d'une fois ces derniers jours, il avait failli appeler son avocat. Sitôt que le processus faisant de Sophia l'héritière de la fortune de Christos serait engagé, toute relation entre eux deviendrait impossible.

Une relation ? Était-ce ce qu'ils partageaient ?

Ce n'était pas ce qu'il désirait mais qu'en était-il de Sophia ? Elle affirmait avoir changé. Cela signifiait-il qu'elle voulait plus ? Plus que ce qu'il pouvait lui offrir ?

À cette idée, la panique l'envahit.

Il n'avait pas le choix. Il devait garder ses distances, pour la protéger et pour se protéger lui-même.

Vendredi, le dernier jour de travail de Sophia sur l'île, se rapprochait, et la perspective de son départ se profilait comme une ombre noire et terrifiante. Seul le fait de savoir qu'elle était toujours présente, même s'il l'évitait, permettait à Loukas de ne pas se laisser engloutir par les ténèbres.

Jeudi après-midi, elle lui envoya un mail.

J'ai besoin de discuter avec toi.

Les dix minutes qu'il attendit avant de répondre lui semblèrent durer des heures. Avait-elle changé d'avis sur l'héritage ? Serait-il capable de la voir sans l'embrasser ?

Je te rejoins dans ton bureau.

Nerveux, il s'arrêta dans l'embrasure de la porte du bureau de Sophia et l'observa. Elle portait une robe bleue assortie à la couleur de ses yeux et ses cheveux soyeux étaient attachés en queue-de-cheval. Une envie pressante de les détacher pour y enfouir ses mains le gagna soudain. Il serra les poings pour se retenir.

Lorsqu'elle se retourna enfin, une décharge le traversa, une onde de choc l'ébranla et des gouttes de sueur perlèrent sur son front. Sa température était en train d'atteindre des sommets.

— Tu me fais vivre un enfer... Je ne sais pas si je suis capable de...

— Si tu préfères que je te fasse part de mon problème par mail...

— Je n'ai pas dormi depuis que nous avons fait l'amour. J'ai besoin de toi, Sophia, mais je ne peux pas...

Il avala sa salive et se força à se reprendre.

— Est-ce le testament, le problème ?

— Non, c'est autre chose mais...

Il la regarda se mordre la lèvre inférieure.

— Toi aussi tu me fais vivre un enfer. Tu me manques.

Son cœur palpitant à toute allure, il plongea dans ses prunelles couleur azur. Aussitôt, la profondeur du désir qu'il y lut lui coupa le souffle et tous ses sens s'éveillèrent.

— Je sais que tu refuses les relations durables, Loukas. Je sais aussi qu'après mon départ, tout sera terminé, mais ce que nous partageons est spécial alors pourquoi ne pas en profiter jusqu'à demain ? Je te promets que personne ne sera jamais au courant et qu'ensuite, tu n'entendras plus jamais parler de moi.

Mal à l'aise, elle baissa la tête. Avait-elle peur qu'il la rejette ?

— Fais-moi l'amour, Loukas. Une dernière fois.

Comme par magie, elle se retrouva soudain entre ses bras. Ému, il la serra contre lui et caressa ses cheveux avant d'y enfouir son visage. Le soulagement qui l'envahissait était si intense qu'il avait le vertige. Sa tête tournait et son sang rugissait dans ses veines.

Elle le fixa de ses grands yeux clairs avant d'effleurer sa bouche avec la sienne, et toute résolution abandonna magiquement Loukas. Elle l'ensorcelait, elle lui faisait perdre la tête.

— Sophia... Quoi qu'il se passe entre nous, c'est trop fort. Je ne peux pas résister.

— Je ne peux pas résister non plus.

Des idées osées plein la tête, il la prit dans ses bras, la serra contre son cœur et, impatient, se dirigea à grands pas vers ses appartements.

Une fois dans sa chambre à coucher, il la fit glisser le long de son corps jusqu'à ce que ses orteils touchent le sol. Il prit ensuite son visage entre ses mains et l'embrassa avec gourmandise, savourant son goût sucré et son parfum fleuri, libérant cette passion qu'il retenait en lui depuis trois jours.

— Reste, s'il te plaît. Reste jusqu'à lundi.

Lorsqu'elle ouvrit son ordinateur, elle découvrit neuf mails de son patron dans sa boîte de réception.

Elle les parcourut d'un œil distrait, sa capacité de concentration étant en lambeaux. Les souvenirs de leur nuit d'amour empêchaient toute pensée rationnelle.

Hier, elle avait prévu de discuter sérieusement avec Loukas et puis… Et puis, elle s'était laissée aller à la sensualité.

Impatiente de le revoir, elle partit à sa recherche. Elle aurait pu rester dans son bureau et répondre à Sean mais elle n'avait pas vu Loukas depuis deux heures et ses souvenirs de leur nuit de passion ne suffisaient pas à satisfaire sa faim de lui.

Elle le retrouva dans l'oliveraie.

Il lui sourit et, aussitôt, son cœur chavira.

— La couleur du ciel se reflète dans tes yeux, lui chuchota-t-il d'une voix enjôleuse au creux de l'oreille.

Il l'attira sous l'un des vieux oliviers et l'installa entre ses jambes. Sous le charme, elle s'appuya contre lui, savourant le contact de ses pectoraux contre son dos et son envoûtant parfum masculin.

— J'étais venue te parler de mon travail.

— Ne peux-tu pas faire une pause ?

Troublée par la chaleur de son corps, séduite par la douceur du soleil sur son visage, elle esquissa un sourire rêveur.

— Je pourrais rester ici toute la journée mais il faudrait alors que je travaille ce soir. J'ai pris du retard hier.

Elle essaya de se redresser mais il la garda prisonnière entre ses cuisses.

— Dis-moi ce que tu es venue m'annoncer et ensuite, oublie le travail.

— J'ai reçu plusieurs mails de Sean.

Elle se lova un peu plus contre lui, se frotta contre sa chaleur, et il laissa échapper un gémissement de plaisir.

— Si tu continues comme ça, je vais devenir fou.

Il glissa une main malicieuse sous l'ourlet de sa robe et elle se mit à frissonner de tout son long jusqu'à ce que sa raison la rappelle à l'ordre.

— Sean est très intéressé par le Van Gogh que j'ai trouvé. Il a contacté quelques historiens d'art qui sont en train de faire des recherches plus approfondies.

Il déposa une nuée de baisers dans le creux de son cou, allumant des feux d'artifice de plaisir partout en elle.

— Moi aussi j'ai des recherches approfondies à faire, marmonna-t-il d'une voix sensuelle. Et cela te concerne, intimement.

Elle rassembla tant bien que mal ses esprits et reporta son attention sur son travail.

— Je dois répondre à Sean. La réapparition sur le marché d'un Van Gogh qui n'a pas été vu depuis trente ans va générer beaucoup de curiosité.

Il retira brusquement sa main.

— L'intérêt pour la vente augmentera considérablement, continua-t-elle. Cela signifiera forcément plus de publicité.

Sitôt qu'elle eut prononcé ce mot, elle le sentit se raidir dans son dos.

Elle repensa à l'homme qu'elle avait rencontré lors de son arrivée sur Alysos, un homme stressé qui ne savait pas sourire et ne voulait pas s'engager avec elle. Elle n'avait pas envie qu'il fasse marche arrière mais elle devait être honnête avec lui.

— Pour l'instant, Sean a essayé de ne pas ébruiter l'affaire, mais sitôt que la vente sera annoncée, cela changera.

— Je ne veux pas que mon nom soit associé à la vente.

Il posa les mains sur ses genoux et elle les recouvrit avec les siennes.

— La vente sera présentée comme étant celle de la collection Christos Georgiou, je l'ai répété à Sean. Il lui incombera néanmoins d'en parler dans la presse afin que les enchères soient un succès. L'ajout d'un Van Gogh, s'il est authentifié, attirera à coup sûr tous les regards.

Il déposa un baiser sur sa joue et, émue, elle ferma les yeux.

— Fais-moi confiance, Loukas. Ta vie privée sera respectée, je te le promets.

Le corps brûlant de Sophia alangui à ses côtés, Loukas fixa l'obscurité. Son cœur battait à toute allure.

Il attrapa sa main, la porta à sa bouche et il la sentit s'agiter dans son sommeil.

Il mourait d'envie de la réveiller et de se perdre une nouvelle fois en elle. Lorsqu'il lui faisait l'amour, il ne pensait qu'à son corps de déesse, il oubliait tout le reste. Leur dernier corps à corps avait chassé ces démons qui l'assaillaient depuis des années, et il s'était endormi rassasié, comblé. Heureux.

Hélas, il s'était vite réveillé et, aussitôt, la nervosité l'avait à nouveau gagné. La découverte du Van Gogh l'inquiétait.

Sophia lui avait promis que sa vie privée serait protégée, mais pouvait-elle vraiment contrôler la situation ? Et si la presse se demandait ce qui était arrivé à Christos et à son filleul ? Et si des journalistes découvraient que Sophia était la fille de Christos ? Sa vie privée ne serait plus qu'un lointain souvenir et Sophia deviendrait la cible des paparazzi.

La meilleure solution était d'appeler son avocat. Si la propriété de la collection était remise en cause, la vente ne pourrait pas avoir lieu. La campagne de promotion n'avait pas encore commencé, la vente pouvait donc être annulée sans problème.

— Qu'est-ce qui ne va pas ? lui demanda-t-elle soudain d'une envoûtante voix ensommeillée.

— Tout va bien, tu peux te rendormir, ma chérie.

Elle posa la tête sur son épaule.

— Tu t'inquiètes pour la vente ? À cause de la publicité ?

— Tu m'as promis de protéger ma vie privée, mais jusqu'à quel point peux-tu la défendre ?

Il déposa un petit baiser sur sa tempe.

— D'autres personnes connaissent désormais l'existence de la toile. Le secret ne t'appartient plus.

— Quand je rentrerai à Londres, je veillerai personnellement à la préservation du secret.

L'idée du départ de Sophia pesait sur ses épaules, sur son cœur. Il rêvait que cette existence parfaite continue pour toujours, rien que tous les deux, sans avoir de comptes à rendre à qui que ce soit. Grâce à sa richesse et à sa position sociale, il pourrait y parvenir, il le savait.

Ce n'était malheureusement pas le cas de Sophia. Elle aimait son travail, elle s'était battue pour sa carrière. Elle n'allait pas l'abandonner pour une existence invisible avec un homme qui était toujours l'otage des traumatismes de sa jeunesse.

S'il mettait le fardeau de la collection sur ses épaules, afin de s'épargner le stress de la vente et l'intrusion dans sa vie privée, quelles seraient les conséquences pour elle ? Elle lui faisait confiance. Pouvait-il aller à l'encontre de sa volonté ?

— Tu doutes de moi ? lui demanda-t-elle en se redressant sur un coude.

— Je ne doute pas que tu feras de ton mieux.

— Tu m'as raconté que mon… que mon père obtenait presque toujours ce qu'il désirait.

Elle baissa la tête et son souffle chaud dans son oreille lui donna la chair de poule.

— Peut-être suis-je comme lui. Je veux tenir ma promesse, et je te veux, toi.

Sous le choc, sous le charme, tous ses sens s'éveillèrent. Il fit glisser ses mains dans son dos, savourant le contact de sa peau satinée. Incapable de résister à la tentation, il prit ensuite son visage en coupe avant de reprendre possession de sa bouche, libérant le désir fou qui vibrait en lui.

14

— Vous êtes sur une propriété privée. Partez avant que je...

Elle se figea en entendant des éclats de voix puis, paniquée, se leva d'un bond. Le cœur battant à toute allure, elle traversa la villa en courant et ouvrit la lourde porte en chêne.

Le poing serré, Loukas tenait un homme par le col, prêt à le frapper. Elle se précipita vers lui et lui attrapa le bras.

— Loukas, arrête !

— Va-t'en, Sophia, je ne veux pas que tu sois blessée. Ce vaurien...

À ces mots, le regard inquiet de l'homme se fit plus assuré, presque narquois.

— Sophia ? Vous êtes Sophia Shaw ?

— Qu'est-ce que cela peut vous faire ? répondit Loukas à sa place. Quittez cette île tout de suite avant que j'appelle la police et que je vous fasse regretter votre intrusion.

Il lâcha l'homme et, les poings toujours serrés, fit mine de lui donner un coup de pied.

— Qui êtes-vous ? demanda-t-elle à l'homme sans lâcher le bras de Loukas. Que voulez-vous ?

— Regarde-le, répliqua Loukas, le regard brûlant de colère. C'est évident.

Elle observa plus attentivement l'homme, qui avait reculé de quelques mètres. Il portait l'emblématique gilet multipoches du journaliste ainsi qu'un appareil-photo autour du cou.

La nausée la gagna.

— Vous êtes journaliste ? Que faites-vous ici ?

— Il vous a appelée Sophia ? rétorqua-t-il en manipulant son téléphone, alors on dirait que j'ai trouvé ce que je cherchais. Cela ne vous dérange pas si je vous pose quelques questions ?

Elle tenta de déglutir. En vain. L'inquiétude lui nouait la gorge et l'empêchait de respirer.

— Si, cela me dérange. Rangez ce téléphone, s'il vous plaît.

Elle était prête à parier qu'il l'avait allumé pour enregistrer leur conversation.

— Allez-vous-en tout de suite.

L'homme ne bougea pas.

— Suis-je le premier à arriver ici ? Allez, donnez-moi un scoop… Où est le tableau ?

Il regarda autour de lui. Pourquoi ? Imaginait-il que la toile allait apparaître devant lui comme par magie ?

Avant qu'elle ne puisse l'arrêter, Loukas s'élança vers le journaliste, qui recula et manqua de perdre l'équilibre en haut de l'escalier.

— Partez !

— D'accord, d'accord, je m'en vais mais je reviendrai et, cette fois-ci, je ne serai pas seul. La maison Marshalls devrait appeler un plombier pour colmater les fuites !

Il lui adressa un clin d'œil puis s'éloigna.

Une fois l'homme parti, elle se tourna vers Loukas et posa une main sur son torse. Son cœur battait fort sous sa paume.

— C'est bon, il est parti. Je…

Il repoussa sa main et elle s'interrompit net, stupéfaite.

— Tu m'avais promis que ma vie privée serait protégée !

Incrédule, elle retint son souffle.

— J'ai tenu ma promesse. Je n'ai aucune idée…

— Tu m'as expliqué que la découverte du Van Gogh augmenterait l'intérêt du public pour la vente. J'ai l'impression que c'est déjà le cas. Est-ce toi qui as appelé cet homme ?

— Bien sûr que non ! J'ignore qui a averti la presse mais ce n'est pas moi. Je sais à quel point tu tiens à ton anonymat, je ne l'aurais jamais compromis, surtout après...

— Après quoi ? Une petite partie de jambes en l'air ? C'est ce que tu allais dire ?

Ces mots lui firent l'effet d'un coup de poignard en plein cœur mais elle s'efforça de rester impassible.

— Non, ce n'est pas ce que j'allais dire, répondit-elle d'une voix aussi assurée que possible. J'allais dire après que nous avons fait l'amour, mais je me rends compte maintenant que ces mots n'auraient pas été appropriés.

Tremblante, elle posa la main sur sa poitrine. Son cœur battait à toute allure et sa gorge était nouée.

— Je te jure que je n'ai pas contacté ce journaliste.

— Il est pourtant arrivé jusqu'ici et t'a appelée par ton prénom. Il t'a même fait un clin d'œil !

— C'est ainsi que fonctionne la presse à sensation, Loukas, elle provoque pour essayer d'obtenir une réaction et...

Malgré sa détresse, elle entendit un déclic derrière elle. Curieuse, elle se retourna. Le journaliste n'était pas parti. Il était toujours sur le sentier, à quelques mètres à peine.

Un sourire provocateur aux lèvres, il baissa son appareil-photo avant de lui faire un signe de la main.

— Je crois que je viens de prendre une superbe photo. Merci et bonne journée, ajouta-t-il avant de prendre la direction du port.

— Bravo, Loukas, tu lui as offert exactement ce qu'il voulait.

— Je n'ai rien dit.

— Tu n'en as pas eu besoin, ta réaction lui a suffi. Maintenant, ce type va manipuler la photo et sa légende pour offrir à ses lecteurs l'histoire qu'ils ont envie de lire.

Elle regarda en direction du port. Un hors-bord était amarré au quai, à l'emplacement habituel de l'*Athena*.

La journée semblait parfaite, la mer était calme, le soleil brillait… Et pourtant, sur cette île où elle avait connu l'extase et le bonheur, elle avait l'impression que son monde était en train de s'écrouler.

Les accusations de Loukas tournoyaient dans sa tête et lui donnaient le vertige. Comment le convaincre qu'elle n'était pas à l'origine de cette violation de sa vie privée ?

Un homme au moins savait qu'elle était innocente et celui-ci était en train de fuir. Si ce type atteignait le bateau, il serait hors de portée.

Il avait pris une photo de Loukas…

Si elle pouvait s'emparer de son appareil et supprimer le cliché, peut-être Loukas la croirait-il.

Oui, c'était la seule solution.

Sans réfléchir, elle se lança à la poursuite du journaliste. Il fallait à tout prix qu'elle le rattrape avant qu'il n'atteigne son bateau.

— Sophia ! Arrête !

Loukas la regarda s'élancer, ignorant la raideur de la pente et le danger. Ses sandales n'étaient pas du tout adaptées à la course.

Il s'en voulait de s'être emporté, mais l'apparition du journaliste l'avait pris au dépourvu. Cette intrusion avait brisé la précieuse bulle de sécurité que Sophia et lui s'étaient créée, et lui avait rappelé qu'il ne contrôlait pas sa vie.

Si Sophia tombait, l'histoire deviendrait alors plus scandaleuse et attirerait sans doute plus de photographes. Mais si elle le rattrapait… L'homme n'allait pas lui donner ce qu'elle voulait. Au contraire, il allait la bousculer, voire la blesser.

Elle disparut derrière un massif de lauriers-roses et il retint son souffle. Était-elle tombée ? Non, elle réapparut quelques instants plus tard. Elle trébucha, se reprit, continua sa course, et il la suivit du regard.

Même sous l'emprise de la colère, une partie de lui ne pouvait s'empêcher d'admirer sa détermination.

Il repensa à ce qu'il avait ressenti lorsqu'il avait tenu dans ses bras son corps délicat de déesse, si parfait, si désirable. Il imagina ce même corps, immobile dans la poussière, couvert de sang…

Sans réfléchir, il s'élança sur le chemin, prêt à tout pour effacer cette image de son esprit.

Il parvint à réduire la distance qui les séparait mais ne la rattrapa pas à temps, elle atteignit le quai avant lui, juste au moment où le journaliste larguait les amarres.

L'homme prit alors une nouvelle photo et Sophia cria. Était-elle en train de le supplier ? Il entendait sa voix mais ne comprenait pas ce qu'elle disait.

Pour toute réponse, l'homme éclata de rire.

Sophia ne ferait jamais le poids face à lui. Bon sang, qu'espérait-elle en l'affrontant ainsi ?

Il la vit essayer d'attraper l'appareil-photo mais l'homme la repoussa avant de grimper à bord de son bateau.

Déséquilibrée, Sophia trébucha, se cogna la tête contre une bitte d'amarrage et tomba dans les eaux du port.

Au même instant, le moteur du bateau rugit.

Horrifié, Loukas regarda le hors-bord s'éloigner du quai et il accéléra encore sa course.

Arrivé sur le quai, il chercha frénétiquement Sophia dans l'eau, priant pour que le bateau ne l'ait pas assommée.

Il l'aperçut enfin, s'enfonçant peu à peu sous la surface.

Le souvenir de la mort de ses parents l'envahit. La panique comprima sa poitrine et il ferma les yeux un instant. La mer lui avait volé ses parents et avait exercé son pouvoir terrifiant sur lui depuis lors, et maintenant, juste au moment où il commençait à retrouver la paix, elle lui rappelait son pouvoir.

Si la mer lui prenait Sophia, ce souvenir éclipserait tous les autres. Elle lui avait confié ses peurs les plus profondes et il avait accepté sa confiance.

L'empressement avec lequel il avait conclu qu'elle était responsable de l'apparition du journaliste le consternait. Réagirait-il toujours par la colère, par la peur, aux moindres obstacles qu'il rencontrerait dans sa vie quotidienne ?

Jusqu'à présent, sa richesse et sa position sociale lui avaient permis de s'isoler des émotions, des sentiments, et de tout ce qui donnait un sens à la vie.

Sophia lui avait cependant montré qu'il était possible de trouver le bonheur, même lorsque tout espoir semblait avoir disparu. Entre ses bras, il avait été heureux. Malheureusement, il avait repoussé l'idée d'une vraie relation de peur de souffrir, et surtout de la faire souffrir.

Figé par la peur, il demeura immobile.

Le choix qui s'offrait à lui était simple. Soit il ne bougeait pas et se contentait de blâmer le journaliste, soit il essayait de modifier le cours du destin. Lui seul pouvait sauver Sophia. Il savait nager, Christos lui avait appris.

La tête de Sophia apparut à la surface avant de plonger à nouveau sous l'eau.

L'idée de la perdre était terrifiante, insupportable. Il devait la sauver, il n'avait pas le choix. Elle était plus précieuse que la vie elle-même. Quand il la tiendrait à nouveau dans ses bras, il le lui dirait, il s'en faisait la promesse.

Sans attendre davantage, il plongea.

Il sortit la tête de l'eau, recracha une gorgée d'eau puis, au prix d'un effort surhumain, parvint à placer ses mains sous les aisselles de Sophia et à la tirer vers le haut.

Il devait la sauver, elle était la personne la plus importante au monde pour lui.

Il grimpa tant bien que mal sur le quai et la sortit de la mer. Elle recracha de l'eau avant de s'effondrer contre lui.

— Loukas ? Comment as-tu… ? Tu es tout mouillé.

Incapable de parler, il s'agenouilla et la serra dans ses bras pour la réchauffer.

— Ma tête… Que s'est-il passé ?

Elle porta ses doigts à sa tempe, où une ecchymose violette était déjà en train d'apparaître.

— Tu t'es cogné la tête, répondit-il en la prenant dans ses bras et en s'engageant sur le chemin, tu es tombée dans l'eau et ce fichu journaliste n'a même pas vérifié que tu allais bien.

— J'allais lui demander son appareil-photo. Il a pris une photo de nous.

— Je sais. Si je découvre son identité, je porterai plainte contre lui. Pour l'instant, je veux juste te ramener à la maison.

— Tu ne peux pas me porter jusqu'en haut, le chemin est trop raide.

— Ne t'inquiète pas pour moi.

15

Appelé en urgence et arrivé par hélicoptère, le médecin termina son examen puis referma son sac.

— J'ai mis un pansement sur votre blessure. Aucune inquiétude à avoir, vous ne souffrez pas de commotion cérébrale.

— Merci, docteur.

— Vous avez cependant subi un choc, vous devez vous reposer.

Elle acquiesça d'un hochement de tête.

— En partant, pouvez-vous dire à M. Ariti que je préfère ne pas être dérangée, s'il vous plaît ?

Elle écouta ses pas s'éloigner sur la terrasse. Quelques minutes plus tard, elle entendit deux voix parlant grec puis le vrombissement de l'hélicoptère.

Le silence revenu, elle prit une douche rapide avant de se rallonger sur son lit.

Quelques heures plus tôt, elle avait cru qu'elle se noyait. Après s'être cognée, sa tête s'était mise à tourner et Sophia n'avait pas réussi à réagir, ni à nager.

Loukas avait surmonté sa peur de l'eau pour la sauver, elle lui devait la vie. C'était malheureusement l'accusation qu'il avait portée contre elle qui l'avait poussée à partir à la poursuite du journaliste.

Elle avait fait confiance à Loukas et avait cru que ce sentiment était réciproque. Elle s'était manifestement trompée. Il s'était senti menacé et s'en était pris à elle, la seule personne qui ne l'aurait jamais trahi.

Et dire qu'elle lui avait promis de protéger sa vie privée… Elle aurait pu économiser sa salive. À l'évidence, il ne l'avait pas crue.

Elle avait mal à la tête et elle était courbaturée, mais son corps se remettrait vite, elle n'était pas inquiète. Par contre, son cœur aurait besoin de temps pour guérir.

Loukas avait l'impression d'être au bord du gouffre. Ses pensées tournaient en rond dans son cerveau.

Installé sur la terrasse, il but une nouvelle tasse de café.

Il avait envie de mettre son état d'esprit sur le compte du traumatisme du jour. C'était hélas impossible, il le savait.

Debout sur le quai, tétanisé par la peur, il s'était fait la promesse d'être honnête avec Sophia. Il s'était juré de lui dire la vérité, même si elle choisissait de garder ses distances.

Oui, il allait lui dire, mais comment ? Il n'en avait pas la moindre idée.

En fin d'après-midi, vêtue de son bikini bleu et d'un châle autour des épaules, Sophia sortit sur la terrasse.

Penché au-dessus de son téléphone, le regard sombre, Loukas était assis à la table où ils avaient l'habitude de prendre leurs repas.

— Qu'est-ce qui ne va pas ? lui demanda-t-elle en s'installant.

— Il n'a pas perdu de temps.

Il lui tendit son téléphone.

— C'est une photo de nous deux en train de nous disputer, et une autre prise à l'approche d'Alysos. La légende nous identifie et donne le nom de l'île.

Est-ce sur cette île paradisiaque que se cache le nouveau Van Gogh ?

Trente ans après le suicide de son parrain, le filleul de Christos Georgiou s'apprête à vendre sa collection.

L'article la qualifiait simplement d'employée de Marshalls, la maison de vente aux enchères chargée d'organiser la vente.

« Mais Sophia a-t-elle quelque chose de plus à offrir au milliardaire Loukas Ariti ? » se demandait le journaliste.

— Je suis désolée.

Pour toute réponse, il se contenta de croiser les bras.

— Dès mon retour à Londres demain, je découvrirai le fin mot de l'affaire, je te le promets.

Il passa une main sur son visage.

— Je suis désolé de t'avoir accusée d'avoir divulgué la nouvelle à la presse. Quand j'ai vu surgir ce journaliste… je me suis senti menacé, trahi. Ma réaction était disproportionnée, je m'en excuse.

— Je t'ai révélé des secrets que je n'avais jamais avoués à personne. Découvrir la vérité sur mes parents, découvrir qu'ils s'aimaient, a été le plus précieux des cadeaux que tu pouvais m'offrir. Leur histoire d'amour s'est terminée tragiquement, et je sais à quel point il est douloureux pour toi de revivre cette période.

Elle ferma brièvement les yeux, se remémorant les événements des derniers jours, et refoula ses larmes.

— En échange, je t'ai offert ma confiance. Pour quoi ? Au moment où tu aurais dû avoir foi en moi, tu m'as repoussée.

Elle s'interrompit le temps de prendre une profonde inspiration.

— J'ai grandi sans affection, dans une atmosphère solitaire. J'ai appris à n'avoir confiance qu'en moi-même, jusqu'à ce que je te rencontre. Quelle erreur j'ai commise… J'aurais dû me souvenir de ne faire confiance à personne.

— Il y a quelque chose que je dois te dire…

Elle regarda les émotions contradictoires aller et venir sur son visage fermé. Ce soir, il ressemblait davantage à l'homme qu'elle avait rencontré à son arrivée sur l'île qu'à celui qui lui avait sauvé la vie.

— Je t'écoute.

— J'ai contacté mes avocats et je leur ai expliqué ton droit à la succession de Christos.

— Tu as annulé la vente avec Marshalls ?

— Non, mais mon avocat est prêt à le faire. Il suffit que je lui passe un coup de fil.

Tentant d'assimiler les mots qu'il venait de prononcer, elle se figea. Elle lui avait demandé de lui laisser le temps de réfléchir aux implications de la découverte de l'identité de son père, et il n'en avait pas tenu compte. Il ne l'avait pas écoutée. Ne comprenait-il pas que découvrir qu'elle était l'héritière de l'énorme fortune de Christos était difficile à accepter ?

— Je t'avais demandé un peu de temps. Pourquoi n'as-tu pas respecté ma demande ? Je ne sais pas encore si j'ai envie d'être l'héritière de Christos. Donne-moi le numéro de ton avocat, s'il te plaît, je vais l'appeler.

— Non.

Elle se leva mais il lui attrapa le poignet.

— Ne me touche pas, s'il te plaît ! Mes sentiments ne signifient-ils vraiment rien pour toi ? Tu avais dit que tu attendrais.

— Assieds-toi, s'il te plaît. Il y a quelque chose que je dois te dire. Je n'ai pas été honnête avec toi et je veux me rattraper.

Elle posa une main sur le dossier de sa chaise et demeura immobile quelques instants, hésitant.

— Qu'y a-t-il ?

— Je dois t'avouer la vérité sur la façon dont j'ai laissé tomber Christos.

16

— Tu n'avais que huit ans, comment as-tu pu le laisser tomber ?

Il la regarda se mordre la lèvre jusqu'à ce qu'une goutte de sang perle, formant une envoûtante tache rouge sur sa peau laiteuse. Il tendit aussitôt la main pour l'essuyer mais elle recula, son rejet lui faisant l'effet d'un coup de poignard en plein cœur.

— S'il te plaît, laisse-moi...

— Te laisser quoi ? rétorqua-t-elle d'une voix brisée. Changer ton histoire ? Si celle que tu m'as racontée l'autre jour était un mensonge, penses-tu vraiment que je vais te croire aujourd'hui ? Non, plus jamais.

— Je veux que tu saches la vérité. Je vis avec ce secret depuis une éternité, et son poids est si lourd qu'il m'empêche d'avancer. Toute la richesse et les privilèges du monde ne peuvent pas compenser le manque d'amour ou d'affection. Depuis trente ans, j'ai laissé mes traumatismes me dicter ma vie mais aujourd'hui, pour la première fois, j'ai envie de me libérer. Tu mérites de connaître la vérité, et tu mérites d'être fière d'être la fille de Christos ainsi que son héritière.

— Bon, si tu insistes...

Il croisa les bras et prit une grande inspiration pour rassembler son courage.

— Ce soir-là, comme je te l'ai déjà raconté, j'ai vu Christos et Helen. Alan, ton grand-père, l'a poussée derrière lui. Elle est tombée mais il ne l'a pas aidée à se relever. Il était concentré sur Christos.

Hésitant à poursuivre, il la dévisagea.

— Continue, je t'écoute.

— Christos était dos à la falaise et je voyais le danger. Une partie de moi avait envie de le prévenir mais j'avais peur, Alan avait les poings levés. Tout à coup, il les a laissés retomber et a dit quelque chose à Christos que je n'ai pas entendu. Au même moment, Helen l'a interpellé, détournant son attention. Christos a tenté de se précipiter vers elle mais Alan a mis une main sur son torse et... Christos a disparu. Ensuite, Helen a poussé un cri et je me suis enfui.

Elle lâcha un long soupir avant de river son regard au sien.

— Mon grand-père a tué Christos.

Il imaginait qu'elle serait horrifiée, ou au moins choquée, mais sa voix ne trahissait aucune émotion.

— Cela explique sans doute son comportement à mon égard. Il était responsable de la mort de mon père, l'homme que sa fille aimait. Et moi, le fruit de cet amour, j'étais responsable de la mort de celle-ci.

Elle secoua la tête comme pour chasser ces informations de son esprit et revenir au présent.

— Ce n'est pas ta faute, Loukas, tu n'étais qu'un enfant.

— Je n'ai jamais dit la vérité à personne, j'avais même l'intention de garder le secret jusqu'à la fin de mes jours. Et puis, nous avons découvert qu'il était ton père... Ce jour-là, je n'ai pas eu le courage de te raconter la vérité et de t'avouer que j'avais trahi Christos en ne le sauvant pas. Je pensais que, si tu étais au courant, tu partirais, or je voulais que tu restes.

— Cette décision me revenait.

— Je suis d'accord mais tu peux comprendre pourquoi je dois à Christos de m'assurer que tu as la possibilité d'être son héritière. Je crois que c'est ce qu'il aurait voulu. Je ne peux pas changer le passé, ni le ramener à la vie. Je peux juste essayer d'être à la hauteur de l'homme qu'il était.

— Merci de m'avoir avoué la vérité. Désormais, je comprends mieux certains événements de mon enfance. Mon grand-père a dû se sentir coupable pendant le reste de sa vie.

Elle frotta sa paume sur sa cuisse et soupira.

— Cet aveu devrait t'aider à te débarrasser des traumatismes de ton enfance, non ? Tu devrais trouver la force de t'ouvrir un peu plus au monde et à la vie, maintenant.

Il ferma les yeux et se massa les tempes pour tenter de chasser le mal de tête qu'il sentait le gagner.

Sophia lui demandait s'il était capable de changer son style de vie afin qu'ils puissent être ensemble ? C'était ce qu'il désirait, du plus profond de son âme. Malheureusement, il n'en avait pas le courage et il ignorait s'il serait un jour capable de se mettre à nu et de prendre le risque d'être vulnérable.

— Non, cela ne m'intéresse pas, lui affirma-t-il en baissant la tête pour ne pas la regarder dans les yeux. Les relations amoureuses ne sont pas pour moi, je pensais que tu l'avais compris. Mon mode de vie actuel me convient parfaitement.

Comment avouer à Sophia qu'il avait peur et que le courage dont elle faisait preuve l'effrayait ? Elle avait tout perdu et, pourtant, elle s'était donné les moyens de reconstruire sa vie. Elle méritait maintenant de trouver un mari dévoué et de fonder une famille.

Malheureusement, il ne pouvait pas être cet homme. Il avait perdu tous ceux qu'il avait aimés. Comment pouvait-il être sûr qu'il ne perdrait pas Sophia également, qu'il ne lui briserait pas le cœur ? La perspective de la faire souffrir lui était insupportable.

— Je ne te crois pas, finit-elle par répondre. Je pense que tu as simplement peur d'être vulnérable, tu crains de prendre le risque d'être potentiellement blessé.

Elle resserra son châle autour de ses épaules.

— Si tu n'affrontes pas tes peurs, tu ne pourras jamais être heureux, tu ne pourras jamais aimer. L'amour est pourtant l'une des plus belles réussites de l'histoire de l'humanité, l'un des plus beaux cadeaux du monde.

— Je n'ai jamais parlé d'amour.

— Personne ne sait ce que l'avenir lui réserve. Si tu vis ta vie dans la crainte de ce qui pourrait arriver, tu perds toute chance de trouver le bonheur. Si j'agissais de cette façon, je ne sortirais jamais de chez moi de peur de me faire renverser une nouvelle fois. Tu as dit toi-même que la peur est un poison. Est-ce vraiment la vie que tu désires ? Une vie solitaire, sans amour ?

Sophia se leva d'un mouvement brusque. Il tendit aussitôt une main dans sa direction mais elle recula.

— Sophia…

— Tout n'est pas rose dans la vie, Loukas ! L'important est la façon dont nous réagissons devant les obstacles. Je t'ai accordé ma confiance et je pensais que tu apprécierais ce geste. Mais, au moment où tu aurais dû croire en moi, tu n'as pas réussi. Tu n'as même pas essayé ! L'aventure que nous avons partagée a été très spéciale pour moi, j'espère qu'elle l'a été pour toi également. Je pense cependant qu'il faut y mettre fin.

Sans attendre sa réponse, elle s'éloigna, la tête haute.

17

— Que se passe-t-il ?

Sean posa ses mains sur la surface polie de son bureau. Ses courts cheveux argentés, habituellement impeccablement peignés, étaient en désordre et son nœud papillon était de travers. Quant à son regard, il était noir.

Une bouffée d'anxiété s'empara d'elle et son rythme cardiaque s'emballa.

— Je ne sais pas. Qu'y a-t-il ?

— Vous ne savez pas ? Vous revenez au bureau après avoir été enfermée sur une île grecque pendant trois semaines avec…

— Ce n'était pas si long que ça.

— Quelle que soit la durée, j'ai l'impression que ce séjour s'est éternisé.

Il pointa un index accusateur vers elle.

— Vous revenez l'air défait, comme si vous aviez trouvé un Van Gogh mais égaré un Rembrandt, et vous me demandez ce qui se passe ?

— Je suis désolée, Sean, j'ignore à quoi vous faites allusion.

Elle avait cependant une petite idée du problème.

— Il a suspendu la vente ce matin. Voilà ce qui se passe, répondit Sean en passant une main lasse sur son visage.

Sous le choc, elle demeura bouche bée. Elle avait l'impression d'avoir reçu un coup en pleine poitrine. Ses jambes vacillaient et son pouls battait à toute allure.

Pendant le voyage de retour jusqu'à Londres, hier, elle avait espéré que Loukas ne ferait rien avant qu'elle prenne sa décision, mais peut-être son avocat lui avait-il conseillé d'annuler la vente. Il savait pourtant que perdre le contrat aurait des conséquences sur Marshalls, et donc sur elle.

— Vous êtes toute pâle, tout à coup.

La voix de Sean semblait venir de très loin alors qu'il se tenait juste à côté d'elle.

— Asseyez-vous. Ne vous évanouissez pas, s'il vous plaît.

Il lui tendit un verre d'eau.

— Tenez, buvez.

Peu à peu, elle reprit ses esprits. Sa tête arrêta de tourner et le bourdonnement dans ses oreilles s'estompa.

— Je suis désolée.

— Savez-vous ce que l'annulation de la vente signifie ?

— Bien sûr, vous n'avez pas besoin de me l'expliquer.

— Maintenant que nous sommes sur la même longueur d'onde, puis-je vous demander ce qui s'est passé en Grèce ?

Elle reposa le verre sur le bureau.

Elle n'avait pas l'intention de raconter à Sean, ou à qui que ce soit d'autre, ce qui s'était déroulé sur l'île. L'histoire de Loukas n'appartenait qu'à Loukas. À lui de la révéler, s'il le décidait. Quant à ce qui s'était produit entre eux… Elle ne voulait même pas y penser.

Elle devait malgré tout une explication à son patron.

Loukas pensait-il qu'elle révélerait à Sean qu'elle était l'héritière de Christos ? La suspension de la vente était-elle un autre exemple de son incapacité à lui faire confiance ? Peut-être tentait-il juste de reprendre le contrôle de la situation.

Oui, sans doute. Il ne se sentait en sécurité que lorsqu'il était maître des événements.

— Un élément nouveau est apparu, un doute sur la propriété de la collection.

— Comment est-ce possible ? Loukas Ariti en a hérité il y a trente ans et tout à coup quelqu'un conteste les termes du testament ?

— L'autre problème, poursuivit-elle, soucieuse de détourner l'attention de Sean de la question de la propriété, c'est que le jour où j'ai terminé ma mission, un journaliste a réussi à s'introduire sur l'île. Cela a fortement contrarié M. Ariti. Il m'a accusée d'avoir informé la presse de la découverte du Van Gogh. Il était très en colère.

— Ce n'est pas vous qui avez appelé ce journaliste, bien sûr.

— Bien sûr que non. L'information a néanmoins fuité.

— Je vais mener mon enquête. M. Ariti vous a-t-il chassée de l'île ? A-t-il été violent ?

Les yeux de Sean se portèrent sur son ecchymose, sur sa tempe, et elle l'effleura d'un doigt.

— Pas du tout. Ceci, c'est... C'est la conséquence d'une chute. J'ai quitté l'île de mon propre chef. J'avais terminé mon travail, je n'avais aucune raison de rester plus longtemps.

Sa voix se brisa et, soucieux, Sean la dévisagea.

— Vous avez toutefois eu un désaccord. J'ai vu la photo.

— Nous nous sommes disputés, oui.

Soudain mal à l'aise, elle se mordit la lèvre et, comme s'il devinait ce qu'elle avait en tête, Sean hocha la tête.

— Le sujet de cette dispute était-il la présence du journaliste ou était-il plus personnel ?

— Les deux. Avoir une relation personnelle avec un client n'était pas professionnel de ma part, je m'en excuse.

— Inutile, répondit son patron avant d'esquisser un sourire entendu. Je vous encourage régulièrement à sortir davantage, je peux difficilement vous faire des reproches lorsque vous suivez mon conseil.

Elle repensa aux jours et aux nuits passés dans les bras de

Loukas, à toucher les étoiles encore et encore. Elle ne s'était pas contentée de sortir davantage, pour reprendre les mots de Sean, mais inutile de le lui avouer.

De toute façon, aucun mot ne pourrait jamais décrire l'intensité des moments qu'elle avait partagés avec Loukas.

— C'était une erreur, je suis désolée.

Elle pouvait bien s'excuser, jamais elle ne regretterait une seule seconde du temps qu'ils avaient passé ensemble.

— À l'évidence, il vous a fait du mal.

Pour toute réponse, elle haussa les épaules.

— Ne le niez pas, Sophia. Je le vois dans vos yeux.

— Je crois que nous nous sommes fait du mal l'un l'autre.

— Voulez-vous que je porte plainte contre lui ? Si vous pensez que vous n'avez pas été professionnelle, lui ne l'a pas été non plus. Il faut être deux pour danser le tango.

— J'apprécie votre sollicitude mais c'est inutile.

— Vous n'avez pas l'air en forme, vous devriez sans doute prendre quelques jours de congé.

— Eh bien, vous savez parler aux femmes, vous !

Son patron éclata de rire.

— C'est l'une de mes qualités.

— Après réflexion, je crois que je vais accepter votre offre et prendre quelques jours de repos.

— Très bien. Nous verrons ce qu'il adviendra de la vente. Si le problème peut être résolu, tant mieux. Sinon, la vie continuera. Ce sera un revers mais pas la fin du monde.

Sophia jeta un coup d'œil par la fenêtre de son salon. Les arbres commençaient à prendre leurs teintes automnales.

Lasse, elle soupira. Sans son travail, elle se sentait perdue. En plus, elle était tombée amoureuse d'un homme qui ne pouvait pas lui rendre ses sentiments.

Elle soupira une nouvelle fois.

Aujourd'hui, elle était peut-être sortie de la vie de Loukas mais, au moins, sa dignité était intacte. Jamais il ne tenterait de comprendre les véritables sentiments qu'elle éprouvait, cela reviendrait pour lui à admettre qu'il se souciait d'elle.

La douleur de la perte s'atténuerait peut-être avec le temps, se répéta-t-elle pour tenter de s'en convaincre. Elle ne disparaîtrait cependant jamais complètement.

En attendant, comment allait-elle occuper ses prochains jours ? Malgré sa tristesse, elle devait rester positive. C'était cette attitude volontaire qui l'avait sauvée après l'accident, et cela fonctionnerait à nouveau, si elle y croyait.

Décidée, elle envoya un message à l'association caritative pour annoncer qu'elle acceptait finalement de prendre la parole lors de sa conférence annuelle, puis elle prit la direction de la maison de ses grands-parents.

Des draps recouvraient les meubles mais les photos dont elle se souvenait étaient toujours accrochées aux murs.

Aucun des souvenirs qu'elle gardait de cet endroit n'était heureux. Un sentiment de solitude et de tristesse imprégnait chaque recoin de la maison. Malgré tout, elle avait toujours eu l'espoir d'un jour découvrir ici des éléments qui lui apprendraient quelque chose sur sa mère ou son père.

Aujourd'hui, elle connaissait enfin leur histoire.

Ils étaient tombés amoureux et avaient eu une liaison passionnée. Savoir qu'elle était le fruit de leur amour donnait à sa vie une valeur qu'elle n'avait jamais envisagée auparavant. Son père avait aimé sa mère, et sa mère avait aimé son père, suffisamment pour aller jusqu'au bout de sa grossesse malgré les risques.

Son grand-père s'était-il senti coupable ? Sa mère s'était-elle révoltée ? L'avait-elle accusée d'avoir tué Christos ? Et qu'avaient ressenti ses grands-parents lorsqu'ils s'étaient retrouvés avec le bébé de Christos à élever ?

Elle n'obtiendrait jamais les réponses à ses questions mais, aujourd'hui, elle n'en avait plus besoin. Maintenant qu'elle connaissait son histoire, elle pouvait enfin vendre la maison. Elle regrettait juste d'avoir eu le cœur brisé en cours de route.

Elle repoussa le drap du bureau de son grand-père et fouilla à l'intérieur. Dans le troisième tiroir, elle trouva la clé de la chambre d'Helen et, avant d'avoir le temps de changer d'avis, monta jusqu'au dernier étage.

Cette chambre avait été fermée à clé toute sa vie. Franchir son seuil lui donna un peu l'impression de transgresser une loi secrète.

Elle s'assit au bout du lit étroit puis ouvrit le tiroir de la table de chevet. Elle n'avait aucune idée de ce qu'elle cherchait mais peut-être découvrirait-elle ici un fragment d'information sur ses parents, le fringant Christos et la fragile Helen.

Elle sortit du tiroir une vieille boîte d'aspirine, un signet en cuir et une bourse en soie. Les doigts tremblants, elle ouvrit cette dernière et entreprit d'en extraire une enveloppe bleu pâle sur laquelle était écrit le prénom de sa mère.

Elle en sortit deux fines feuilles de papier et un petit objet en or.

Les yeux brillants de larmes, elle lut la lettre.

C'était une lettre d'amour. Christos expliquait à Helen avoir glissé dans l'enveloppe la moitié du pendentif en forme de cœur et lui promettait de le reformer le jour où ils se retrouveraient.

Elle esquissa un sourire rêveur. Si elle avait voulu découvrir une preuve de l'amour de ses parents, elle la tenait aujourd'hui dans la paume de sa main.

Tous ses muscles tendus, Loukas s'approcha une nouvelle fois de son entraîneur mais l'homme lui fit signe qu'il jetait l'éponge.

— Vous feriez mieux de finir la séance en frappant le punching-ball.

D'un hochement de tête, l'homme lui indiqua le sac en cuir suspendu au plafond de sa salle de sport.

— Quoi que vous tentiez d'évacuer de votre système, faites-le sur le sac, pas sur moi. Vous pourriez aussi nager un peu, cela vous ferait du bien.

D'un air las, Loukas regarda l'homme partir et soupira. Rien ne le détendrait. Rien ne guérirait jamais son cœur brisé.

Sophia lui manquait. Il rêvait de la prendre dans ses bras, de sentir sa bouche contre la sienne, son corps sous lui...

Enfermé dans ses angoisses et son sentiment de culpabilité, il l'avait fait fuir. Il avait affirmé que changer son mode de vie ne l'intéressait pas et, maintenant, elle devait penser qu'il était un salaud égocentrique. La vérité, c'était qu'il avait eu peur d'admettre ses sentiments. Et, en écoutant sa peur de souffrir, il l'avait fait souffrir, elle.

Il l'avait laissée repartir, seule, à Londres et, depuis, il le regrettait jour et nuit.

Comment pouvait-il espérer la persuader de lui pardonner et de lui faire à nouveau confiance ?

Perdu, il avait appelé un peu plus tôt ses avocats pour leur demander de repousser la vente aux enchères. Il le regrettait également, il aurait dû en discuter avec Sophia avant.

Que faire, maintenant ?

S'il lui envoyait un courrier, elle ne lui répondrait pas. De toute façon, les mots qu'il avait besoin de lui dire ne pouvaient pas être couchés sur le papier. Il avait besoin de la voir.

18

— Revenez-vous bientôt ? À moins que vos vacances soient tellement palpitantes que vous ayez décidé de les prolonger.

— Si vous considérez qu'attendre un camion de déménagement est palpitant, alors vous allez devoir être patient.

Elle jeta un coup d'œil à sa montre.

— Mes déménageurs ont plus d'une heure de retard.

Sean éclata de rire.

— J'ai l'impression de retrouver la Sophia que je connais. Comment allez-vous ?

— Je vais bien. Que me vaut le plaisir de votre appel ?

— En attendant que la question de la propriété de la collection soit résolue, Loukas Ariti aimerait organiser une exposition.

Son ventre se noua, et elle s'agrippa à son téléphone pour ne pas le laisser tomber.

— Une exposition ? De... De la collection ?

— Tout va bien ? Vous avez une drôle de voix, tout à coup.

Sans attendre sa réponse, Sean poursuivit.

— Oui, toute la collection, à l'exception d'une statue d'Aphrodite.

Elle ferma les yeux. Sa tête tournait, elle avait le vertige.

— J'imagine qu'il préfère que je ne sois pas impliquée. Nous ne nous sommes pas vraiment quittés en bons termes.

— Ce n'est pas à lui de prendre cette décision. Vous avez catalogué la collection, vous la connaissez.

Il marqua une pause.

— Sans compter qu'il vous a blessée. Il a perdu le droit de dicter ce sur quoi vous avez le droit de travailler.

— Et s'il renonçait à son projet d'exposition à cause de moi ?

— Je m'en tiendrai à ce que j'ai dit.

— C'est très généreux de votre part, Sean, compte tenu des enjeux pour la maison Marshalls.

Son esprit s'emballa. Que cherchait Loukas avec cette exposition ? Était-ce une manœuvre pour faire sortir les œuvres de l'île, pour s'en débarrasser ?

Le passé l'avait freinée pendant des années mais maintenant qu'elle avait mis en vente la maison de ses grands-parents, elle se sentait libre et prête à aller de l'avant. Il ne lui restait plus qu'à trouver un moyen d'accepter le fait qu'aucun avenir n'était possible entre Loukas et elle, même si elle l'aimait.

Peut-être que travailler avec lui sur l'exposition, dans une relation strictement professionnelle, l'aiderait. Cela serait sans doute difficile mais elle y parviendrait. Elle devait juste contrôler ses sentiments au lieu de les laisser la submerger.

Oui, il lui fallait avancer, même s'il ne l'aimait pas. Elle n'avait pas le choix.

La semaine avait été éprouvante.

Décider de vendre la maison de ses grands-parents lui avait fait l'effet d'un saut dans l'inconnu mais, au moins, elle avait osé. Désormais, elle se sentait prête à aller de l'avant et à accepter ses sentiments pour Loukas plutôt que d'essayer de les nier. Les refuser exigeait beaucoup d'énergie et nécessitait une vigilance constante. Elle l'aimait et il ne l'aimait pas, c'était aussi simple que cela.

À la fin d'une réunion, Sean lui demanda d'attendre.

— M. Ariti veut nous rencontrer.

— Je ne suis pas surprise. Quand partez-vous à Athènes ?

— C'est vous qu'il souhaite voir, et pas à Athènes mais à Londres.

Elle inspira pour tenter de contrôler son rythme cardiaque.

— Je serai au bureau lundi matin, il peut passer.

Il y aura des gens tout autour de moi, je ne serai pas seule. Cela m'épargnera de faire quoi que ce soit de stupide.

— Il n'est à Londres que pour le week-end et souhaite vous rencontrer demain.

— Est-ce vraiment nécessaire ?

— À vous de décider, mais sachez que je vous soutiendrai quelle que soit votre décision.

— Merci.

Il serait facile de refuser et ce serait probablement justifié – Loukas la manipulait, mais elle ne le laisserait pas jouer avec elle. Elle travaillerait sur l'exposition et garderait le contrôle, elle s'en faisait la promesse.

— Très bien. Vous pouvez lui faire savoir que je le verrai.

— Vous êtes sûre ? Il propose un rendez-vous dans son loft à neuf heures et demie.

— Je suis sûre. Par contre, je ne le verrai pas dans son loft. Je le rencontrerai à l'endroit de mon choix, et à 10 heures.

— Il est prêt à envoyer une voiture vous chercher, si je lui donne votre adresse.

Elle lui avait déjà dit qu'elle vivait dans un appartement à Clapham. Il n'aurait aucun mal à trouver son adresse tout seul.

— Son chauffeur peut me déposer et aller le chercher ensuite.

— Très bien. Si vous changez d'avis, faites-le-moi savoir.

Samedi matin, vêtue d'un simple jean et d'un pull bleu pâle, Sophia s'installa à son bureau et rédigea sa lettre. Elle emballa ensuite la moitié du pendentif et adressa le tout à Loukas.

Elle devait le voir tout à l'heure. Elle l'écouterait, lui donnerait sa lettre puis elle partirait.

Elle préférait de loin coucher ses mots sur le papier. Si elle essayait de les prononcer, elle risquait de pleurer.

Avec un peu de chance, cette lettre lui permettrait de se libérer de son ombre, d'aller de l'avant et de retrouver la vie qu'elle menait avant de le rencontrer. Cette vie ne serait plus jamais la même, bien sûr, mais cela ne voulait pas dire qu'elle ne pouvait pas être agréable.

Pour être honnête, la perspective d'une vie sans Loukas lui semblait néanmoins bien morne. Si aimer faisait mal à ce point, jamais plus elle n'aimerait. La douleur qu'elle portait en elle, jour et nuit, était bien trop forte.

Si elle lui avait avoué qu'elle l'aimait, avant de quitter l'île, le résultat aurait-il été différent ? Sans doute pas.

À 10 heures pile, une Jaguar noire aux vitres teintées s'arrêta devant son appartement. Son sac à l'épaule, elle attendit près de l'entrée, l'adrénaline commençant à rugir dans ses veines.

Elle ouvrit la porte de l'immeuble dès que l'Interphone sonna puis se força à se concentrer sur sa respiration. Lorsqu'elle entendit des pas dans l'escalier, elle rassembla son courage puis ouvrit la porte de son appartement.

— Puis-je entrer ?

Sans attendre sa réponse, Loukas passa devant elle et referma la porte derrière lui.

— J'attendais ton chauffeur.

— Je l'ai envoyé prendre un café.

— Loukas… Je ne suis pas sûre que ta présence ici soit une bonne idée. Tu devrais sans doute partir.

— J'ai juste besoin de te parler. Écoute-moi, s'il te plaît, et ensuite, je partirai.

Il entra dans son salon et jeta un coup d'œil par-dessus son épaule pour s'assurer qu'elle le suivait bien. Elle était plus pâle et plus maigre que dans son souvenir.

— Veux-tu t'asseoir ?

— Non, merci. Je préfère rester debout.

Depuis des jours, il répétait son discours. Malheureusement, maintenant qu'il se trouvait face à elle, il ne s'en souvenait pas. Sa beauté lumineuse avait annihilé toutes ses pensées.

Comme par magie, il ouvrit la bouche et les mots sortirent néanmoins.

— Je t'aime.

— Loukas...

— Je t'aime, répéta-t-il, je t'aime de tout mon cœur. Quand je suis avec toi, j'ai l'impression que je peux tout affronter. Ton courage me rend fort et ta beauté me coupe le souffle.

Il déglutit avant de poursuivre.

— J'ai vécu toute ma vie en regrettant de ne pas avoir eu le courage d'essayer de sauver la vie de Christos. Quand tu es tombée dans le port, ma peur de l'eau m'a presque empêché de te sauver mais je savais que, si je te perdais, je ne m'en remettrais jamais. Ensuite, je t'ai laissée rentrer à Londres parce que te demander de rester m'aurait mis en position de faiblesse. Et si tu avais refusé ? Et si tu avais accepté et qu'ensuite je t'aie fait du mal ? Je n'ai pas trouvé le courage de faire ce saut dans l'inconnu. Tu dois comprendre que l'amour est un territoire qui m'est totalement étranger.

Il se mordit la lèvre. Il mourait d'envie de réduire l'espace qui les séparait et de la serrer dans ses bras, mais il devait la laisser faire. Cela devait être sa décision.

— Tu avais raison quand tu disais que j'avais peur de me mettre à nu. J'ai décidé, à l'âge de huit ans, que je ne ferais plus jamais confiance à quiconque parce que faire confiance, c'est prendre le risque de souffrir.

— Loukas...

Il leva une main.

— Laisse-moi finir, s'il te plaît. Je n'ai pas envie de passer le reste de ma vie à regretter de ne pas t'avoir demandé de rester, ce jour-là. J'en mourais pourtant d'envie... Mais j'ai eu peur, c'est aussi simple que cela.

— Et maintenant ? Qu'est-ce qui a changé ?

— Rien n'a changé, j'ai toujours aussi peur. J'ai peur d'avoir anéanti toutes mes chances de bonheur. J'ai peur que tu ne m'aimes pas...

Il la regarda avancer et agripper le dossier d'un fauteuil. Il avait l'impression qu'elle tremblait de la tête aux pieds.

— Ne vois-tu pas au contraire que tout a changé ?

Perdu, il la dévisagea.

— Tu veux dire que tes sentiments ont changé ? Que je les ai détruits ? Qu'il est trop tard ? Je pensais que ce que nous ressentions l'un pour l'autre était extraordinaire...

— Ce que je veux dire, c'est que tout a changé parce que, malgré ta peur, tu es ici. Tu m'as avoué que tu m'aimais sans attendre de connaître mes sentiments. Tu as enfin eu le courage de faire ce saut dans l'inconnu.

— Je t'en prie, Sophia, dis-moi que ce que tu as éprouvé...

— Mes sentiments n'ont pas changé, Loukas. Je t'ai d'ailleurs écrit une lettre pour te les avouer, je n'avais pas suffisamment confiance en moi pour les exprimer à haute voix. Elle est dans mon sac.

Elle baissa les yeux vers son sac à main.

— J'ai réalisé au moment où je quittais la Grèce que je t'aimais. Hélas, je n'ai pas eu le courage de faire demi-tour et de te l'avouer.

En deux enjambées, Loukas traversa la pièce et l'enlaça. Ému, il plaqua son corps contre le sien et le serra de toutes ses forces. Il ferma les yeux et s'enivra de son parfum, ses mains fébriles et impatientes allant et venant sur son corps de déesse. Elle lui avait tellement manqué...

— Loukas, il n'y a que dans tes bras que je me sens véritablement à ma place. J'ai éprouvé ce sentiment la première fois que tu m'as soutenue, quand tu m'as épargné de tomber dans la piscine, et ce sentiment n'a fait que se renforcer depuis. Quand je t'ai quitté, j'ai eu l'impression d'abandonner une partie de moi sur l'île.

Il la guida jusqu'au canapé et l'installa sur ses genoux. Il passa ensuite son pouce le long de ses pommettes avant de lui relever le menton et de l'embrasser avec une infinie gourmandise. Sans un mot, elle ouvrit sa chemise, posa une main sur son torse et, comme par magie, tous les sens de Loukas s'éveillèrent. Sa température grimpa en flèche.

— Sophia...

— Chut.

D'un geste tendre, elle posa la tête sur son épaule.

— J'ai trouvé la moitié du pendentif. Christos l'avait offert à ma mère. Ils allaient le reconstituer le jour où ils se retrouveraient.

— Où est-il ?

— Il est avec ma lettre. Je voulais te le rendre.

— La moitié de Christos était au milieu des photos. Maintenant que nous avons les deux morceaux, nous réparerons ce pendentif pour qu'il soit encore plus solide qu'avant, *agape mou*. Ce sera le symbole de notre amour.

Son cœur battant à toute allure, il serra Sophia contre son cœur.

— J'avais répété ce que j'allais te dire mais, dès que je t'ai aperçue, toutes mes pensées se sont envolées. Si tu insistes, je pourrai peut-être essayer de me souvenir...

Elle posa une main sur son torse musclé puis la fit descendre, de plus en plus bas.

— Par contre, si tu t'égares dans cette direction, jamais je n'y arriverai.

Il saisit sa main et noua ses doigts aux siens.

— Après ton départ, je pouvais à peine penser ou parler. Impossible de rester sur l'île sans toi. À Athènes, mon avocat m'a persuadé que la vente devait être suspendue, au moins jusqu'à ce que tu prennes une décision. Je voulais te contacter pour t'en parler mais je n'ai pas eu le courage.

Il s'arrêta pour l'embrasser sur la tempe.

— Je vois que ton hématome a presque disparu.

— Je savais que mon bleu s'effacerait vite. C'est mon cœur qui m'inquiétait. J'avais peur qu'il ne guérisse jamais.

— Pourras-tu me pardonner un jour le mal que je t'ai fait ? Je t'ai accusée d'avoir parlé à la presse et, à cause moi, tu as failli te noyer.

Sans attendre sa réponse, il l'embrassa à nouveau.

— J'ai l'intention de passer le reste de ma vie à me faire pardonner. Je ne te ferai plus jamais de mal, je te le promets.

— Le reste de ta vie ?

— Oui, à moins que tu ne trouves cela trop long.

— Bien sûr que non. Nous devons juste être conscients que tout le monde rencontre des obstacles, au cours de sa vie. Nous devrons nous y préparer pour les affronter au mieux. Si nous nous faisons confiance, tu verras que tous les fardeaux que nous porterons pèseront bien moins lourd.

— Un jour, tu m'as expliqué que l'épreuve de ton accident était devenue un cadeau pour ta nouvelle carrière. Cela m'a fait penser que Christos aurait détesté que je considère son legs comme un fardeau, alors j'ai décidé que ce qui nous avait réunis ne pouvait pas être un poids. C'est un cadeau de Christos, pour tous les deux. Le jour où je l'ai compris, j'ai décidé d'essayer de te récupérer.

— Avec un discours que tu as oublié.

Amusé, il glissa les doigts dans ses cheveux et prit son beau visage en coupe.

— Les mots importants sont ceux que j'ai prononcés en premier. Je me souviens néanmoins de ceux qui venaient juste après, si tu veux les entendre.

— Je t'écoute.

— Veux-tu m'épouser ? S'il te plaît ?

Émue, Sophia se redressa.

— T'épouser ?

— Je t'aime, Sophia, et je ne veux plus jamais te laisser partir.

Il essuya les larmes qui commençaient à couler sur ses joues.

— Je t'ai fait pleurer, excuse-moi. Si tu as besoin de temps pour réfléchir…

— Je n'ai pas besoin de temps. Je sais depuis le jour de notre rencontre que je veux être avec toi. J'avais juste peur que tes traumatismes passés t'empêchent de t'engager.

Il captura sa bouche dans un long et doux baiser, savourant cette volupté qui lui avait tant manqué.

— Merci, *agape mou*. Tu m'as aidé à comprendre que je devais changer, si je ne voulais pas te perdre. Tu es ce que j'ai de plus précieux au monde.

Elle posa son front sur le sien et plongea dans ses envoûtantes prunelles.

— Et Alysos ? Que va devenir l'île ? Et la statue d'Aphrodite ?

— Alysos sera notre refuge. Quant à la statue, je pense qu'elle devrait rester là-bas, sur cette île où nous sommes tombés amoureux. Au fil du temps, nous y construirons de nouveaux souvenirs pour remplacer les anciens qui avaient un pouvoir de nuisance. Unis, nos cœurs seront plus forts, plus solides, exactement comme le pendentif en or.

Il passa une main sur la peau satinée de son visage et, heureux, esquissa un sourire béat.

Il veillerait sur le cœur de Sophia, comme sur le médaillon, il le protégerait, il s'en faisait la promesse. Avec elle, il avait trouvé l'amour, et un refuge pour son cœur meurtri.

KIM LAWRENCE

Un baiser enivrant

AZUR

HARLEQUIN

Titre original :
ONE NIGHT WITH MORELLI

Ce roman a déjà été publié en 2020.

1

Tout en fendant la foule, Eve Curtis fouillait nerveusement dans son sac, la mine sombre et préoccupée. Elle était terriblement en retard ! Et cette fois, il ne s'agissait pas d'un impondérable. Si encore elle avait pu incriminer un avion retardé ou un embouteillage... Mais non, elle seule était à blâmer. Elle avait eu tort de passer par le bureau.

Elle sortit son téléphone, tout en évitant les nombreux passants qui se pressaient dans la rue. Concentrée, elle se mit à pianoter frénétiquement sur les touches, lorsqu'elle sentit une pression sur son épaule. Tournant la tête, elle comprit en une fraction de seconde qu'un homme la suivait et venait d'essayer de lui arracher son sac.

Elle avait de bons réflexes et agrippa fermement la bandoulière, en hâtant le pas. Mais le voyou revint à la charge, rapide comme l'éclair. Il avait de la force et il agit si lestement qu'Eve ne put résister lors du second assaut. Sidérée, elle regarda son agresseur partir en courant avec son sac. Elle se mit à crier.

— Au secours... Au voleur !

Personne ne sembla s'émouvoir de la situation et Eve vit le jeune homme progresser rapidement dans la foule — la capuche enfoncée sur la tête. Jouant des coudes, elle tenta de le suivre, et crut un instant qu'elle avait perdu la partie... mais le voleur heurta soudain un homme à l'imposante stature, et tomba à terre.

Eve entendit le truand lancer des propos venimeux et fut bientôt près de lui, les jambes en coton mais prête à en découdre. Elle le vit lever les yeux vers le passant qui avait stoppé sa course. Le visage du voyou changea instantanément d'expression : la hargne se mua en peur, et il lâcha son butin avant de détaler comme un lièvre.

Draco Morelli secoua la tête et soupira, affligé. Ces voleurs étaient un vrai fléau ! S'il n'était pas aussi en retard, il aurait volontiers couru après ce vaurien pour lui apprendre une ou deux leçons... Au lieu de quoi il se baissa pour ramasser le sac volé, qui s'ouvrit en déversant son contenu sur le trottoir.

Il ne put s'empêcher de sourire : le sac était rempli de lingerie fine — dentelle, soie, froufrous s'étalaient à ses pieds. Il s'apprêta à les ramasser. A trente-trois ans, il n'était plus censé s'émouvoir de ce genre de choses, mais tout de même... cela ne lui arrivait pas tous les jours de devoir manipuler des dessous féminins par dizaines !

Du bout des doigts, il attrapa un soutien-gorge rose. Bonnet D, se dit-il en connaisseur.

Une étiquette cousue à la main attira son attention. « La Tentation d'Eve ». Le nom lui rappelait vaguement quelque chose.

Rachel affectionnait-elle cette marque ? Peut-être... Leur complicité sexuelle lui manquait, il devait bien l'admettre. Toutefois, il se félicitait tous les jours d'avoir rompu. Elle avait fini par réellement l'agacer. Sa manière d'utiliser le pronom nous, par exemple, lui était devenue insupportable... « Ma sœur *nous* prête son studio à la montagne pour le nouvel an. » Non vraiment, c'était mieux qu'il ait mis un terme à leur relation.

Lorsque Rachel l'avait croisé *par hasard* dans un grand magasin, alors qu'il faisait du shopping avec sa fille, il avait su qu'il ne pourrait supporter davantage ses attentes, son insistance à faire partie de sa vie. Elle avait déployé des efforts un peu trop visibles pour s'attirer les bonnes grâces de Josie. Mais sa fille n'était pas dupe. D'ailleurs, elle lui avait fait un jour ce commentaire qui lui avait mis la puce à l'oreille : « Ne sois pas trop brutal, papa, quand tu la quitteras. »

Cette remarque l'avait glacé. Il avait failli à son devoir de père : la frontière devenait trop poreuse entre sa vie familiale et ses aventures amoureuses. Il fallait continuer à protéger Josie, d'autant plus qu'elle grandissait.

Le jour où la mère de Josie était partie — ou plutôt les avait abandonnés — il s'était juré qu'il protégerait sa fille et qu'il lui épargnerait toute souffrance inutile. Sans doute avait-il commis des erreurs, inévitables. Mais au moins il lui avait évité de s'attacher aux femmes qui avaient traversé son existence.

— Absolument ravissant, murmura-t-il en passant le pouce sur le galbe soyeux du soutien-gorge.

— C'est à moi, lança une charmante jeune femme sur un ton déterminé.

Elle se tenait juste à côté de lui, les bras croisés. Manifestement, elle l'observait depuis quelques secondes.

— Vous vous appelez Eve ? interrogea Draco en désignant l'étiquette du sous-vêtement.

— Oui, vous avez deviné juste.

Elle lui sourit timidement. De petite taille, elle avait de grands yeux verts qui éclairaient un visage opalin en forme de cœur. Elle avait les joues roses, et des boucles châtaines venaient égayer son air sérieux. Bon sang, elle était aussi charmante que sa lingerie, songea Draco.

Eve était très fière de sa ligne de lingerie, une collection raffinée, à la fois glamour et coquine, mais confortable, pour la femme moderne. Elle fut soulagée de voir que son travail n'était pas perdu.

— Il ne vous a pas blessé, j'espère ? Merci infiniment ! Vous avez été...

Elle s'interrompit brusquement pour s'éclaircir la gorge. La bouche sèche et le cœur battant à tout rompre, elle dévisagea l'homme qui se tenait devant elle, soudain gênée de le voir les mains pleines des sous-vêtements qu'elle avait créés. Un frisson lui parcourut l'échine. Que lui arrivait-il ? Etait-ce le contrecoup de son agression ou était-ce la présence de cet homme ? Car il fallait l'admettre : il dégageait un magnétisme incroyable !

Mais peut-être subissait-elle tout simplement les effets du décalage horaire... Elle se sentit soudain épuisée.

— ... très courageux, articula-t-elle pour terminer sa phrase.

Dieu merci, elle n'avait pas bégayé ! Mais elle devait tout de même avoir l'air ridicule, à chercher ses mots la bouche ouverte...

Maintenant qu'elle avait recouvré ses esprits, elle détailla l'inconnu avec attention. Il était remarquablement beau. Les pommettes hautes, la mâchoire carrée et volontaire, il avait des lèvres sensuelles et des cils étonnamment longs, qui ajoutaient du mystère à ses grands yeux noirs. Une fine cicatrice, sur le côté de sa bouche, achevait de lui donner un air ténébreux... Et pourtant, sans qu'elle sût dire exactement pourquoi, cet homme lui semblait arrogant et prétentieux. Oui, il avait l'air pédant et sûr de lui. Eve détestait ce genre de personnage — et d'ailleurs, elle se trompait rarement sur les gens. Cet homme lui était antipathique — voilà pourquoi elle se sentait si troublée en sa présence.

— Ne vous inquiétez pas pour moi, je suis solide, répondit-il avec un sourire étincelant.

Le regard de l'homme vint alors se poser sur le soutien-gorge, avant de revenir sur elle — ou plus exactement sur sa poitrine. Eve sentit ses joues devenir brûlantes. Etait-il en mesure de deviner qu'elle ne portait pas de soutien-gorge ?

Non, c'était stupide : il ne pouvait pas voir à travers son chemisier. Avec ce pansement sur son omoplate, elle ne supportait aucun vêtement ajusté... Par réflexe, elle boutonna sa veste en essayant de ne pas trop tirer sur son épaule. La cicatrice serait probablement refermée d'ici quelques jours mais, jusque-là, elle devait faire attention...

— Vous vous appelez vraiment Eve ? demanda-t-il d'un air curieux.

— Et vous Adam, sans doute, rétorqua-t-elle pour lui voler une réplique trop souvent entendue.

— Non, Draco. Mais vous pouvez m'appeler Adam si vous voulez.

— C'est très gentil, mais nous en resterons là.

Après l'avoir remercié encore une fois, elle lui prit ses affaires des mains, les fourra dans son sac et lui adressa un bref signe de tête, avant de reprendre son chemin. Alors qu'elle s'éloignait, elle eut la sensation que le regard de l'homme pesait sur elle. « Inutile de te trémousser comme une midinette, Eve, personne ne te prête attention », se réprimanda-t-elle. Un rapide coup d'œil la détrompa.

Draco n'avait pas bougé. Il la regardait.

Frazer Campbell rajusta tranquillement ses lunettes et tourna la page. Draco avait du mal à maîtriser son impatience.

— Ce sont des menaces en l'air, n'est-ce pas ?

La lettre manuscrite rédigée de la main de son ex-femme comportait des formules juridiques qui émanaient visiblement de quelqu'un d'autre. Plus précisément d'Edward Weston certainement, son nouveau fiancé récemment élu au Parlement. Avec son étiquette de conservateur défenseur des valeurs de la famille, il se devait de remettre sa future épouse sur le droit chemin en la rappelant à ses devoirs de mère.

Mais Draco n'avait pas l'intention de se laisser faire. Le bonheur et le bien-être de sa fille étaient sacrés.

— S'agit-il de menaces sérieuses ? le questionna Frazer avec calme.

Il aurait vraiment fallu être stupide ! On ne s'attirait pas impunément les foudres de Draco Morelli. Les gens tendaient plutôt à se ménager ses faveurs... Et la plupart le craignaient, préférant ne pas avoir à l'affronter.

Draco sentit le regard de Frazer le parcourir de la tête aux pieds. Celui-ci, après avoir réchappé avec lui d'une avalanche en montagne, était un des rares à compter parmi ses amis — il était devenu son confident, son conseiller et il connaissait parfaitement son histoire. Un sourire amusé aux lèvres, Frazer lui demanda avec un humour circonspect :

— Et d'ailleurs, où vas-tu avec ton habit de cérémonie ? Tu t'apprêtes à te marier ?

— Ce n'est pas demain la veille ! s'exclama Draco avec un mépris affirmé pour la vénérable institution du mariage.

— Dommage... Ce serait la solution idéale à ton problème. Ta fille aurait...

Il consulta un instant la lettre.

— ... « une présence féminine stable dans sa vie ».

Draco se laissa tomber lourdement sur une chaise.

— Je préférerais encore avoir ma mère à demeure.

Frazer, qui connaissait Veronica Morelli, éclata de rire.

— Il faudrait être idiot pour reproduire deux fois la même erreur, ajouta Draco.

— Est-ce bien raisonnable de consulter un idiot ? rétorqua son ami, sans se départir de son air jovial.

Draco se rappela soudain que Frazer venait de se marier pour la seconde fois, et était visiblement très heureux. Il se radoucit.

— Il y a des exceptions, concéda-t-il. Et je demande conseil à l'ami, pas à l'avocat. Je n'aurais pas les moyens de régler tes honoraires.

Frazer eut une moue amusée. Doté par sa naissance d'une immense fortune et de non moins grands privilèges, Draco Morelli, richissime héritier italien, aurait largement pu vivre de ses rentes. Mais, en infatigable entrepreneur, il avait réalisé au cours des dix dernières années des investissements qui l'avaient propulsé au sommet du monde de la finance. Il était désormais installé à Londres, où sa réputation était bien établie.

Draco cachait derrière son sourire une volonté de fer. Son mariage éclair, qui s'était soldé par un désastre, lui avait heureusement donné une fille qu'il adorait, si bien qu'il ne regrettait rien. Mais il ne risquait pas de recommencer.

Il avait des aventures, des liaisons, mais pas d'histoires d'amour. Il était lucide sur ses besoins et ne cherchait pas à travestir ses intentions. Le sexe était pour lui quelque chose d'important, un besoin fondamental. Mais il se passait volontiers d'émotions superflues. Cela ne lui demandait aucun effort de ne pas s'impliquer sentimentalement. Son principal problème était de maintenir sa fille à l'écart. A treize ans, elle possédait une maturité impressionnante, qui le sidérait et l'effrayait un peu.

— Elle remet en cause mon droit de garde, observa-t-il en réfléchissant tout haut. Même si Edward est derrière tout cela...

La dernière conquête de son ex le surprenait... Elle affectionnait généralement des hommes beaucoup plus jeunes. En dépit de la bague ostentatoire qu'elle arborait, il doutait de la longévité du couple. Mais tant mieux pour eux s'il se trompait... En tout cas, il n'était pas question que Clare bouleverse la vie de sa fille sous prétexte qu'elle se découvrait brusquement la fibre maternelle !

— J'aime beaucoup Clare, poursuivit-il. D'ailleurs, tout le monde l'adore. Mais elle est incapable de s'occuper d'une adolescente. Je ne lui confierais même pas mon chat !

Il secoua la tête avec une moue affligée. Clare était complètement irresponsable. Josie avait trois mois quand elle était partie. Un après-midi, elle était allée chez l'esthéticienne, et n'était jamais rentrée. Draco s'était retrouvé père célibataire à vingt ans.

Sa paternité lui posait constamment de nouveaux problèmes, qu'il résolvait tant bien que mal. Il devait aussi résister à l'ingérence de sa propre mère ! Depuis qu'elle était veuve, Veronica

Morelli avait tendance à lui rendre visite un peu trop souvent. Elle débarquait sans crier gare avec ses valises, et se mêlait en plus de lui présenter de jeunes candidates au mariage.

La voix grave et posée de son ami le sortit de ses ruminations.

— Elle demande la garde conjointe, Draco. En tant que mère, elle en a le droit...

Frazer leva la main pour prévenir ses récriminations et poursuivit calmement.

— Rassure-toi, étant donné les circonstances, aucun juge n'ira dans son sens, même si elle finit par épouser Edward Weston. Et puis, d'ailleurs, ce n'est pas comme si tu lui avais interdit de voir Josie.

Draco hocha la tête. Quels que soient les torts de son ex-femme, il ne s'était jamais interposé dans ses relations avec leur fille. Mais Clare était fantasque. Pendant plusieurs mois d'affilée, elle pouvait se contenter de quelques textos ou mails. Puis, un beau jour, elle arrivait les bras chargés de cadeaux, pour des retrouvailles dont on ne savait jamais à l'avance combien de temps elles dureraient. Jusqu'à ce que surgisse un nouveau centre d'intérêt...

Lorsqu'il était question de son ex-femme, l'objectivité de Draco se teintait toujours d'un léger cynisme, même si la colère l'avait quitté depuis longtemps. D'ailleurs, il s'en voulait davantage à lui-même qu'à Clare d'avoir stupidement cru à l'amour. A vingt ans, très sentimental, il manquait singulièrement de lucidité.

— Donc, selon toi, je n'ai pas à m'inquiéter ? demanda-t-il.

— Je suis avocat, Draco, pas devin. On ne sait jamais ce qui peut arriver.

— Certes. Je peux me faire renverser par une voiture au coin de la rue.

Draco jeta un coup d'œil à sa montre et se leva, en ôtant d'une chiquenaude un grain de poussière invisible sur le revers de son habit gris perle. Il n'avait pas la moindre envie de se rendre au mariage de Charlie Latimer. Ce genre de cérémonie le déprimait.

Mais il faisait un effort pour Josie, tout excitée à la perspective de porter une nouvelle toilette.

— C'est vrai, ce qu'on raconte ? Latimer épouse sa cuisinière ?

— Je n'en ai pas la moindre idée.

Dans l'ascenseur, Draco se surprit à penser à un joli soutien-gorge rose et une paire de grands yeux verts. Il resta même quelques secondes le regard dans le vague, sans s'apercevoir que la porte était déjà ouverte…

« Concentre-toi, Draco ! » se dit-il. Il n'avait pourtant pas l'habitude de rêvasser. C'était d'ailleurs précisément son sens des réalités qui lui avait permis de réagir et de faire face après le départ de Clare. Sinon, il se serait apitoyé sur lui-même et enfermé dans l'amertume.

Mais il n'était pas homme à subir le moindre échec.

L'air frais de la rue lui permit de se ressaisir. De toute manière, la jeune femme aux yeux verts n'était pas son genre, même si elle avait un certain charme…

— Oh ! Excusez-moi.

Draco offrit une main secourable à la créature blonde qui était entrée en collision avec lui, sans doute pas tout à fait par inadvertance. Elle agrippa son bras pour rétablir son équilibre.

— Vous vous êtes fait mal ? demanda-t-il avec un sourire poli.

— Cela m'apprendra à regarder où je mets les pieds, susurra-t-elle avec coquetterie. Je ne sais pas si vous vous souvenez de moi… ? Nous nous sommes rencontrés à un gala le mois dernier.

— Oui, bien sûr, mentit Draco.

Il avait peut-être flirté avec elle. C'était bien possible.

— Pardonnez-moi, je suis un peu pressé…

Elle interpréta son expression navrée à son avantage.

— Quel dommage ! En tout cas, vous avez mon numéro. Je serais ravie de dîner avec vous…

La jolie blonde s'interrompit brusquement pour agiter la main en direction d'une silhouette de l'autre côté de la rue.

— Eve ! cria-t-elle en abandonnant d'un coup ses minauderies.

Avec un soupir résigné, Eve figea un sourire sur ses lèvres et se retourna.

Elle les avait évidemment aperçus à l'entrée du parking. Ils étaient si beaux, l'un et l'autre, qu'on les remarquait forcément. Non qu'elle enviât leur beauté… Etre constamment au centre de l'attention s'apparentait pour elle à un cauchemar. Tout de même, cet homme… Quelle curieuse coïncidence !

Elle eut un petit rire caustique. A vrai dire, elle n'était pas surprise de le voir s'afficher avec une top model connue pour travailler avec des marques de lingerie ! Après tout, c'était assez typique de ce genre d'homme…

Alors pourquoi diable éprouvait-elle ce ridicule pincement de déception ? Alors qu'ils s'étaient à peine croisés… Etait-ce cela qu'on appelait une attirance irrésistible ? Celle qu'une femme pouvait éprouver pour un homme au point d'en oublier tous ses principes… comme sa mère, par exemple, qui avait été si longtemps la maîtresse d'un homme marié !

A contrecœur, Eve répondit donc à son salut.

— Bonjour, Sabrina.

Elle adressa un signe de tête à son compagnon. S'il était la dernière conquête de Sabrina, cela expliquait en partie son orgueil et sa suffisance.

— Je suis si contente de te voir ! s'écria Sabrina en l'embrassant. En plus, cela tombe à pic. Je peux te donner ma réponse en personne…

Elle marqua une pause théâtrale.

— Je suis disponible.

De quoi parlait-elle ?

Devant l'expression d'Eve, Draco réprima un rire amusé.

Il avait tout de suite reconnu cette jeune femme, qui essayait manifestement de s'esquiver.

Il n'avait pas l'habitude qu'on l'évite. C'était même le contraire qui se produisait, généralement. Pourquoi le dédaignait-elle ? Cela piquait sa curiosité.

— Ah, répliqua Eve sans comprendre.

— Mais mon agent attend le coup de fil de ton assistante, qui ignore probablement que j'ai terminé tous mes engagements.

— Désolée, Sabrina. J'étais à l'étranger, je ne suis au courant de rien. Le recrutement s'est fait sans moi.

— Tu as tout de même ton mot à dire, j'imagine ?

Eve faillit acquiescer, mais son honnêteté foncière l'obligeait à dire la vérité, pour ne pas entretenir de faux espoirs.

— En fait, nous n'engagerons pas de mannequins professionnels pour présenter la collection. Nous prendrons des femmes normales... Je veux dire...

— Des femmes ordinaires, intervint Draco.

Puis, se tournant vers Sabrina :

— Ce que vous n'êtes absolument pas.

Eve, au lieu de le remercier, lui décocha un regard venimeux.

— Comme vous êtes gentil, murmura Sabrina en l'embrassant sur la joue.

Eve leva les yeux au ciel et croisa en même temps le regard de Draco. Visiblement, il guettait un sourire de connivence, qu'elle lui refusa résolument.

Une expression déçue se peignit malgré tout sur les traits de la top model.

— La publicité fonctionne pourtant sur ce principe, observa-t-elle. Les femmes sont convaincues qu'elles vont me ressembler si elles achètent le produit.

Eve soupira. Elle n'avait ni le temps ni l'envie de poursuivre la discussion.

— Désolée, je suis pressée... Ravie de cet heureux hasard...

Cela sonnait faux, mais elle ne s'attarda pas et fonça tête baissée vers l'entrée du parking.

Cette brève rencontre l'avait complètement décontenancée... Elle se mit à rire tout haut. Décidément, quelle journée insolite ! D'une main tremblante, elle chercha ses clés dans son sac. Son cœur n'avait cessé de battre la chamade dès l'instant où elle avait aperçu ce dénommé Draco. C'était invraisemblable ! Il suffisait qu'elle le croise pour que son corps réagisse de manière démesurée !

Elle avait assez de préoccupations sans se soucier d'un inconnu qui représentait de toute façon tout ce qu'elle méprisait chez un homme. Malgré le décalage horaire, elle devait faire bonne figure et aller retrouver sa mère — qui s'apprêtait à gâcher sa vie et sa liberté. L'heure n'était pas au marivaudage. Elle se frotta l'épaule avec une petite grimace de douleur. Elle avait aussi subi une petite intervention chirurgicale. Oui, elle avait des excuses, et des raisons de se sentir bizarre.

— Pourquoi me fuyez-vous ?

Eve sursauta violemment et faillit lâcher ses clés. Comment quelqu'un d'aussi athlétique pouvait-il s'approcher sans faire aucun bruit ? Il se tenait à côté d'une voiture de sport, luxueuse et clinquante.

Elle releva le menton, et lança d'un air bravache :

— Vous encore ? Je ne vous fuis pas, mais je vais finir par croire que c'est vous qui me poursuivez !

L'adrénaline qui coulait dans ses veines n'avait rien à voir avec la peur, ce qui était en fait plutôt inquiétant.

— Ce n'est pas mon intention, répondit-il. Je sais d'ailleurs, d'expérience, que c'est fort désagréable de se sentir poursuivi et...

— Oh ! Comme je vous plains ! le coupa-t-elle d'un ton moqueur. Ce doit être épouvantable d'être continuellement agressé par ses admiratrices.

Sur le point d'ajouter qu'elle ne serait jamais de leur nombre, elle se ravisa. Inutile d'en rajouter, cela allait finir par sonner faux... même s'il ne pouvait pas deviner l'effet qu'il produisait sur elle.

— Je prends ça pour un compliment...

— Vous ne devriez pas, rétorqua-t-elle d'un ton tranchant.

Elle tentait désespérément de conserver son expression hautaine et d'ignorer le petit sourire que sa réplique avait fait naître chez lui.

Elle n'avait pas envie de le connaître.

Il lui déplaisait intensément.

Jamais aucun homme n'avait suscité en elle pareille aversion.

— Calmez-vous, *cara*. Je viens simplement chercher ma voiture.

Il appuya sur sa clé et les lumières du bolide clignotèrent.

Eve se maudit intérieurement. Evidemment, comme si tous les apollons de la terre la poursuivaient sans répit... Elle s'était tout simplement ridiculisée.

— Accepteriez-vous de dîner avec moi ?

Elle leva les yeux vers lui, interdite. Avait-elle bien entendu ce qu'il venait de lui dire ?

— Ce serait dommage... d'en rester là. Il y a tant d'alchimie entre nous, ajouta-t-il avec calme.

Il parut satisfait de son explication, ce qui la fit bouillonner. Les joues en feu, elle lui lança un regard qu'elle espérait meurtrier.

— C'est votre orgueil qui vous pousse à conquérir toutes les femmes ? Je ne ferai pas partie des esclaves consentantes.

— Tant mieux, je n'aime pas la passivité, plaisanta-t-il.

— Et moi je déteste les hommes à l'ego démesuré ! rétorqua-t-elle.

Après quoi elle monta en voiture.

— Et il n'y a pas d'alchimie entre nous, lança-t-elle avant de claquer la portière.

Un éclat de rire parvint à ses oreilles et acheva de l'exaspérer, ce qu'elle exprima en faisant crisser la marche arrière de sa voiture.

2

Hannah était assise au bord du lit à baldaquin, les chevilles élégamment croisées. Elle était grande, gracieuse, blonde aux yeux bleus. Eve lui jeta un regard admiratif, avant de s'observer dans le miroir. Même habillée exactement comme Hannah, elle n'avait pas l'air aussi élégante !

Elle avait coiffé ses cheveux châtains comme d'habitude : tirés en arrière et roulés en chignon sur la nuque. Cette coiffure mettait en valeur son visage et son cou graciles, mais elle l'avait choisie davantage par commodité que pour une raison esthétique. A la moindre humidité dans l'air, ses boucles frisaient d'une manière incontrôlable, et Eve aimait bien avoir la sensation de tout maîtriser.

A une époque, elle avait essayé de prendre modèle sur son amie Hannah, dont elle enviait la classe et la distinction naturelles. Vainement. Elle finissait toujours par se sentir mal à l'aise, comme si elle avait emprunté les vêtements d'une autre. Peu à peu, elle avait néanmoins trouvé son style, ou son *uniforme*, comme le disait Hannah — assez injustement. Certes, elle était toujours en tailleur-pantalon, mais elle variait tout de même les couleurs. De toute façon, une femme d'affaires n'avait pas le temps de courir les boutiques. Dans le monde de requins où elle évoluait, se détendre était un luxe qu'elle ne pouvait pas se permettre.

— Aïe !

Son pied s'était pris dans l'ourlet de sa robe de demoiselle d'honneur et elle s'était cogné le genou contre un meuble.

— On l'aurait raccourcie si tu étais venue pour les essayages, dit Hannah en secouant la tête avec un sourire.

Malgré les retouches de dernière minute, le décolleté avait tendance à bâiller et le bustier glissait si Eve bougeait un peu trop vivement, ce qu'elle faisait assez souvent. En fait, elle ne tenait pas en place.

Elle poussa une nouvelle exclamation agacée. Elle n'aurait pas eu ce problème si la nature l'avait dotée d'une poitrine plus généreuse. Malgré les mouchoirs en papier qu'elle avait fourrés dans son soutien-gorge sans bretelles, le corsage était mal ajusté. En plus, la petite cicatrice sur son omoplate lui faisait encore mal.

Au moins, toutes ces tracasseries l'empêchaient de penser à sa mère, qui allait gâcher sa vie pour un homme indigne d'elle ! Depuis qu'on lui avait annoncé la nouvelle, la semaine précédente, elle en avait perdu le sommeil. Et elle priait le ciel pour que sa mère recouvre la raison.

En pure perte.

— Tu as dû envoyer des mesures inexactes, reprit Hannah. Ta maman trouve d'ailleurs que tu as maigri pendant ton séjour en Australie. Mais je sais bien qu'on ne peut pas revenir d'aussi loin juste pour essayer une robe.

Eve, qui se sentait déjà coupable, se vexa tout à fait.

— Ce n'est pas ma faute si je n'étais pas là. Je ne suis pas partie pour fuir ma mère ! protesta-t-elle avec une mauvaise foi absolue.

— Je n'ai jamais pensé cela, lui dit doucement Hannah avec une voix pleine de compréhension.

— De toute façon, je ne comprends pas les raisons de cette décision précipitée.

Hannah lui lança un regard appuyé qui aurait dû lui mettre la puce à l'oreille. Son amie s'approcha d'elle, la main posée sur son ventre.

— En tout cas, tu as pu rentrer à temps, c'est le principal. J'aurais bien aimé que tu viennes à mon mariage aussi, ajouta Hannah sur un ton de regret.

— Je n'ai pas eu d'invitation.

— Tout a été improvisé.

— Que de mystères..., grommela Eve.

Même si elle ne connaissait pas tous les détails de l'histoire d'Hannah avec le prince de Surana, elle se félicitait de voir son amie aussi heureuse et resplendissante.

— Réjouis-toi, Eve. Nos vœux sont comblés ! Nous avions toujours rêvé de former une seule et même famille.

Eve retint la remarque qui lui brûlait les lèvres.

Elle ne pouvait guère dire à Hannah tout le mal qu'elle pensait de son père. Combien de fois avait-elle prié pour que sa mère mette un terme à leur sordide et secrète liaison...

Et voilà qu'à présent Charles Latimer avait décidé de demander la main de sa maîtresse et d'inviter le monde entier à leur mariage. Elle jeta un coup d'œil par la fenêtre en entendant un hélicoptère atterrir sur la pelouse. Encore un VIP. Charles Latimer avait beaucoup de relations dans les hautes sphères.

— Elle est très en retard ! s'écria Eve, qui guettait impatiemment l'arrivée de sa mère.

Après un silence, Hannah reprit la conversation.

— Je suis d'accord avec toi, mon père s'est comporté d'une manière très égoïste avec ta mère pendant des années. Mais il a vraiment beaucoup de chance de l'avoir rencontrée. Sarah est la meilleure chose qui lui soit arrivée dans sa vie. Je suis contente qu'il en ait pris conscience, et je suis ravie qu'elle devienne ma belle-mère.

— C'est une maman et une femme merveilleuse, dit Eve, la gorge serrée.

Sa mère avait fait tant de sacrifices pour elle...

Elle serra les poings jusqu'à enfoncer les ongles dans ses paumes. Sarah méritait mieux que Charles Latimer.

— Elle te considère déjà comme sa fille, se força-t-elle à dire à Hannah.

— Je l'espère.

Les yeux bleus de son amie s'embuèrent sous le coup de l'émotion. Juste à ce moment, la porte s'ouvrit sur la mariée.

Presque aussi blanche que sa robe, Sarah Curtis dut s'agripper à une table pour ne pas chanceler. Plus rapide qu'Eve, Hannah se précipita pour la soutenir.

— Tout va bien, Sarah ?

Eve cligna des yeux. Hypnotisée par les flots de tulle du voile de la mariée, elle ne voyait même pas la pâleur de sa mère. Lorsque, un peu plus tôt, elle avait aperçu la robe pendue sur un cintre, elle était d'abord restée sans voix. Heureusement, Hannah avait volé à son secours pour prononcer les compliments d'usage. Mais Eve, dans son for intérieur, trouvait cette tenue ridicule et totalement *inappropriée*.

Sarah sourit faiblement.

— J'ai juste besoin d'un peu de blush sur les joues.

Hannah se planta devant elle, les mains sur les hanches, comme pour demander une explication plus convaincante.

— Bon, je n'avais pas l'intention de vous en parler tout de suite, soupira Sarah d'un air penaud. Cela ne fait que douze semaines…

La traîne devait peser une tonne, songea Eve en contemplant les magnifiques broderies en perles dont rêvaient tant de jeunes filles — mais qui, de son côté, la laissaient de marbre. Sans doute était-elle un peu bizarre et originale, mais ce genre de déguisement ne la tentait pas. En tout cas, sur une femme de plus de quarante ans, c'était grotesque.

Elle releva les yeux pour découvrir les deux femmes qui se serraient dans les bras en pleurant. Que se passait-il ? Avait-elle manqué quelque chose ?

— Tu peux toujours enlever la traîne, suggéra alors Eve en s'efforçant de rester pratique.

Pour aujourd'hui, elle ne pouvait rien faire d'autre pour sa maman. Plus tard, quand les choses se gâteraient avec Charles, elle serait là pour la consoler, bien sûr.

Sarah eut un petit rire.

— Si seulement c'était aussi simple… Pour toi, je n'ai pas du tout eu de nausées, ma chérie, mais cette fois-ci…

Elle prit le verre d'eau que Hannah lui tendait et avala une gorgée.

De quoi parlait-elle ? Elle n'était tout de même pas en train de dire qu'elle était… *enceinte* !

Complètement hagarde, Eve se laissa tomber sur la banquette avec l'impression d'avoir reçu un coup sur la tête. Les tempes bourdonnantes, elle ferma un instant les paupières tandis que Hannah s'affairait autour de Sarah.

— Voilà qui est mieux. Un peu de rose aux joues et tu as déjà meilleure mine.

Eve se redressa, à bout de souffle, et bégaya péniblement :

— T-tu es en-enceinte, m-maman ? C-comment ?

Deux paires d'yeux se tournèrent vers elle et elle sentit ses joues devenir brûlantes. Elle avait buté sur tous les mots, comme lorsqu'elle était enfant ! Mais cela ne l'empêcha pas de poursuivre le fil de sa pensée.

— Alors tout s'explique, j'imagine…

— Que veux-tu dire, Eve ? demanda Sarah.

Eve secoua la tête. Voilà donc pourquoi Charles Latimer avait brusquement décidé d'épouser sa cuisinière, qui avait secrètement été sa maîtresse pendant tant d'années. Ce n'était pas par respect ou par amour pour Sarah, mais parce qu'il espérait un héritier.

Hannah ne semblait d'ailleurs pas inquiète le moins du monde à l'idée de devoir partager un jour son héritage. Il est vrai qu'elle avait épousé un prince richissime.

— Je m'en doutais, déclara Hannah d'un air complice en tapotant les yeux humides de sa future belle-mère à l'aide d'un mouchoir. J'en ai parlé hier soir à Kamel, qui s'est moqué de moi. Depuis que je suis enceinte…

Elle s'interrompit et mit une main sur sa bouche.

— Oh ! Je n'étais pas supposée annoncer la nouvelle. Vous me jurez de ne rien dire à personne ?

— Oh ! Hannah, ma chérie, Kamel doit être fou de joie ! s'écria Sarah.

— Il est aux petits soins avec moi. Je n'ai plus le droit de rien faire.

Devant son amie aux anges, Eve se sentit brusquement mal à l'aise. Naturellement, elle était tout à fait bien disposée à l'égard du prince, mais son côté cynique l'emportait. Combien de temps durerait la lune de miel ?

— Vous allez toutes les deux avoir des bébés, dit-elle, hébétée, comme pour récapituler les dernières nouvelles.

Sarah joignit les mains avec ravissement.

— N'est-ce pas incroyable ? Notre famille s'agrandit, les filles.

— Une vraie famille, approuva Hannah.

Eve les fixa, sans voix. C'était à son tour de dire quelque chose. Mais quoi… ?

— *Incroyable*, articula-t-elle faiblement.

Elle avait fait beaucoup de chemin depuis le temps où elle rêvait d'avoir *une vraie famille*. Elle n'avait pas de père, car le sien avait refusé de la reconnaître. Mais finalement, après s'en être désolée, elle s'en félicitait plutôt. Contrairement à la majorité de ses camarades de classe, elle n'avait pas eu à subir le traumatisme de la séparation ou du divorce des parents.

Sa mère n'avait pas eu d'amants avant de travailler pour le père de Hannah. Quand Eve avait découvert leur liaison, elle avait beaucoup plus souffert du secret que de la relation elle-même. Et sa colère avait grandi au fil du temps, parce que l'histoire se répétait. Comme dans sa jeunesse, Sarah acceptait d'être le jouet d'un homme dont elle était par ailleurs la domestique.

Même si Charles Latimer n'était pas marié, il était exactement comme son père, un égoïste qui profitait de la faiblesse et de l'infériorité de sa maman. La première fois, Sarah était excusable. Jeune étudiante sans expérience, elle avait trouvé un job pour les vacances et son employeur, riche et sans scrupules, avait facilement abusé d'elle.

Mais comment une femme intelligente et indépendante pouvait-elle renouveler une erreur passée ? N'avait-elle aucun amour-propre pour se laisser humilier ainsi ?

Sa mère avait-elle conscience qu'il l'épousait seulement à cause du bébé ? Malgré tout, Charles Latimer valait toujours mieux que son premier amant qui, en apprenant qu'elle était enceinte, lui avait simplement conseillé de *s'en débarrasser*. Eve était tombée un jour sur une lettre de son père, qui indiquait des noms de médecins renommés qui accepteraient de faire avorter Sarah... Elle avait soigneusement replié le courrier avant de le remettre en place dans le tiroir et n'en avait jamais parlé à sa mère.

— Avoir un bébé à ton âge...

Comme Hannah fronçait les sourcils, elle se reprit.

— Tu n'es pas vieille, bien sûr...

Sa mère lui sourit tristement.

— Tu as toujours autant de tact, ma chérie...

Sarah et Hannah échangèrent un regard. Eve n'était pas jalouse de leurs bonnes relations, mais elle regrettait parfois de ne pas mieux s'entendre avec sa mère.

— Je voulais juste dire...

L'esprit confus, elle s'interrompit.

— Il n'y a pas de risques... pour toi, ou le bébé ?

Charles Latimer, lui, n'avait rien à craindre, évidemment, songea-t-elle avec une rancœur grandissante.

— De plus en plus de femmes ont des enfants après quarante ans, tu sais.

Hannah commença à énumérer une liste de célébrités de l'âge de Sarah ou plus âgées qui avaient accouché récemment.

— Et je suis bien entourée. Ton père est merveilleux, Hannah.

Cela arrivait malheureusement trop tard dans sa vie, pensa Eve. Mais, après tant de sacrifices, elle méritait bien d'être heureuse...

Eve serra les dents. Non, Charles Latimer n'était pas à la hauteur.

En témoignage de sa gratitude, Eve s'était efforcée très tôt d'alléger les soucis et les charges de sa mère. Refusant une bourse pour entrer à l'université, elle avait préféré se lancer dans la vie active en montant sa propre entreprise. Cela n'avait pas été facile. Les banques refusaient de prêter de l'argent à une jeune fille de dix-huit ans sans expérience. Une fondation caritative l'avait finalement aidée, et elle en était devenue le plus beau fleuron. La *success story* dont elle était l'héroïne était partout citée en exemple.

L'année précédente, Eve avait triomphalement annoncé à sa mère qu'elle pouvait arrêter de travailler. Désormais, elle était en mesure de subvenir à ses besoins et de lui offrir tout ce qu'elle voulait : reprendre ses études, ouvrir un restaurant... ce qui lui ferait plaisir !

Seulement sa mère en avait décidé autrement. Elle avait choisi de gaspiller ses talents en restant au service de Charles Latimer. Furieuse, blessée, frustrée, Eve avait senti un gouffre se creuser entre sa mère et elle. Elle n'y pouvait rien.

Les yeux humides, Sarah scruta attentivement le visage de sa fille.

— Tu ne m'en veux pas, Eve ?

— Je suis vraiment contente pour toi, maman, répondit-elle calmement.

Mais, si cet homme la faisait souffrir, il le regretterait amèrement.

Elle était peut-être meilleure comédienne qu'elle ne pensait, ou alors sa mère avait très envie de croire à son mensonge… car Sarah se détendit visiblement, et lui prit la main avec tendresse.

3

Draco parcourut du regard la vaste pelouse de Brent Manor, la propriété ancestrale de Charles Latimer, sur laquelle étaient dressées de grandes marquises. Les invités se pressaient cependant à l'intérieur du château, où la cérémonie allait bientôt commencer. Entraîné par Josie, il suivit la foule et entra à son tour dans une haute pièce richement décorée et aménagée pour l'occasion. Un quatuor à cordes jouait de la musique de chambre en attendant l'arrivée des mariés. Quand tous les convives eurent pris place, une célèbre soprano chanta deux arias magnifiques.

Pour Draco, ce prélude était interminable. Quand l'orchestre entonna enfin la marche nuptiale, il poussa un soupir de soulagement qui lui valut un coup de coude dans les côtes de la part de sa fille. Dans le cortège qui descendait le grand escalier, il observa avec intérêt la plus grande des deux demoiselles d'honneur, la nouvelle épouse de son ami Kamel.

Elle était vraiment très belle. Puis, son attention fut attirée par la deuxième et il cligna des yeux en reconnaissant la silhouette gracile de la jolie Eve aux yeux verts ! Il ne croyait pas au destin ni aux coïncidences, mais cette fois-ci, à n'en pas douter, c'était un signe.

Elle lui rappelait un tableau de Degas qu'il avait acheté quelques années plus tôt — une danseuse éthérée aux traits délicats. Mais elle n'avait pas l'air ravie de se trouver là. Malgré le sourire figé sur ses lèvres, elle paraissait tendue, presque triste, comme si elle assistait non pas à un mariage, mais à un enterrement !

Au moment précis où elle passait devant Draco, il fut témoin d'une scène cocasse, qui dissipa l'ennui qui le tenaillait depuis son arrivée à Brent Manor. Cela se déroula si vite qu'il n'aurait probablement rien vu s'il ne l'avait pas regardée avec autant d'attention. Elle agrippa à deux mains le haut de son bustier, qui était en train de glisser, et le remonta énergiquement. Il eut juste le temps d'apercevoir un bout de dentelle blanche et une tache de naissance en forme de croissant de lune sur un sein.

Elle continua à exciter son intérêt tout au long de la cérémonie. Se prénommait-elle réellement Eve, comme la marque de lingerie ? Pourquoi avait-elle cette expression sinistre ? Sans transition, il l'imagina portant le soutien-gorge rose qui était tombé de son sac — et cela provoqua immédiatement une décharge électrique dans son bas-ventre. Etrange, les petites brunes n'étaient pas son genre, d'habitude...

Il ne la quitta pas des yeux lorsque le cortège s'ébranla vers la sortie. Charles Latimer arborait un air solennel, tandis que la mariée, bien qu'un peu pâle, était radieuse. Draco, avec un cynisme assumé, ne leur donnait pourtant pas plus de deux mois de bonheur avant de revenir à la réalité crue. Toute l'assemblée était aux anges — et il tira un peu de réconfort à voir qu'il n'était pas seul à trouver tout ce manège surfait : Eve, malgré tous ses efforts pour être de la fête, continuait à afficher une mine sombre et contrariée.

Quand elle arriva à sa hauteur, elle tourna brusquement la tête. Leurs regards se croisèrent et elle marqua un temps d'arrêt tandis qu'il retenait son souffle. Il eut peine à reprendre sa respiration, et se rendit compte brusquement que son visage devait exprimer l'air coupable et éperdu d'un écolier pris en faute. Que lui arrivait-il ? Il avait déjà éprouvé une attirance inexplicable envers certaines femmes, mais jamais aussi vive… Il eut tout de même la présence d'esprit de lui adresser un clin d'œil.

Il crut voir une pointe d'animosité s'allumer dans les yeux félins d'Eve. Immédiatement, la curiosité et le désir de Draco s'intensifièrent.

Une fois qu'elle en eut pris son parti, Eve attendit passivement que tout soit terminé. Elle assista à la cérémonie l'esprit absent. Heureusement, l'incident avec sa robe passa inaperçu. L'assistance n'avait d'yeux que pour la mariée ou pour la princesse de Surana, resplendissante. Dès qu'elle le put, Eve se glissa à l'écart, sous le grand escalier, pour ajouter quelques mouchoirs dans son soutien-gorge. Même si c'était inconfortable, cela valait mieux que de se retrouver à moitié nue !

Elle s'attarda un peu dans sa cachette. Elle n'avait pas la moindre envie de croiser une fois encore le bel inconnu qui s'était permis de lui adresser un clin d'œil. Quelle audace ! Comme s'ils étaient de connivence ! Elle avait réussi à garder une apparence froide et dédaigneuse, mais intérieurement elle bouillait.

Qui était cet homme ? Charles Latimer avait énormément de relations haut placées. En bon châtelain, il avait aussi invité les employés du domaine et leurs familles. Eve avait aperçu quelques anciennes camarades de classe, mais sans leur adresser la parole.

Miraculeusement, elle avait supporté stoïquement les discours interminables sans avaler une goutte de champagne.

Lorsque les mariés ouvrirent le bal, le poids qui l'oppressait se fit vraiment trop lourd. Elle s'était tant crispée sur un sourire forcé qu'elle en avait mal à la tête. Elle fit semblant de ne pas voir le prince Kamel qui se frayait un chemin vers elle, probablement sur l'injonction de Hannah, et se réfugia dans les toilettes.

Dieu merci, il n'y avait personne dans le grand espace aménagé en boudoir. Elle avait bien mérité quelques instants de solitude.

Elle inspecta son reflet dans la glace, ce qui ne contribua pas à dissiper sa mauvaise humeur. Dehors, il bruinait et ses cheveux, évidemment, frisottaient horriblement.

Elle soupira.

— Et si je m'achetais une perruque ?

Voilà qu'elle se mettait à parler toute seule, maintenant… Elle posa ses coudes sur la tablette et lissa soigneusement ses mèches folles avec de l'eau froide. S'il fallait dresser une liste des cinq journées les plus épouvantables de sa vie, celle-ci figurerait en tête. Le pire, c'était de se taire et de garder tout pour soi. Elle devait sourire envers et contre tout, alors que sa mère épousait un homme méprisable. En plus, elle portait une robe affreuse, qui ne lui allait pas et qui semblait coupée dans un rideau. Comme si cela ne suffisait pas, il y avait cet homme insupportable qui n'arrêtait pas de la fixer.

En le voyant, elle avait d'abord cru à une hallucination. C'était vraiment inouï ! Après avoir démarré en trombe dans le parking, elle avait regardé la silhouette de Draco dans le rétroviseur et n'avait pu réprimer un petit soupir de regret. Oui, il avait raison : il y avait sans doute de l'alchimie entre eux. Du moins, il avait dû sentir l'attirance qu'il suscitait en elle. Mais il était hors de question qu'elle lui avoue ! En le quittant quelques heures plus tôt, elle avait été persuadée qu'elle ne recroiserait jamais cet individu. Et voilà qu'il était planté là, au mariage de sa mère ! Tout se liguait contre elle. C'était une conspiration.

La décharge d'adrénaline qu'elle avait reçue en apercevant Draco avait au moins eu l'avantage de lui redonner assez d'énergie pour supporter la séance de photos. Mais l'agacement avait vite repris le dessus. Chaque fois qu'elle regardait dans sa direction, il était en train de l'observer.

Quel odieux personnage ! Malpoli et arrogant ! Déterminée à l'ignorer, elle avait cependant beaucoup de mal à résister à son magnétisme sexuel, qui l'avait littéralement fait fondre lors de leur première rencontre. Outre sa taille et sa présence physique hors du commun, il émanait de lui une aura indéfinissable, sauvage et dangereuse.

Cela en attirait peut-être certaines, mais pas elle. Au contraire. Elle avait été témoin de l'emprise malheureuse qu'un homme pouvait avoir sur une femme — et cela ne lui arriverait tout simplement jamais.

Fronçant les sourcils, elle s'admonesta sévèrement devant la glace :

— Allons, Eve, tout cela ne sera bientôt plus qu'un mauvais souvenir : il faut tenir le coup !

Elle redressa les épaules, mais pas trop, à cause du bustier. Heureusement, elle commençait à maîtriser le problème. Puis elle se dirigea vers la sortie.

Au travers de la porte, elle reconnut une voix familière... Oh non. Pas elle. Glissant un œil au-dehors, elle aperçut trois horribles filles qui la persécutaient au temps où elle allait à l'école. Dieu merci, l'époque où elles avaient le pouvoir de la rendre malheureuse était révolue. Malgré tout, la coupe était pleine pour aujourd'hui et elle n'avait aucune envie de les croiser. Or celles-ci se dirigeaient tout droit vers elle. Relevant le bas de sa robe, elle courut s'enfermer dans les toilettes pour échapper aux trois jeunes femmes, dont les parents, comme sa mère, travaillaient au service de Charles Latimer.

— J'adore ton rouge à lèvres, Louise.

Eve les entendit vider le contenu de leurs sacs sur une tablette, sans doute pour se remaquiller.

— Hannah a décroché le gros lot avec son prince !

— Oui... Elle a un peu grossi, non ?

— Beaucoup, même.

Eve leva les yeux au ciel. Son amie avait toujours excité la jalousie, mais de là à la trouver grosse ! Elle était parfaite.

— Je lui laisse volontiers son prince. Moi, c'est l'Italien qui me plaît. Quel charme ! Il a des yeux irrésistibles.

— Qui est-ce ?

— Enfin, Paula, tu n'as jamais entendu parler de Draco Morelli ? Je me demande parfois sur quelle planète tu vis. C'est un multimilliardaire, un des hommes les plus riches du monde.

— Ah bon ? C'est dommage, cette cicatrice...

— Moi, je ne trouve pas. Cela ajoute encore à son charme.

Eve, pétrifiée et sentant le feu lui monter aux joues, buvait les paroles des trois filles. Elles parlaient bien de Draco, celui qui l'obsédait malgré elle...

— Il est marié ?

Un gloussement répondit à la question.

— Est-ce vraiment important ?

Eve eut une moue de dégoût. Elle avait beau être personnellement contre le mariage, elle avait du mal à tolérer les discours ouvertement libertins.

Ce... *Morelli* était donc richissime, ce qui n'était pas étonnant s'il gravitait dans les mêmes sphères que son beau-père. Mais, contrairement aux trois péronnelles, cela ne l'impressionnait absolument pas.

Son père biologique avait beaucoup d'argent et occupait de hautes fonctions, ce qui ne l'empêchait pas d'être une vraie crapule sur le plan moral. Eve attachait plutôt de la valeur au talent et à l'intelligence. Le bel Italien n'en était certainement pas dénué, mais il dégageait quelque chose d'inquiétant : supérieur, hautain... prédateur.

— Cela ne gâche rien, admit l'une des trois. Mais, même sans le sou, je veux bien le mettre dans mon lit.

Suivirent un éclat de rire général et quelques commentaires crus. Indignée, Eve fut malgré tout obligée de reconnaître que leurs fantasmes ne la laissaient pas indifférente. Toujours cachée, elle se laissa aller à le déshabiller en imagination...

— Il n'a pas arrêté de me regarder, se vanta Louise. Toute la journée !

Quel culot ! Elle racontait n'importe quoi… c'est *elle* que Draco avait regardée !

— Il t'a abordée ?

— J'ai écrit mon numéro sur la paume de sa main.

— *Non*… Et qu'est-ce qu'il a dit ?

— Il m'a jeté un de ces regards… J'en ai encore des frissons.

— Mais il t'a parlé ?

— Il m'a dit : « J'ai une excellente mémoire. » Ensuite…

— Eh bien ?

— Il l'a effacé !

Si Louise interprétait ce geste comme un signe encourageant, ses amies en étaient moins sûres. Les bavardages continuèrent et elles changèrent de sujet. Elles tombèrent au moins d'accord sur un point. En ces temps de crise, un mariage aussi dispendieux avait quelque chose de scandaleux.

— Ce n'est pas raisonnable, avec tous ces gens au chômage.

« Il ne fallait pas venir », songea Eve.

— Et il épouse seulement sa cuisinière.

— Mais elle est très belle. J'aimerais être aussi bien conservée que la mère d'E-E-Eve quand j'aurai son âge.

— Il faut reconnaître une certaine ténacité à la mère d'E-E-Eve. Apparemment, leur liaison dure depuis des années.

Eve mit la main sur la poignée de la porte, prête à leur voler dans les plumes. Personne n'avait le droit de dire du mal de sa mère !

— Et vous avez vu E-E-Eve ?

Elle s'arrêta net. Ces filles avaient toujours été méchantes. Plus jeunes, elles l'avaient stigmatisée — à leurs yeux, elle n'était qu'une intello, bègue et ennuyeuse.

— Elle est toujours aussi plate qu'une planche à pain !

— Elle faisait une de ces têtes !

— Vous croyez qu'elle bégaie toujours ?

— Je n'en sais rien. Cette pimbêche est passée devant moi sans m'adresser la parole. Si elle gagnait vraiment autant d'argent qu'on le dit, elle irait chez le coiffeur et l'esthéticienne de temps en temps. J'avais raison, elle est sûrement lesbienne.

— Il n'y a qu'à la regarder.

— Absolument.

— Dire qu'on a été collées au collège juste pour avoir dit cela ! Elle n'a aucun sens de l'humour.

Elles s'éloignèrent et Eve entendit la porte se refermer sur une dernière remarque.

— Elle est toujours aussi orgueilleuse et méprisante.

Le silence retomba. Eve resta enfermée quelques minutes pour sécher les larmes qui avaient roulé sur ses joues. Elle s'était pourtant juré que leurs insultes ne la toucheraient plus. Ces filles n'avaient plus aucun ascendant sur elle, depuis longtemps.

— Pourquoi te caches-tu ?

— Je ne me cache pas, dit-elle tout haut, sans se rendre compte qu'elle répondait à quelqu'un qui murmurait derrière la porte.

Elle s'apprêtait à sortir lorsqu'une réponse, cette fois claire et intelligible, la fit sursauter.

— Tout va bien. Elles sont parties.

Eve ouvrit la porte des toilettes. La voix appartenait à une adolescente, qui l'accueillit avec un gentil sourire. Celle-ci était très mince et, malgré ses ballerines plates, elle la dépassait de plusieurs centimètres.

— Ça va ? lui demanda chaleureusement la jeune fille quand elle se dirigea vers le lavabo.

Eve fit couler de l'eau chaude sur ses mains et lui sourit en retour.

— Très bien, merci, mentit-elle.

Mais sa voix tremblait. C'était ridicule. Comment une femme d'affaires aguerrie pouvait-elle se laisser décontenancer ainsi ?

— Vous êtes sûre ?

Cette petite était vraiment adorable et ressemblait un peu à Hannah au même âge, malgré ses cheveux très noirs, sa peau mate et ses yeux foncés. Elle avait une sorte de grâce naturelle et une grande confiance en elle.

Eve hocha la tête, et l'adolescente s'éloigna. Sur le seuil, elle se retourna, la mine très sérieuse.

— Mon papa dit qu'il ne faut jamais donner prise à des brutes. Si on montre qu'on a peur, ces personnes s'acharnent, surtout si elles sont plusieurs. En fait, elles sont lâches et manquent d'assurance.

— Ton papa a l'air très bien.

— Oui.

Un sourire enfantin éclaira le visage de la jeune fille.

— Mais il n'est pas parfait. Quoi qu'il en pense.

Sa bonne humeur était contagieuse. Toujours plantée devant la sortie, elle continua de regarder Eve, avec candeur et bienveillance.

— Pardon de vous poser la question, mais... Est-ce que ce qu'elles ont dit est vrai ? Etes-vous...

Pour la première fois de la journée, Eve eut envie d'éclater de rire.

— Lesbienne ? acheva-t-elle à sa place.

— Cela ne me dérange pas du tout si vous l'êtes ! ajouta l'adolescente avec sollicitude.

Quel contraste entre sa gentillesse et l'horrible méchanceté des trois mégères ! Eve s'appuya contre le mur avec l'impression d'avoir épuisé ses réserves d'énergie.

— Non, pas du tout.

Soudain, un sanglot la secoua, puis un deuxième, comme si toutes les émotions qu'elle avait réprimées la submergeaient.

— Restez ici. Je vais chercher quelqu'un.

— Je v-vais b-bien, ce n'est pas la p-peine, articula Eve dans un hoquet.

Cette journée était décidément un désastre. Voilà maintenant que les digues s'étaient ouvertes, et qu'elle ne pouvait plus s'arrêter de pleurer.

4

Lorsque Josie vint le chercher d'un air paniqué, et lui demanda de la suivre dans les toilettes pour dames, Draco sentit son ventre se nouer et envisagea tous les scénarios possibles. Qu'était-il arrivé à sa fille ? Aussi, lorsqu'il poussa la porte et vit Eve, assise sur le sol, l'air aussi effarouché qu'une biche blessée, il ne sut s'il devait éprouver du soulagement, de la stupéfaction ou de l'affliction.

— Allez-vous-en ! lui dit la jeune femme en tentant de ravaler ses sanglots.

Draco évalua promptement la situation.

— Surveille la porte, Josie, et ne laisse entrer personne.

— D'accord.

Avant de s'éclipser, Josie inspecta soigneusement les mains de son père.

— Une femme a vraiment écrit son numéro sur ta peau ?

Sans lui laisser le temps de répondre, elle continua :

— Ce n'est pas la peine de me regarder comme cela. Je sais bien que tu es un don Juan. Au collège, les filles ont mis des photos de toi au mur dans la salle d'étude.

Draco n'eut même pas l'air surpris.

— C'est toujours bon à savoir.

Puis il se tourna vers la femme éplorée, recroquevillée dans un coin, les yeux rouges et gonflés.

Depuis son mariage, Draco se méfiait des crises de larmes. Clare était capable de les provoquer à volonté, avec un art consommé qui lui laissait toujours un visage impeccable, sans abîmer son maquillage.

La scène dont il était le témoin n'avait rien à voir. Les émotions qui ravageaient la jeune femme, bien réelles, menaçaient d'ailleurs de toucher sa corde sensible… Eve était très émouvante, mais il n'avait pas l'intention de se laisser prendre à ce jeu.

Draco ne comptait pas s'étendre sur la cause de son tourment. Il n'était pas là pour jouer les fins psychologues. En somme, il voulait juste qu'elle arrête de pleurer. Et il aurait préféré l'avoir devant lui dans une de ces tenues légères qui portaient sa marque. Car il s'était discrètement renseigné. Elle était bien créatrice de mode, spécialisée dans la lingerie. Naturellement, il n'avait rien contre la nudité non plus.

Il contempla son visage en forme de cœur, avec un menton volontaire et un large front. Une abondance de frisettes s'échappaient de sa coiffure trop stricte. Malgré son nez rougi et ses joues ruisselantes, elle restait extrêmement jolie.

Elle avait même quelque chose de fascinant. Peut-être à cause de la ligne noire de ses sourcils, lesquels contrastaient avec l'émeraude de ses yeux. Elle avait aussi des lèvres pulpeuses, terriblement appétissantes… Il aurait volontiers exploré sa bouche et repoussé les mèches folles qui retombaient sur ses tempes.

— Tout va bien.

Elle eut l'air affreusement mortifié et se contenta de froncer le nez, en essuyant ses yeux. Elle semblait toutefois recouvrer ses esprits, et ses sanglots s'étaient calmés. Un désir irrépressible de la prendre dans ses bras le surprit, tandis qu'elle lui lançait un regard farouche.

— Allez-vous me laisser tranquille ?

Un peu désarçonné, Draco ne répondit pas tout de suite. C'était rare qu'on le rabroue à ce point.

— Croyez-moi, je n'ai pas du tout envie d'être ici.

— Eh bien partez !

— Ce n'est pas l'envie qui m'en manque, rétorqua-t-il, perdant patience. Mais ma fille m'a appelé à la rescousse. Elle me considère encore comme un super-héros capable de tout arranger. J'aimerais que ses illusions perdurent le plus longtemps possible.

Eve releva le menton.

— C'est bizarre, elle a pourtant l'air intelligente.

Son sens de la repartie l'amusa.

— Voilà qui est mieux, commenta-t-il. Je préfère un trait d'esprit à vos larmes… Et maintenant, racontez-moi toute l'histoire, se sentit-il obligé de demander.

— Quelle histoire ?

Elle passa devant lui pour ouvrir le robinet d'eau froide.

— Vous devriez vous en aller. Si quelqu'un vient et vous trouve ici…

— Ne vous inquiétez pas, Josie monte la garde. Personne ne nous dérangera. C'est une enfant pleine de ressources !

— Vous êtes un père extravagant, observa-t-elle. Même si je ne connais pas grand-chose au sujet.

Regrettant cette remarque superflue, Eve se pencha pour s'asperger le visage avec de l'eau froide.

Quand elle se redressa, Draco était juste derrière elle, si proche qu'elle sentit la chaleur de son corps. Il lui tendit une serviette qu'il avait prise sur une pile, dans un joli panier. Elle le fixa, interdite, comme si ce geste l'emplissait de stupeur. A ses tempes, le bourdonnement s'intensifia.

Elle distinguait la texture de sa peau mate, avec la barbe naissante qui ombrait ses joues et cachait presque la fine cicatrice au coin de sa bouche. Sous le coup d'une impulsion irrésistible, elle faillit lever la main pour la toucher et en suivre le dessin…

— Ah, vous n'avez pas de papa, alors ?

Comme une somnambule tirée de sa torpeur, elle sursauta, et attrapa vivement la serviette.

— Vous êtes trop curieux.

— Vous m'intéressez.

Sa réplique détruisit d'un coup les défenses de la jeune femme. Avec la sensation affreuse d'être brutalement exposée, elle se sécha vigoureusement pour dissimuler sa gêne, à laquelle se mêlait un brin d'excitation.

— Vous avez tort, monsieur Morelli. Je n'ai rien d'intéressant.

Il haussa les sourcils.

— Vous connaissez mon nom ?

— Des jeunes femmes vous ont cité au cours de leur conversation.

— Ah, oui.

Il s'absorba un instant dans ses réflexions.

— Et ce sont ces mêmes amies qui vous ont mise dans cet état ?

Il avait touché juste... A moins que Josie ne lui ait tout raconté ! Elle protesta vigoureusement.

— Ce ne sont pas mes amies. Nous sommes simplement allées à l'école ensemble. Et ensuite...

— Attendez, c'est encore mouillé, là...

Il prit la serviette pour essuyer le coin de sa bouche, plusieurs fois.

Pétrifiée, Eve toussa pour dissimuler sa gêne grandissante.

— Nous avons fréquenté le même collège, termina-t-elle faiblement.

Pourquoi était-elle si intimidée par cet homme ? Et rêvait-elle ou une sorte de force sensuelle les poussait l'un vers l'autre ?

— Josie m'a dit que vous aviez été l'objet de méchantes railleries de la part de trois jeunes femmes. Visiblement, elles ont parlé de moi aussi. Et si quelque chose l'a traumatisée, j'aimerais le savoir tout de suite.

C'était aussi simple que cela : il se faisait tout simplement du souci pour sa fille. « Eh bien, Eve, ressaisis-toi ! Que croyais-tu ?

Que tu le fascinais ? Qu'il avait l'intention de t'ajouter à la liste de ses conquêtes ? »

« Dans tes rêves. »

Elle ne put s'empêcher de pousser un soupir de déception. D'un autre côté, même si cet homme éveillait en elle des aspirations diffuses, il ne pouvait être question d'y céder. Elle détestait ce genre d'individu, dominateur et suffisant, même si — elle pouvait lui accorder cela — son rôle de père avait l'air de lui tenir à cœur…

— Votre fi… Josie n'a rien à voir dans ce qui s'est passé, vous n'avez pas à vous en faire pour elle…

— Ces femmes ont l'air parfaitement quelconques… Josie me les a montrées avant de m'amener ici, expliqua-t-il. Pourquoi leur jalousie vous atteint-elle ?

Seigneur, pourquoi Josie ne venait-elle pas le chercher ? Eve scruta désespérément la porte, qui ne s'ouvrit pas. Le mieux était encore de satisfaire sa curiosité pour s'en débarrasser au plus vite.

— Mon état n'a rien à voir avec elles. Je suis simplement fatiguée à cause du décalage horaire et j'ai bu trop de champagne…

Elle s'interrompit soudain, soucieuse de rétablir la vérité.

— Et puis, elles ne sont certainement pas *jalouses* de moi. D'où vous vient une idée pareille ?

Sa question parut l'amuser.

— Voyons… Vous êtes belle et vous avez réussi dans la vie alors que…

Il se remémora avec une grimace de mépris le toupet avec lequel la blonde décolorée lui avait donné son numéro de téléphone.

— … *elles* — sans les connaître — me donnent l'impression d'être superficielles et insipides.

Il la trouvait belle ?

— Et ne mentez pas, vous n'avez pas bu de champagne.

— Qu'en savez-vous ?

— Je suis très observateur.

Elle lui lança un regard scandalisé, avant de sentir le sang lui monter aux joues.

— Vous me surveillez !

— Comme si vous le découvriez à l'instant ! répliqua-t-il tranquillement. *Nous* nous sommes surveillés toute la soirée, *cara*.

Eve sentit la confusion la gagner. Il était si sûr de lui qu'il en devenait difficile de garder son sang-froid.

— Pas moi, se récria-t-elle sèchement, pour masquer son embarras.

Draco la considéra longuement. Disait-elle la vérité ? Manquait-elle totalement d'expérience ? Sans doute. Ses grands yeux limpides semblaient incapables de mentir.

Deux mots jaillirent dans son esprit pour la décrire : pureté et innocence.

Il eut un geste de repli. S'ils n'étaient pas sur la même longueur d'onde, il n'insisterait pas. Peut-être s'était-il trompé après tout… mais il s'en apercevait heureusement avant d'être allée trop loin.

— Vous voulez bien faire quelque chose pour moi ? choisit-il de lui demander.

— Cela dépend, rétorqua-t-elle avec un air de défiance.

— Essayez de sourire et quittez cette mine tragique.

Elle se raidit.

— Pardon ?

— J'aimerais rester le plus longtemps possible un héros aux yeux de ma fille. Je vous serais donc très reconnaissant de bien vouloir ravaler votre chagrin et de faire comme si je vous avais consolée d'un coup de baguette magique. Vous n'êtes pas la seule à détester les mariages. Moi aussi je passe un mauvais moment, peut-être parce que cela me rappelle des souvenirs désagréables, admit-il en toute franchise.

Il arrivait maintenant à y penser d'un point de vue objectif, mais cela n'avait pas toujours été le cas. Pour son propre mariage, dès le jour de la cérémonie, il avait eu des doutes, pressentant qu'il commettait la pire bêtise de sa vie. Il ne se serait probablement pas entêté si ses parents, résolument opposés à son mariage, ne lui avaient pas posé un ultimatum.

A vingt ans, il croyait tout savoir. Au lieu de le convaincre, l'opposition de ses parents l'avait aiguillonné. Il avait voulu prouver sa maturité en désobéissant.

— R-ravaler mon chagrin ? s'écria alors Eve avec colère. C'est ce… ce que je fais d-depuis ce m-matin. Et je me moque éperdument de vos impressions personnelles.

Elle le foudroya du regard et marqua une pause. Il remarqua que sa véhémence la faisait légèrement bégayer, et cela lui plut. Elle poursuivit, les joues roses.

— Vous n'aimez peut-être pas les mariages, mais vous n'imaginez pas quelles épreuves j'ai endurées !

Tout en pestant, elle plongea la main dans son corsage et agita des mouchoirs sous son nez.

— Vous n'avez jamais eu à rembourrer votre soutien-gorge pour faire tenir votre robe ! Vous n'avez pas assisté, impuissant, au mariage de votre mère, la meilleure personne qui soit, avec un homme indigne d'elle !

Sa voix s'adoucit soudain, trahissant la profondeur de son émotion.

— Tout cela parce qu'elle est enceinte !

L'espace de quelques secondes, elle eut l'air de se sentir immensément soulagée de s'être libérée du lourd fardeau qui lui pesait sur les épaules. Puis elle leva vers lui des yeux horrifiés.

— Mon Dieu, je ne sais pas pourquoi je vous ai dit tout cela ! Si vous racontez quoi que ce soit, je…

— Vous me tuerez, acheva-t-il à sa place, sarcastique.

— Exactement, confirma-t-elle avec un air sombre.

Tout à coup, incapable de se retenir, il éclata de rire.

— Je suis curieux... Vous avez d'autres mouchoirs, là-dedans, ou tout ce qui reste est à vous ?

Elle croisa les bras sur sa poitrine et baissa la tête avec une moue boudeuse.

— Vous êtes odieux !

— Allons, je plaisante !

Il avait eu le temps d'apercevoir ses seins, petits certes, mais très mignons. Ils tiendraient parfaitement dans le creux de ses paumes...

— Sérieusement, qu'avez-vous contre Charlie Latimer ?

Même si l'homme avait quelques défauts, il jouissait d'une grande notoriété. Rien n'expliquait l'animosité viscérale de la jeune femme à son égard.

— Il a bassement séduit ma mère. Vous n'étiez pas au courant ?

— Je n'écoute pas les ragots. Les relations humaines sont très complexes. Il ne faut jamais juger de l'extérieur.

— Il a abusé de sa faiblesse ! Elle n'était pas obligée de se marier, et encore moins avec lui. Je me serais occupée d'elle.

— Vous êtes très possessive.

— *Protectrice*, corrigea-t-elle.

— Votre mère a peut-être le droit de prendre seule ses décisions, même si elle commet des erreurs... ?

Elle lui jeta un regard assassin.

— En quoi cela vous regarde-t-il ?

— Je vous donne juste mon avis.

— Je n'en veux pas.

— Très bien.

Elle se redressa avec un air digne et lui fit comprendre qu'il lui barrait la route.

— Cela vous dérangerait de me laisser passer ? Et, ne vous inquiétez pas, je vais sortir en souriant. Mais pas avec vous.

— Vous avez tort.

— Dieu sait ce que les gens imagineraient !

— Les femmes vous envieraient.

— Mufle !

Elle semblait réellement furieuse à présent. Ses yeux lançaient des éclairs et Draco ne put s'empêcher de la trouver désirable. Ce petit jeu lui plaisait malgré lui.

— Restez ici, commanda-t-elle.

— Je compte jusqu'à cent ?

Elle haussa les épaules et passa fièrement devant lui. Avant de sortir, elle se retourna et lui jeta un dernier regard, trouble et hésitant.

— Merci !

Draco attendit un peu dans les toilettes tout en se remémorant la scène. Il en avait coûté à Eve de lui dire merci. Mais en fait il ne méritait pas sa gratitude, car il n'avait fait qu'obéir à Josie. Si c'était lui qui l'avait surprise en train de pleurer dans un coin, il se serait enfui en courant... Les débordements d'émotion n'étaient pas son genre.

Lorsqu'il sortit enfin, quelques femmes le dévisagèrent avec curiosité. Ignorant leurs regards surpris, il décolla l'écriteau « Hors-service » improvisé par sa fille avec son rouge à lèvres rose.

— Tout est arrangé, annonça-t-il à la ronde.

5

Draco rejoignit sa fille, assise à une table près de la piste de danse.

— L'écriteau sur la porte était une bonne idée, ma chérie.

— Tout va bien, papa ?

— Oui.

Il esquissa le geste d'ébouriffer ses cheveux, mais elle se leva au même moment.

— Elle est libre, j'ai vérifié.

En dix mois, sa fille avait grandi d'une manière incroyable. L'enfant aux joues roses et rebondies était devenue une adolescente dégingandée, aux jambes immenses. Elle était toujours aussi adorable, mais parfois sa maturité l'inquiétait.

— De qui parles-tu ?

Josie avait un cocktail à la main. C'était la première fois. Il en voulut à Eve. A cause d'elle, il avait relâché sa surveillance. Jetant furtivement un coup d'œil circulaire, il l'aperçut à l'autre bout de la salle, la mine toujours aussi lugubre, comme si elle assistait à une veillée funèbre. Comment s'étonner qu'on se moque d'elle ?

Il prit le verre de sa fille.

— Pas d'alcool, mon ange.

— Tu as vraiment un problème avec la confiance, papa. C'est un cocktail de jus de fruits. Goûte, si tu ne me crois pas.

Il fit une moue dégoûtée.

— Non merci.

— Revenons à Eve.

Le regard pénétrant de Josie le mit sur la défensive. Il n'avait aucune envie d'aborder le sujet avec elle.

Il hocha la tête en direction d'un jeune homme qui s'approchait.

— C'est un ami à toi ? demanda-t-il.

Devant l'expression sévère de Draco Morelli, l'adolescent rebroussa aussitôt chemin.

— Bien joué, papa.

— Quoi donc ?

Josie roula des yeux en pointant l'index sur Eve.

— N'essaie pas de détourner la conversation. Elle est toute seule. Tu devrais aller lui parler. A moins que tu aies peur qu'elle ne te repousse ? Apparemment, beaucoup d'hommes sont paralysés par la crainte d'aborder les femmes.

— Qu'en sais-tu ? dit Draco avec un sourire amusé.

Sa fille lisait sans doute trop de magazines féminins…

— Clare me l'a dit.

Il se rembrunit.

— Depuis quand appelles-tu ta mère Clare ?

— C'est elle qui me l'a demandé. Depuis que je la dépasse en taille, elle a peur de vieillir.

Remarquant tout à coup l'expression de son père, Josie lui toucha le bras.

— Ce n'est pas sa faute, elle n'y peut rien… Certaines personnes sont…

— Totalement égocentriques ? suggéra Draco en fronçant les sourcils.

Il regretta immédiatement sa remarque moqueuse. Après son divorce, il s'était juré de ne jamais dire du mal de son ex-femme devant Josie. Chaque fois qu'il oubliait, il en éprouvait des remords cuisants. Il ne voulait surtout pas ressembler à ces parents qui se servent de leurs enfants pour régler leurs comptes.

— Détends-toi, papa. Tu ne m'apprends rien. Je suis assez grande maintenant pour savoir ce qu'il en est. Donc tu as peur… ? Tu ne l'as pas quittée des yeux de la journée… Si, papa, je l'ai bien vu. C'est la créatrice de La Tentation d'Eve n'est-ce pas ? L'intelligence et la beauté réunies ! En plus, elle te plaît. Alors vas-y…

— Merci de ton autorisation.

— On a parfois besoin de relever des défis, reprit Josie en ignorant son air narquois.

— Avec une fille comme toi, je n'en manque pas.

— Tu ne mérites pas l'enfant extraordinaire que je suis.

Draco se mit à rire, et ressentit une bouffée de nostalgie : le temps passait trop vite ! Quand Josie avait-elle cessé d'être une petite fille ?

— Je suis d'accord avec toi sur ce point, ma chérie.

Il lui pinça gentiment la joue.

— Mais laisse-moi gérer ma vie d'adulte comme je l'entends.

Elle plissa le front.

— Je n'aime pas te voir tout seul. Et je ne serai pas toujours à la maison avec toi, tu sais. En plus, tu ne rajeunis pas.

Avec un soupir, Draco se laissa entraîner par sa fille sur la piste de danse. Eve était déjà partie.

La soirée s'était déroulée avec le faste qui caractérisait Charles Latimer et dans l'entrain général. Josie s'était particulièrement amusée, ce qui mettait du baume au cœur de Draco. Au moins, il n'avait pas totalement perdu son temps… A présent, les premiers convives partaient et Draco s'était permis de s'éclipser à son tour. Il avait de la route à faire : il devait déposer Josie chez sa sœur pour quelques jours. Ancienne top model, elle avait racheté une ferme avec son banquier de mari et menait désormais une vie saine et bucolique, loin des pollutions de la ville.

Draco descendit d'un pas nonchalant les marches du perron. Derrière lui, le manoir élisabéthain brillait de mille feux dans la nuit. Avec des lampions multicolores accrochés dans les arbres, le parc ressemblait à un décor de conte de fées. Il s'adossa au tronc d'un gros chêne pour attendre Josie, qui faisait ses adieux à ses rencontres de la soirée.

Un système de navettes ramenait les gens du village chez eux. Un minibus démarra et trois silhouettes féminines invectivèrent grossièrement le chauffeur avant de se résoudre à attendre le suivant.

Reconnaissant aussitôt les mégères qui avaient provoqué le drame de la salle de bains, Draco se dissimula dans l'ombre. Peu après, Eve sortit en pleine lumière. Elle avait enfilé sur sa robe un caraco de dentelle, boutonné jusqu'au cou, et drapé une étole autour de ses épaules.

Elle jeta un regard à droite, puis à gauche, comme si elle cherchait quelqu'un, et commença à marcher dans sa direction. Sauf qu'elle ne le voyait pas, bien sûr. Mais Draco se plut à l'imaginer.

Il soupira. Cela faisait trop longtemps qu'il était célibataire. Dès qu'il serait rentré à Londres, il contacterait la jeune et jolie attachée parlementaire qu'il avait rencontrée à un dîner. Discrète mais ambitieuse, elle avait un emploi du temps très chargé et un plan de carrière qui lui interdisait de s'encombrer d'une vie sentimentale. Exactement ce qu'il lui fallait.

— Regardez. V-voilà E-E-Eve !

Draco sut immédiatement d'où venait cette voix moqueuse. Les trois sorcières malveillantes riaient à présent, fières de leur plaisanterie. Cela déclencha instantanément la colère de Draco. Sortant de l'ombre sans réfléchir, il rejoignit Eve en deux enjambées. Puis, sans un mot, il l'attrapa par le bras et la plaqua contre lui.

Son corps doux et chaud s'emboîtait merveilleusement contre le sien.

Trop choquée pour crier, Eve dévisagea Draco avec effroi. Elle ne put réprimer un petit gémissement d'impuissance, et se raidit lorsqu'il l'enlaça par la taille d'une manière possessive, comme si elle lui appartenait.

— Que faites-vous ?

L'esprit de la jeune femme se révolta, mais son corps réagit tout autrement. La proximité de Draco l'enivra. Une chaleur brûlante parcourut son corps tandis qu'un léger vertige la saisissait. Elle se sentait totalement subjuguée par le magnétisme de cet homme. Bien vite, elle ne tenta même plus de résister.

A quoi bon livrer une bataille perdue d'avance ? Elle s'abandonna contre lui, soudain épuisée. C'était terriblement ennuyeux de l'admettre, mais elle n'avait qu'une envie, obsédante : connaître le goût de ses baisers.

Il se pencha pour effleurer sa joue du bout des lèvres, sans la quitter des yeux. Electrisée par ce contact, Eve tressaillit et s'agrippa à son bras. Elle était comme hypnotisée. La bouche collée à son oreille, il lui murmura d'un ton suave :

— Je vais vous embrasser. Vous voulez bien ?

Non... Il suffisait de prononcer un simple petit mot de trois lettres. Ce n'était pas difficile.

— On risque de nous voir, chuchota-t-elle à la place.

— Justement, c'est fait exprès. Alors taisez-vous, *cara*.

Son ton autoritaire l'indigna et la fit sortir de sa léthargie.

— Lâchez-moi...

Mais elle avait protesté faiblement, pour la forme, comme pour se déculpabiliser.

« Assume tes responsabilités, Eve. Tu en meurs d'envie. »

— Qu'est-ce qui vous prend, Draco ?

Elle n'aurait pas dû l'appeler par son prénom. Cela sonnait beaucoup trop intime.

— Détendez-vous et ne vous débattez pas. Nous avons un public. Je vais une bonne fois pour toutes faire taire ces affreuses péronnelles.

Il lui caressa la joue.

— Ne regardez pas, ayez l'air naturel…

— De toute façon, je me moque de ce qu'elles pensent ! Mais quelle victoire, de leur clouer le bec !

— Ah oui ? Eh bien pas moi… Et je dois bien avouer que cette histoire tombe à pic. J'ai envie de vous embrasser depuis ce matin, susurra-t-il.

A ces mots, un frisson la parcourut. Une onde de désir gagnait ses reins, son bas-ventre, et faisait frémir la pointe de ses seins.

— Cela semble si loin…, murmura-t-elle d'une voix à peine audible.

Il ne la laissa pas terminer sa phrase. Ses lèvres chaudes vinrent se poser sur les siennes. Au début, il se contenta de petits baisers doux, mais très vite sa langue vint explorer sa bouche. Eve se laissa aller à ce baiser, y goûtant avec une volupté non dissimulée. Lorsque, à bout de souffle, ils se détachèrent l'un de l'autre, elle avait les jambes en coton et le sentiment que le sol tanguait. Elle fut sur le point de se jeter de nouveau sur la bouche de Draco, prise d'une irrésistible envie de prolonger ce moment. Mais elle se ressaisit soudain, se rappelant que leur baiser n'avait rien de spontané.

— Vous êtes content d'avoir accompli votre bonne action de la journée ? dit-elle dans un souffle en essayant de se calmer.

Draco ne répondit pas. Au lieu de cela, comme s'il avait entendu sa prière muette, il se pencha de nouveau sur elle et l'embrassa encore.

Cette fois, son baiser était fougueux, presque sauvage. Eve éprouva une excitation vive, mêlée de peur. Cet homme était un véritable prédateur, et elle était une proie vulnérable entre ses mains. Au lieu d'apaiser son désir, cela le décupla.

Elle se cambra et sentit le sexe dur de Draco contre son ventre. Cela acheva de lui faire perdre la tête. Sans plus de retenue, elle se colla à lui en réprimant un petit cri d'impatience. Puis, tout en continuant de prendre sa bouche avec passion, Draco se mit à la caresser. A travers sa robe, il promena une main le long de sa cuisse tandis que l'autre remontait vers ses seins.

N'importe qui pouvait les voir, mais cela lui importait peu. Elle ne pensait plus à rien d'autre qu'au désir palpitant qui la transportait tout entière. Se hissant sur la pointe des pieds pour mieux lui rendre ses baisers, elle enfouit les doigts dans ses cheveux et pressa fébrilement son visage contre le sien.

Eve embrassait maintenant Draco avec une ardeur qui la surprenait elle-même. Il vacilla et faillit perdre l'équilibre quand elle tira sur sa chemise pour passer les mains dessous et sentir la peau de son torse. Que lui arrivait-il ? Jamais elle ne s'était comportée ainsi !

Elle sentit les mains de Draco lui enserrer les poignets, et les sortir de sous sa chemise. Doucement, il s'écarta d'elle.

— Je pense que notre démonstration a été efficace...

« Oh, mon Dieu ! Oh, mon Dieu ! »

Tremblante, effarée, Eve regarda dans une sorte de stupeur Draco remettre de l'ordre dans sa tenue.

— Ça va ? lui demanda-t-il avec une pointe de remords dans la voix.

Elle se sentit tout à coup terriblement fragile et vulnérable.

Elle recula lentement, de plusieurs pas. Puis, relevant le menton, elle se composa une expression dédaigneuse.

— Je n'irai pas plus loin dans ce petit jeu. Je n'ai rien à prouver à personne.

— Oh ! J'en suis sûr, *cara*. Sachez tout de même que vos amies sont parties parfaitement convaincues.

Le feu aux joues, elle riposta avec aigreur :

— Arrêtez de m'appeler *cara*. C'est totalement ridicule. Et vous n'aviez pas besoin d'en faire autant.

— C'est vous qui vous êtes laissé emporter, me semble-t-il.

Une lueur brilla au fond de ses yeux noirs.

— J'aurais volontiers succombé, ajouta-t-il.

Il jeta un coup d'œil par-dessus son épaule.

— Malheureusement, Josie va arriver d'une minute à l'autre.

Eve secoua la tête, confuse et gênée.

— Ce n'était qu'un baiser.

— Vraiment, *cara* ? Eh bien, si ce n'est qu'un avant-goût, je suis très impatient d'aller au bout de l'expérience.

La réplique moqueuse de Draco acheva de l'humilier.

— Il n'y aura jamais rien entre nous !

Elle tourna les talons, mais la vision de la mine amusée de Draco la poursuivit. Il se croyait irrésistible et ne la prenait pas au sérieux ? Il allait voir qui elle était !

6

Eve regarda d'un air désolé le tableau de bord de sa voiture. La jauge d'essence clignotait. Depuis combien de temps ? Sans doute depuis son départ de Brent Manor ! Mais elle avait été si préoccupée, et ce genre de détail ne l'intéressait guère... Si au moins elle avait pu voir sa mère avant de partir, elle ne serait pas dans cette situation ! Sarah lui aurait formellement interdit de conduire dans l'état de nervosité dans lequel elle était.

Elle aurait peut-être protesté, mais elle aurait obéi. Parce que les mères responsables donnent toujours des conseils avisés à leurs enfants. Mais Charles Latimer avait déjà emmené Sarah en voyage de noces quand elle avait pris le volant.

Eve renifla en s'apitoyant sur son sort. C'était plus facile de blâmer son nouveau beau-père que de se faire des reproches à elle-même... Elle résolut de marcher jusqu'au virage suivant et sortit du véhicule. Elle était peut-être tout près de la route nationale. Quelqu'un proposerait de l'aider ou l'emmènerait jusqu'à un endroit où il y avait du réseau.

Elle essayait de nouveau de téléphoner quand un bruit de moteur, au loin, lui arracha un soupir de soulagement. Puis, tandis que les phares aveuglants se rapprochaient, une vague appréhension la saisit. Au cinéma, elle serait la victime idéale dans la scène du meurtre. En tout cas, c'était toujours le moment où elle avait envie de crier quand elle regardait un film.

Elle inspira profondément. Dans la vraie vie, la plupart des gens n'étaient pas de dangereux psychopathes. En outre, elle n'avait pas l'intention de monter dans la voiture d'un inconnu. Elle demanderait juste au conducteur de contacter le garagiste le plus proche pour la dépanner… Oui, c'était la solution la plus raisonnable.

La grosse voiture freina et Eve, le cœur battant, ralentit le pas en essayant de ne pas s'affoler. Le Surrey n'était pas une contrée sauvage, ni un repaire de brigands…

— Vous êtes complètement folle !

Elle reconnut aussitôt la voix, de celles qu'on n'oublie pas. Son ventre se noua, et elle frémit de tout son être. Draco ! Immédiatement, le souvenir du baiser fou envahit son esprit. Mais elle le refoula vigoureusement pour tenter de se concentrer sur le moment présent.

Finalement, elle aurait peut-être préféré affronter un maniaque ou un assassin…

Eblouie, elle leva la main devant les yeux tandis que Draco coupait le moteur. Puis il descendit pour lui ouvrir la portière.

Il était visiblement furieux. Eve se raidit. Un sort s'acharnait décidément à la mettre en présence de cet homme. Cela tournait à la malédiction.

— Que faites-vous ici ? lança-t-elle d'un ton bravache — parfaitement déplacé vu les circonstances, elle s'en rendait bien compte !

Elle éprouvait malgré elle une attirance fulgurante pour cet homme, et s'en voulait de ne pouvoir maîtriser ses pulsions. Comment pouvait-il la mettre dans un tel état, par sa simple présence ?

— Je passais par là… ? railla-t-il.

Mais son visage fermé et accusateur ne plaisantait pas.

Elle s'insurgea.

— Vous m-me s-suivez ?

Malgré sa volonté d'afficher une indifférence amusée, elle bégayait lamentablement.

Mais elle avait des excuses. L'idée d'être poursuivie par ce don Juan n'aurait rassuré personne, surtout après le baiser qu'ils avaient échangé — peut-être était-il dangereux?

— Si je vous suivais avec une idée en tête, vous me rendriez les choses singulièrement faciles.

— Vous me traitez de fille facile?

« Pourquoi ne tiens-tu pas ta langue? » se reprocha-t-elle.

— Non, ce n'est pas le terme qui convient... Inconsciente, en revanche, vous irait comme un gant!

Draco se retourna pour essayer d'évaluer la distance depuis l'endroit où il avait vu une voiture sur le bas-côté. Au moins huit kilomètres... Il ne passait presque personne sur cette petite route de campagne. Lui-même ne l'aurait pas empruntée s'il n'avait pas déposé Josie chez sa sœur. Que serait devenue Eve, sans lui...?

— Vous êtes une vraie calamité, reprit-il en la fixant droit dans les yeux. Montez.

— Non merci, ce n'est pas la peine. Je ne veux pas vous importuner. Mais, si vous pouviez prévenir un garage... Je suis tombée en panne en prenant un raccourci.

Haussant les sourcils, il sortit son téléphone de sa poche. Cette femme méritait qu'il l'abandonne ici en pleine nuit. Mais il n'en ferait rien, évidemment. Malgré son irritation, il se sentait irrésistiblement attiré par ses grands yeux et sa jolie bouche. Cela n'avait d'ailleurs rien de mystérieux. En l'embrassant, il avait découvert une nature passionnée, qui avait réveillé en lui un désir brûlant qu'il n'avait pas souvent éprouvé.

— Vous avez entendu parler de l'invention du portable? lança-t-il en exhibant le sien.

Il était très agacé par son attitude irresponsable, mais les petites boucles cuivrées qui encadraient le visage de la jeune femme lui donnaient un air vulnérable qui l'attendrissait malgré lui.

— Vous avez entendu parler des zones blanches ? rétorqua-t-elle avec humeur. Il n'y a pas de réseau ici !

Draco rangea son téléphone en fronçant les sourcils.

— Montez ! répéta-t-il en forçant la voix pour masquer ses émotions contradictoires.

Eve l'horripilait et l'émouvait tout à la fois. En dépit de son physique frêle et délicat, elle était effroyablement agressive.

Ou elle s'efforçait de donner le change.

— Vous préférez marcher ? ajouta-t-il d'un ton sarcastique. Vous attendez un serial killer ? Ou un bus ?

Elle le foudroya d'un regard méprisant. Comme elle, il s'était changé. Son jean soulignait ses hanches étroites et ses cuisses musclées. De nouveau, des pensées sensuelles vinrent brouiller l'esprit d'Eve. La gorge nouée, elle chercha désespérément une réplique, mais Draco la devança.

— Dépêchez-vous, Eve. J'ai mieux à faire que perdre mon temps à discuter sur le bord d'une route.

Ne comprenait-il pas ? Si elle montait dans cette voiture, à ses côtés, elle ne répondrait plus de rien. Son attirance pour lui était si forte qu'elle avait peur de se ridiculiser en se jetant à son cou. Elle n'avait pas envie de reproduire l'attitude éperdue qui l'avait tant humiliée plus tôt dans la soirée !

— Merci, mais comme je vous l'ai dit, vous pourriez…

Devant son expression implacable, elle capitula. Ce n'était pas la fin du monde. Elle acceptait juste de monter dans sa voiture. Que risquait-il de lui arriver ?

Elle repoussa une boucle qui lui tombait devant les yeux. Son chignon s'était partiellement défait quand elle avait soulevé le capot pour regarder le moteur. Elle sentait ses cheveux voleter dans les airs, bouclant probablement à vue d'œil…

— C'est très gentil à vous...

Elle s'arrêta brusquement de parler, le cœur battant, en croisant le regard de Draco. Il la dévisageait avec une intensité gênante.

— Je ne suis pas gentil.

Elle détourna la tête, incapable de répondre.

Draco se pencha pour retirer la veste posée sur le dossier du siège et la jeter sur la banquette arrière. Eve sursauta quand il toucha son épaule. Ce simple contact suffit à l'électriser.

Elle se força à respirer calmement pour remettre un peu d'ordre dans son esprit confus.

Puis Draco alluma le moteur et un air de jazz s'éleva dans l'habitacle. Eve poussa un soupir de soulagement. Elle n'aurait pas à faire la conversation.

Mais il éteignit la radio.

Au bout de quelques minutes, il rompit le silence.

— Vous ne boutonnez pas votre veste ?

Sans savoir pourquoi, cette remarque l'agaça. Par pur esprit de contradiction, elle ouvrit davantage sa veste en s'éventant de la main.

— Pourquoi ? J'ai chaud.

Elle se tourna vers lui d'un air perplexe quand il se mit à rire.

— Je ne vois pas ce qu'il y a de drôle.

— Pour une femme qui a lancé sa propre ligne de lingerie, vous ne faites pas vraiment honneur à vos créations.

Quand elle comprit enfin l'allusion, elle ramena furieusement les pans de sa veste sur sa poitrine : il l'avait tant et si bien observée qu'il avait remarqué qu'elle ne portait pas de soutien-gorge.

— Je... J'ai subi une petite intervention chirurgicale. La bretelle frotte sur la cicatrice.

— Sans gravité, j'espère ?

— On m'a juste enlevé un grain de beauté, en Australie.

Il lança un regard dans sa direction.

— Avec une peau comme la vôtre, il faut au moins un indice de protection cinquante.

— Merci du conseil. Je ne suis pas stupide.

Son visage au teint translucide était discrètement parsemé de taches de rousseur.

— Les statistiques sont formelles, reprit-il. Avec votre carnation…

— Les gens qui citent constamment des chiffres sont mortellement ennuyeux.

Il ne se laissa pas démonter.

— Je ne les cite pas, je les invente. Personne ne voit la différence et j'ai l'air plus intelligent et mieux informé que tout le monde.

— Sérieusement ?

— Absolument. Vous devriez essayer.

Désarçonnée par la manière dont il avait déjoué sa tension, elle éclata de rire.

— Je n'y manquerai pas, dit-elle. Dès que je serai à bout d'arguments dans une discussion.

— Il faut rester crédible, et croire à ce qu'on raconte.

— C'est-à-dire mentir avec conviction.

— Cela va sans dire…

Comme ils approchaient de l'endroit où elle habitait, elle lui donna quelques indications pour arriver dans sa rue, avec un immense soulagement. Enfin, ce trajet touchait à sa fin ! Elle aurait bientôt oublié toute cette aventure. De toute façon, les hommes comme lui ne l'intéressaient pas. Tout était allé de travers au cours de cette journée maudite, jusqu'à ce baiser extravagant mais finalement sans importance.

— Eh bien, merci.

— Je vous raccompagne jusqu'à votre porte.

— Ne prenez pas cette peine. Regardez, j'ai ma clé…

Elle plongea la main dans la poche de son sac, mais sans rien trouver…

— Elle doit bien être quelque part…

Quelques minutes plus tard, après avoir entièrement vidé son sac deux fois, elle dut se rendre à l'évidence. Elle regarda Draco, muette de désespoir.

— Vous avez perdu vos clés... Cela arrive, lui murmura-t-il d'un ton apaisant.

— Je ne comprends pas...

Elle se remémora le fil des événements, avant d'enfouir le visage dans ses mains avec un grognement.

— Oh, mon Dieu ! J'ai laissé mon trousseau sur le contact !

— Ce n'est pas si grave.

— C'est moi qui suis dehors, pas vous.

— Vous avez peut-être un double chez des voisins ?

— Oui, mais...

Elle secoua la tête.

— Ils ont un bébé et James travaille la nuit. Je ne peux pas réveiller Sue à cette heure-ci. Elle est épuisée après une dépression postnatale...

Elle n'arrivait pas à croire à cette série de déconvenues qui s'étaient accumulées tout au long de la journée, et dont Draco avait chaque fois été le témoin.

— Cela ne vous dérangerait pas de me déposer à un hôtel ?

Machinalement, elle ouvrit son poudrier et le referma aussitôt. « Il y a des moments où il vaut mieux ne pas savoir de quoi on a l'air. »

Même si elle gardait la tête haute, elle se sentait au bord des larmes. Elle tourna la tête vers Draco, consciente de lui devoir beaucoup : il lui avait sauvé la mise à plusieurs reprises ce soir, et elle venait de lui demander une nouvelle faveur. Draco la regardait d'un air impénétrable, sans mot dire.

— Je vous casse les pieds..., déclara Eve.

Sur son visage, de l'exaspération se peignit, suivie immédiatement d'un air résigné.

— Oui, répondit-il sèchement.

Il redémarra néanmoins.

Eve serra les dents. Cet homme était si désagréable qu'elle pouvait oublier ses remords ! Après l'épisode des clés, elle vérifia subrepticement la présence de sa carte bancaire dans son portefeuille.

Heureusement, le trajet jusqu'à Londres ne durait pas très longtemps, et Draco resta silencieux, ce dont elle lui fut infiniment reconnaissante. De temps à autre, elle ne pouvait s'empêcher de glisser un regard sur son profil, éclairé par les phares des voitures.

Eve ne reconnut pas le quartier où ils arrivèrent, tranquille et élégant. Draco se gara devant un immeuble géorgien, sur une place plantée de grands arbres. C'était sans doute très cher, mais tant pis.

Elle défit sa ceinture de sécurité.

— Parfait. Désolée de vous avoir importuné...

Elle se tut. Draco était déjà descendu.

Il ne supportait plus l'atmosphère tendue qui s'était installée entre eux. Son côté cynique lui faisait penser qu'Eve le provoquait délibérément en lui jetant constamment ces regards sensuels et furtifs. Mais son instinct lui indiquait tout autre chose : cette femme ne se rendait absolument pas compte de son pouvoir de séduction. Sous des abords hautains et inaccessibles, elle était incroyablement pure. Il la sentait d'autant plus dangereuse qu'elle était incapable de ruse. Du coup, il ne savait pas comment se comporter. Elle ne rentrait dans aucune catégorie.

Elle le rattrapa sur les marches du perron et sembla comprendre où ils étaient seulement quand il mit la clé dans la serrure.

— Ce n'est pas un hôtel...

Il esquissa un sourire narquois.

— Il est tard, je suis fatigué et vous aussi...

Il la détailla de bas en haut, en s'attardant sur la pâleur de son visage.

— Vous avez une mine épouvantable.

— Vous n'êtes pas très séduisant non plus.

Eve réalisa que sa réponse était stupide et puérile, mais trop tard. En plus c'était faux. Ses cheveux en bataille et la barbe naissante qui ombrait ses joues ajoutaient encore à son charme dévastateur.

Il tenait la poignée de la porte et les yeux d'Eve se posèrent sur ses belles mains, fermes et puissantes. Elle détourna aussitôt le regard, les joues en feu. Il n'était pas question de pénétrer dans cette maison.

— Vous auriez dû me consulter, avant de m'emmener chez vous.

Passer la nuit sous son toit l'emplissait d'une peur irrationnelle. Elle se sentit soudain exposée, vulnérable — comme si elle doutait de pouvoir répondre d'elle-même si elle restait une minute de plus au contact de Draco.

— Appelez-moi un taxi ! ordonna-t-elle, affolée.

— *Madre di Dio !* s'exclama-t-il, excédé.

Eve fut surprise de l'entendre jurer de la sorte. Draco parlait un anglais tellement parfait qu'elle avait oublié son origine italienne. Mais son tempérament latin refaisait surface. Il bouillonnait.

— Faites comme bon vous semble ! explosa-t-il. Passez la nuit à l'hôtel si vous voulez, mais épargnez-moi cette comédie. Appelez-le vous-même, ce taxi.

— Absolument, c'est ce que je vais faire !

Au moment où il entra et alluma le vestibule, la panique d'Eve se dissipa d'un coup. Pleine de remords, elle se vit soudain à travers les yeux de Draco. Elle ne s'était vraiment pas montrée à son avantage, pendant cette journée.

Une série d'images lui traversèrent l'esprit. Les échantillons de sous-vêtements éparpillés, ses sanglots dans les toilettes entrecoupés de confidences... Et, pour finir, elle s'était couverte de honte en se jetant sur lui avec indécence, alors qu'il l'avait embrassée uniquement pour la tirer d'embarras. Comme si cela ne suffisait pas, il avait dû voler à son secours dans la campagne profonde du Surrey.

Elle prit une profonde inspiration et le suivit à l'intérieur.

— Je suis désolée, vous avez raison. Tout cela est ridicule. Vous savez, je ne suis pas comme cela d'habitude…

— C'est-à-dire ?

— Eh bien, je ne suis pas telle que vous m'avez vue aujourd'hui. Je ne fonds pas en larmes à la moindre occasion et, en principe, je me débrouille très bien toute seule.

— Ne vous punissez pas davantage en ce cas, et acceptez simplement que je vous héberge cette nuit.

Elle hésita un instant, puis finit par hocher la tête.

— Merci…

Il ne devait pas manquer de chambres d'amis dans cette immense et splendide demeure, typiquement géorgienne, avec un très bel escalier en pierre qui desservait les trois étages.

— Cela ne dérangera personne, j'espère ?

Elle guettait la porte du fond, comme si elle s'attendait à voir surgir une armée de domestiques.

— Il n'y a que vous et moi ici. Qu'y a-t-il ? Vous avez peur d'être seule avec moi ?

— Ne soyez pas stupide.

Pourtant, sa raison lui hurlait de s'enfuir en courant. Pourquoi avait-elle capitulé ? Elle avait cédé trop facilement à l'invitation de Draco. Qui n'en était d'ailleurs pas une, car il l'avait mise devant le fait accompli.

Elle-même n'était pas très sûre de ses motivations. Son choix résultait-il d'une réflexion raisonnée ou d'une pulsion charnelle ? Leur baiser passionné ne cessait de lui revenir en tête, et son intuition lui soufflait que Draco en avait parfaitement conscience.

Avait-il des intentions cachées ?

Et elle ?

— Vous n'avez pas de domestiques ? demanda-t-elle.

— Pas à demeure, non.

— Ni de cuisinière, comme ma mère ?

Une pointe de défi avait percé dans sa voix. Dans sa tête, elle appartenait à la catégorie des domestiques, même si cela n'avait aujourd'hui aucune raison d'être — mais elle ne put s'empêcher de prendre un air belliqueux en regardant cet homme immensément riche.

Il la considéra d'un air perplexe, avant de hausser les épaules.

— Je ne comprends pas pourquoi vous me parlez d'elle. Je ne juge pas les gens sur leur métier. Et je n'attache pas non plus d'importance au milieu social.

Elle baissa les yeux, soudain mal à l'aise.

— Vous nourrissez peut-être un idéal égalitariste, mais vous seriez sans doute moins tolérant si votre fille vous annonçait qu'elle voulait épouser un ouvrier.

— Un ouvrier ou le prince Harry, ce serait pareil pour moi : elle n'a que treize ans ! Pourquoi êtes-vous si agressive ?

Il ouvrit une porte lambrissée, sur sa droite, et la fit entrer dans un salon imposant, avec une cheminée en marbre et de belles gravures originales accrochées au mur. La décoration mélangeait les styles avec goût, des meubles anciens côtoyaient des canapés ultramodernes.

Draco se dirigea vers un coffre et en sortit une bouteille et un verre.

— J'ai une gouvernante à plein temps, Mme Ellis, expliqua-t-il. Elle supervise les autres employés et j'ai aussi un chauffeur.

— Je vois. Vous vivez très simplement.

Il se servit un cognac.

— Excusez-moi. Vous voulez boire quelque chose ?

— Oui, avec plaisir. Vous habitez ici depuis longtemps ?

— Depuis l'an dernier. Avant je partageais mon temps entre Londres et l'Italie, mais ma sœur a épousé un Britannique et sa fille, Kate, a le même âge que Josie. Elles fréquentent la même école.

Il s'interrompit.

— Cela vous intéresse vraiment ? En fait, vous êtes en train de vous demander si je vais vous faire des avances.

Elle sentit le feu lui monter aux joues, et un frisson brûlant lui parcourir le dos. Elle porta le verre qu'il lui avait servi à ses lèvres pour se donner une contenance.

— Rassurez-vous, je me pose la même question, reprit-il.

Comme elle s'apprêtait à protester avec indignation, il se mit à rire.

— Allons, je vous taquine.

Eve toussota. L'alcool lui piquait les yeux mais diffusait en elle une sensation de chaleur agréable.

— Vous avez un humour étrange, dit-elle.

— Et vous êtes charmante… même si vous ne faites pas honneur à vos créations vestimentaires, continua-t-il d'un ton badin.

Elle choisit de ne pas répondre à sa provocation.

— Il se fait tard, dit-elle en jetant un regard circulaire dans la pièce.

— Je vous montre le chemin.

Eve le suivit, prenant garde à ne pas le frôler, à ne pas le regarder. Elle baissa les yeux et cessa de respirer quelques instants.

Puis, se ressaisissant, elle se redressa et releva la tête. C'était complètement ridicule ! Elle n'allait pas s'enflammer à son contact !

A la suite de Draco, elle emprunta un escalier, déterminée à ignorer les battements frénétiques de son cœur. Sur le palier, sans se retourner, il pointa du doigt le couloir de droite.

— Je dors de ce côté. Les chambres d'amis sont dans la direction opposée. Choisissez celle qui vous plaît. Sauf peut-être les deux dernières. Clare occupe celle du fond quand elle passe la nuit ici et ma mère a laissé quelques affaires dans l'autre.

Il surprit son regard.

— Clare est mon ex-femme.

Apparemment, ils restaient en bons termes, songea Eve. Jusqu'à quel point exactement ?

— Non, nous ne couchons pas ensemble.

Comment faisait-il pour lire dans ses pensées ?

7

— Rassurez-vous, je ne suis pas télépathe, lui dit-il en souriant, avant même qu'elle ne lui pose la question.

Draco pouvait lire le visage d'Eve comme un livre ouvert. Elle semblait ne mettre aucun filtre entre son ressenti et le monde extérieur. Depuis qu'il l'avait rencontrée, il avait pu admirer toute la palette des émotions humaines se peindre sur ses traits. Cela le touchait infiniment. A l'inverse, ses airs rebelles et sa manière de monter au créneau en permanence l'exaspéraient. Ces sentiments contradictoires le laissaient perplexe. En réalité, Draco était intrigué par cette femme. Au moment où Eve s'apprêtait à prendre congé, il décida de reprendre leur discussion là où ils l'avaient laissée auparavant.

— Donc, vous n'êtes pas vraiment la femme que j'ai rencontrée aujourd'hui, celle qui a besoin d'une épaule pour pleurer et d'un sauveur pour la tirer d'embarras ?

Elle secoua la tête, visiblement méfiante.

— Non.

— Alors qui êtes-vous réellement ?

Durant un bref instant, elle eut l'air décontenancé par sa question. Il put lire du trouble dans son regard, mais elle haussa les épaules avec un certain aplomb.

— Ecoutez, je suis quelqu'un de stable et de sérieux…

— Stable et sérieux… Vous voulez dire que vous n'aimez pas vous divertir ?

Il s'amusa de voir des éclairs passer dans les yeux d'Eve. La manière dont il l'avait questionnée, à la fois enjôleuse et provocatrice, ne pouvait manquer de la faire sortir de ses gonds. Draco prenait un malin plaisir à tester les limites de cette jeune femme farouche, candide et terriblement attirante lorsque la colère faisait frémir ses lèvres. Mais, à sa grande surprise, Eve ne se démonta pas et le regarda même avec un mépris souverain.

— Nous n'avons sans doute pas la même conception de l'existence, fit-elle d'un ton mordant.

Draco possédait en général un self-control à toute épreuve. De toute façon, ce que les autres pensaient de lui ne l'atteignait pas et cela ne lui coûtait aucun effort de garder son calme. Mais, sans qu'il sache pourquoi, la remarque d'Eve toucha une corde sensible. Elle le prenait pour un homme léger, inconsistant et suffisant — il en eut l'intime conviction à la manière dont elle le toisait. Ebranlé, il rétorqua avec amertume :

— Oh ! Nous avons pourtant des points communs, *cara*.

A ces mots, il se remémora leur baiser, la fébrilité d'Eve lorsqu'elle avait glissé ses mains sous sa chemise, ses gémissements, son impatience… Elle ne pouvait nier cela !

Comment interpréter ses paroles ? se demanda Eve. Simple constat ou invitation à peine voilée ? Les yeux rivés à ceux de Draco, elle sentit soudain sa volonté l'abandonner totalement. De nouveau, son corps semblait réagir de manière autonome, anesthésiant totalement sa pensée.

Elle ne recula pas lorsqu'il avança d'un pas, avec arrogance et virilité. Quelques minutes plus tôt, elle l'aurait repoussé dédaigneusement. Mais, pour des raisons assez mystérieuses, elle n'en était plus capable. Les tempes bourdonnantes, elle passa la langue sur ses lèvres. Draco la fixait avec un regard de prédateur prêt à fondre sur sa proie qui la paralysait.

Draco était désormais si proche qu'il pouvait sentir son souffle et voir les pupilles d'Eve se dilater.

Ah, elle était sérieuse… Vraiment ? Il avait pourtant une furieuse envie de lui montrer quelle place pouvait avoir le plaisir dans la vie. En tout cas, lui n'avait plus envie de lutter contre l'étrange attirance qu'il avait ressentie en la voyant pour la première fois, le matin même.

Sans pouvoir résister plus longtemps à son désir fulgurant, il posa la main sur la nuque de la jeune femme et l'attira vers lui. Quand avait-il éprouvé un tel attrait sexuel pour une femme ? Il ne s'en souvenait pas.

Habituellement, il n'avait pas à se poser de questions avant d'embrasser une femme : elles faisaient généralement le premier pas. Là, il ne savait pas à quoi s'attendre. Elle était tout à fait capable de le repousser. Pourtant, il voyait à ses joues roses, à ses lèvres tremblantes que le trouble la gagnait. Dans ses yeux d'un vert profond, il lut le même désir fou que celui qui le tenaillait.

Il glissa les doigts dans la masse de ses cheveux et acheva de défaire son chignon. De lourdes boucles brunes tombèrent sur ses épaules pâles. Elle lui lança un regard affolé, avant de fermer les paupières. Elle prit une grande inspiration et rouvrit les yeux, avant de lui asséner la phrase qu'il redoutait tant :

— Je ne coucherai pas avec vous.

La bouche sèche, Eve avait eu grand-peine à articuler ces mots — elle avait également du mal à s'en convaincre. Mais elle se l'était promis : le jour où elle déciderait d'avoir des relations sexuelles, ce serait avec un homme qui lui plairait vraiment, qui…

— Très bien, répondit-il simplement.

Il effleura son cou d'une caresse, juste sous son oreille.

Elle essaya de reprendre le fil de ses pensées, mais sans y parvenir. Soudain désemparée, elle secoua la tête et sa joue vint se loger dans la paume chaude de Draco. Un frisson viscéral, irrépressible, la secoua.

Dans un suprême effort pour recouvrer ses esprits, elle ferma les paupières, et Draco déposa sur chacune un baiser très doux, léger comme une brise d'été.

Elle rouvrit les yeux lorsqu'il prit son visage entre ses mains, avec l'impression irréelle de flotter sur un nuage.

— C'est agréable, non ? murmura-t-il.

— T-très...

— Vous êtes très sexy, Eve.

Naturellement, elle n'en croyait pas un mot, même si ce compliment était néanmoins très flatteur dans la bouche d'un homme aussi séduisant.

— Si, je vous assure, murmura-t-il comme si, une fois de plus, il lisait dans son esprit.

Ensuite il l'embrassa, avec une lenteur mesurée, tout en massant l'arrière de sa nuque. Elle entrouvrit les lèvres sous la pression des siennes et il prit possession de sa bouche, en prenant son temps, comme s'il savourait le goût de la découverte. Elle eut l'impression que des étincelles jaillissaient de son bas-ventre.

Elle désirait cet homme avec une violence qu'elle n'avait encore jamais éprouvée. De nouveau, elle ne répondit plus d'elle-même, comme foudroyée par la volupté de leur baiser. Elle se hissa sur la pointe des pieds pour s'offrir davantage.

« Cela te ressemble si peu, Eve... »

La petite voix qui résonnait dans sa tête se trompait. C'était bien elle, cette femme passionnée qui embrassait Draco sauvagement, avec une fougue qui lui donnait le vertige. Il plaqua une main contre ses reins et approfondit encore son baiser, lui arrachant un gémissement de plaisir.

Elle avait à peine conscience qu'ils se déplaçaient, collés l'un à l'autre. Leurs mains cherchaient fébrilement le contact de la peau, sous les vêtements. Eve se laissait entraîner sans réfléchir, gagnée par un besoin primal de prolonger ce corps à corps. A plusieurs reprises, elle se raccrocha à la chemise de Draco pour ne pas tomber. Ils heurtèrent une console, et un vase en porcelaine de Chine se fracassa sur le plancher.

— Oh !

Il serra son visage entre ses mains pour l'empêcher de se retourner.

— Ce n'est rien, murmura-t-il.

Elle dirigea de nouveau ses lèvres vers les siennes. Le monde entier se résumait à son visage et au feu liquide qui coulait dans ses veines. L'univers pouvait bien s'écrouler autour d'eux, elle s'en moquait. Elle et Draco, ici et maintenant. Rien d'autre ne comptait.

Elle tremblait de désir, de tout son être.

Draco la tenait fermement, mais désormais le feu qui couvait dans ses yeux suffisait à la garder prisonnière. Il la tenait captive.

— Tout va bien, dit-il doucement.

La chaude caresse de sa voix grave lui arracha presque un cri, tant elle était chargée de promesses érotiques.

— J'adore ta bouche.

Il en dessina le contour du bout de la langue et elle entrouvrit les lèvres, tentant de capturer sa langue.

Une fois arrivés devant la chambre de Draco, elle était parvenue à défaire les boutons de sa chemise. Il la souleva de terre et la prit entre ses bras. Eve, totalement abandonnée, respira l'odeur enivrante de Draco, le nez enfoui dans son cou.

Il claqua la porte d'un grand coup de pied — ce qui fit tomber un cadre accroché au mur. Sans y prêter la moindre attention, il continua à avancer et déposa Eve sur un somptueux dessus-de-lit de soie.

Draco la contempla un instant. Avec ses yeux brillants et ses magnifiques cheveux cuivrés qui auréolaient son visage rose d'excitation, elle était si belle que Draco dut se faire violence pour ne pas la prendre sur-le-champ. Mais il voulait être sûr de lui donner du plaisir. Il se redressa pour se débarrasser de sa chemise.

Eve essaya de reprendre son souffle alors qu'elle le regardait se déshabiller. L'émotion lui nouait la gorge. Le désir qui la ravageait l'éblouissait et la terrorisait tout à la fois. Mais qu'avait-elle à craindre ? Soudain résolue, elle saisit la ceinture de Draco et le tira vers elle.

Il se laissa aller contre elle avec un sourire. Eve le considéra avec un mélange d'admiration et d'effroi. Il était beau comme un dieu. Son torse sculptural évoquait les chefs-d'œuvre classiques de l'Antiquité grecque, mais sa peau dorée par le soleil le rendait délicieusement vivant.

— Je vais te déshabiller, maintenant, lui dit-il avec douceur.

Elle eut une très légère hésitation, vite réprimée. Comment ne pas succomber à cet homme qui avait toutes les femmes du monde à ses pieds et qui, manifestement, la désirait ?

Eve retint son souffle quand Draco commença de dégrafer son bustier.

— Regarde-moi, Eve.

Comme elle n'osait pas, il s'agenouilla sur le lit à côté d'elle et lui prit le menton pour l'obliger à lever les yeux.

— Tu es belle.

Elle frissonna lorsqu'il pinça la pointe de ses seins dressés à travers l'étoffe. L'intensité de la sensation balaya ses dernières incertitudes.

Sous la pression de sa main, elle retomba sur les oreillers. Ils s'embrassèrent avec une ardeur redoublée.

— Je vais te faire l'amour, *cara*, promit Draco d'une voix altérée. Mais finissons-en d'abord avec tous ces vêtements inutiles.

Elle se laissa faire et apparut bientôt totalement nue sous son regard brûlant et avide. Inlassablement, il caressa chaque centimètre de son corps, éveillant sa sensualité endormie mais toute prête à s'épanouir.

Ses sens s'affolèrent à tel point qu'elle lui jeta un regard implorant.

— Prends-moi ! gémit-elle.

Il se mit à rire doucement, et s'écarta d'elle pour enlever son pantalon.

— Oui, mais, avant, j'ai envie de goûter ton sexe.

Eve sombra dans une sorte d'hébétude.

— Détends-toi, *cara*, chuchota-t-il.

L'intimité et l'audace de ses caresses auraient dû choquer sa sensibilité, mais le plaisir l'emporta. A plusieurs reprises, Draco la mena tout au bord de l'extase.

Lorsqu'à son tour, s'enhardissant, elle tendit la main pour étreindre son membre tendu, il émit un grognement sourd.

— Je vais te prendre, Eve, maintenant.

Elle ouvrit les jambes dans une invitation silencieuse et souleva les hanches à sa rencontre. Une plainte à peine audible s'échappa de sa gorge quand il s'enfonça en elle pour la première fois. Puis, à chacun de ses mouvements, le feu brûlant qui la dévorait s'intensifia.

En parvenant au paroxysme de l'extase, elle poussa un cri de plaisir, auquel Draco répondit presque immédiatement.

8

— Où vas-tu ?

— Prendre une douche et m'habiller.

— Pourquoi t'enroules-tu dans le drap ?

— J'ai peur d'avoir froid.

— Tu ne te caches pas de moi, j'espère ?

Eve sentit qu'elle rougissait, malgré elle.

— Mais non, c'est ridicule.

— En effet. Je connais tout de ton corps.

Aucun détail n'avait échappé à Draco. Il avait même embrassé sa petite cicatrice sur l'omoplate, en lui révélant que la sienne, au coin de la bouche, lui venait d'un accident de ski.

Eve n'avait pas envie de se remémorer ces instants de tendresse qui continuaient à diffuser une douce chaleur dans son ventre.

— Ecoute, ce qui s'est passé cette nuit…

La deuxième fois qu'ils avaient fait l'amour lui avait donné un plaisir encore plus intense. Encouragée par Draco à oublier sa timidité, elle avait osé toutes les audaces, et succombé à toutes les tentations.

— Tu as des regrets ? demanda-t-il un peu sèchement.

— Non, mais aujourd'hui est un autre jour.

Il émit un long sifflement.

— Waouh, quelle pensée profonde !

Vexée, elle se retourna pour lancer une remarque acerbe mais, au même moment, il s'étira avec des gestes de félin paresseux. Sa beauté virile lui coupa le souffle.

— A propos, comment se fait-il qu'une femme aussi sensuelle et douée pour l'amour que toi n'ait jamais eu d'amant avant moi ? Non que je m'en plaigne...

— Ah, tu t'en es rendu compte...

— Evidemment ! dit-il en éclatant de rire. Il ne t'est pas venu à l'idée de me prévenir ?

— Qu'y a-t-il de si drôle ?

— Tu es... absolument incroyable ! s'exclama-t-il en croisant les mains sous la nuque.

Il l'attrapa par le bras et elle s'assit sur le bord du lit.

— Réponds-moi, Eve. A ton âge, on ne reste pas vierge sans raison.

Plongeant les yeux dans les siens, il tira sur le drap qui tomba en dévoilant sa poitrine menue.

— J'ai été t-trop occupée pour avoir des aventures a-amoureuses.

— Il ne s'agit pas d'amour, Eve, mais de sexe.

Elle baissa la tête pour masquer le mélange de colère et de dépit qui se peignit sur ses traits. Quand elle releva le menton, elle avait retrouvé le sourire.

— Tu n'as pas besoin de me mettre les points sur les i, Draco. Je n'ai aucune illusion.

Il la regarda avec intensité, tout en caressant doucement son épaule dénudée.

— Tu es une femme énigmatique, Eve.

Elle haussa les épaules, cherchant quelque chose à lui répondre. Il lui était difficile d'admettre combien elle avait peur de perdre tout contrôle sur elle-même avec un homme. Bizarrement, avec Draco, c'était différent, moins effrayant.

— J'ai m-monté mon en-entreprise.

— C'est une raison ?

Elle acquiesça.

— Il est pourtant tout à fait possible de mener une vie sexuelle et de gérer des affaires en même temps, *cara*. Je t'assure.

— Les aventures sans lendemain ne m'intéressent pas, mais je ne tiens pas non plus à m'engager dans une relation à long terme.

Il était sans doute un peu tard pour s'en souvenir, se dit-elle.

— De toute façon, même si j'en avais envie, je n'ai jamais rencontré d'hommes qui partagent mes buts et mes ambitions.

— Eh bien, je suis exactement celui qu'il te faut en attendant de trouver le bon. Tu peux très bien chercher, tout en ayant une liaison avec moi.

— Quelle arrogance !

— Réfléchis-y. Sexuellement, nous nous entendons à merveille. Je suis comme toi, je ne veux pas d'attaches ni de complications sentimentales. Même si tu es réfractaire à l'amour, tu peux te rendre disponible pour vivre une sexualité épanouie.

— Cela me semble...

— Parfait ?

— Non, immoral !

Il se mit à rire.

— Consacre-moi un peu de temps, mon ange, et je saurai te corrompre. Tu as un corps fait pour le péché.

Abandonnant le drap, elle se leva, ramassa ses vêtements en boule et se dirigea fièrement vers la salle de bains.

Quand la porte se referma sur son adorable silhouette Draco poussa un grognement. Les paupières mi-closes, il se remémora l'instant où il avait découvert qu'elle était vierge. Un curieux instinct possessif s'était éveillé en lui, avec l'envie de la protéger. Il était le premier...

Il avait peu de certitudes dans la vie, mais il en possédait au moins une. D'une manière ou d'une autre, Eve reviendrait dans son lit.

Eve arrivait toujours la première au bureau. Elle adorait ces moments de tranquillité où personne ne l'interrompait et où elle pouvait sereinement planifier sa journée et ordonner ses pensées. Ce jour-là, son assistante était déjà arrivée. Elle lui avait gentiment préparé un thé et affichait l'air compassé qui convenait pour évoquer les cérémonies de mariage.

Eve lui annonça d'emblée qu'elle n'avait pas pris de photos.

— Ah bon ? lança Shelley, très déçue. Tu étais probablement trop stressée à la perspective de ce qui t'attend aujourd'hui pour t'amuser.

Cette remarque évoqua irrésistiblement sa conversation avec Draco, ainsi que la nuit torride qui avait suivi. Elle serra l'anse de sa tasse pour ne pas trembler et baissa le visage pour masquer son trouble.

— Je vais juste…

Sur le seuil de son bureau, elle se figea brusquement en fronçant les sourcils.

— Qu'y a-t-il de spécial *aujourd'hui* ?

Son assistante cligna des yeux en vérifiant l'agenda sur sa tablette.

— La date a changé ? C'est bien ce matin que…

Eve eut la sensation de revenir sur terre, éprouvant un choc qu'elle dissimula sous un large sourire. Dieu merci, son calme légendaire ne l'avait pas abandonnée.

— Oui, oui, c'est bien ce matin.

Elle referma la porte en plaquant une main sur son front.

Comment avait-elle pu oublier ?

Cela faisait six mois qu'elle consacrait tout son temps et son énergie à décrocher ce marché. Elle ne vivait plus que pour cela. Il lui arrivait même de se réveiller en sueur au milieu de la nuit parce qu'elle en rêvait.

Elle jeta un coup d'œil à sa montre. Dans quelques minutes,

on lui annoncerait le résultat de la négociation. *Comment était-ce possible ? Cela lui était sorti de la tête !*

Comme disait le proverbe, l'orgueil précédait la chute… Elle était si contente d'elle, ce matin, quand elle était repassée à son appartement pour se changer… Elle était même soulagée. Elle n'était décidément pas comme sa mère et toutes ces femmes qui oubliaient leurs beaux principes dès qu'un homme s'intéressait à elles.

Elle avait découvert la sexualité sans perdre son estime de soi ni s'exposer à toutes sortes de compromis. Elle connaissait maintenant le plaisir, qu'elle avait ressenti avec une intensité dont elle ne soupçonnait pas l'existence en dehors des romans. Jetant au vent toute prudence, elle avait pour une fois donné libre cours à ses pulsions. Quelle libération ! Draco était en outre un merveilleux amant. Ce qui n'enlevait rien à sa détestable arrogance… Au moins, elle ne risquait pas de l'idéaliser.

Sa théorie se confirmait. Ce n'était pas le sexe qui transformait les femmes en esclaves consentantes, mais l'amour. Elle n'avait donc rien à craindre.

Draco ne lui était même pas sympathique. Finalement, peu lui importait de ne pas le revoir. Il avait raison. Cela faisait de lui un amant parfait. Aucune émotion ne compliquerait une liaison fondée uniquement sur le sexe. En outre, elle avait la chance d'avoir rencontré un amant expérimenté… Le souvenir de ses caresses l'égara un instant. Puis elle se ressaisit. Elle n'était pas pressée de renouveler l'expérience et ne chercherait même pas à provoquer l'occasion.

Malgré tout, cette nuit lui avait tourné la tête au point d'oublier le contrat qui la mobilisait depuis des mois… Etait-elle réellement capable de mener de front les affaires et le sexe ?

Eve s'assit en soupirant à son bureau, en essayant de se rasséréner. Elle avait besoin d'avoir les idées claires. Bientôt on allait lui annoncer le résultat d'un travail acharné, d'heures et de jours à batailler pour offrir une meilleure offre que ses concurrents.

Lorsque le téléphone sonna, elle répondit en s'efforçant de ne pas penser à tous ceux qui avaient essayé de la décourager au nom de la raison et de la sagesse. Le succès pouvait aussi sourire à l'audace et à la jeunesse !

Lorsqu'elle raccrocha peu après, elle tremblait comme une feuille.

Elle avait gagné la partie. Son voyage en Australie avait porté ses fruits. La chaîne de grands magasins implantés dans tout l'hémisphère Sud allait distribuer ses créations.

C'était le moment dont elle avait rêvé, vers lequel elle avait tendu tous ses efforts.

Alors pourquoi ne se sentait-elle pas plus euphorique ?

Une phrase du discours de Charlie Latimer affleura à sa mémoire.

« Le succès n'est rien si on le savoure en solitaire. A présent je suis le plus heureux des hommes puisque je vais le partager avec ma femme. »

Eve n'avait pas applaudi avec les autres. Pourtant, il fallait le reconnaître, il n'avait pas tort.

Qui allait se réjouir avec elle ? Sa mère était en voyage de noces et sa meilleure amie était très occupée dans sa nouvelle vie de princesse, avec la perspective d'une naissance.

Eve refusa de s'apitoyer sur elle-même. « Prends un chat, se dit-elle. Ou un nouvel amant. »

Sauf qu'elle n'avait pas encore rompu avec le premier... Y avait-il d'ailleurs quelque chose entre eux ? La situation était tellement inédite qu'elle avait l'impression de tâtonner dans le noir.

Elle baissa les yeux sur ses mains qui caressaient distraitement la surface lisse de la table, comme pour retrouver inconsciemment la texture de la peau de Draco.

En se réveillant au milieu de la nuit dans un lit inconnu, entre les bras d'un homme, elle avait failli céder à la panique. Puis, en une seconde, la mémoire lui était revenue et elle s'était raidie. Il s'était réveillé à son tour, et la sentant tendue et pensive, il lui avait murmuré avec le sixième sens qui le caractérisait :

« Que fais-tu ? Arrête de tout analyser et contente-toi de profiter de l'instant. Demain n'existe pas. Il n'y a que toi et moi, maintenant. Ne nous embarrassons pas d'émotions. Caresse-moi... S'il te plaît. »

Ces paroles, pourtant si simples, l'avaient transportée de désir, et lui avaient fait éprouver un sentiment de puissance très satisfaisant.

Elle repoussa sa chaise en soupirant de bien-être. En cet instant précis, elle n'enviait pas du tout le sort de son amie Hannah. Comment aurait-elle envie d'un bébé alors que sa carrière l'accaparait ? D'ici quelques années, peut-être... Mais, pour l'heure, elle découvrait juste le plaisir sexuel, et cela lui suffisait amplement.

Elle aligna soigneusement ses crayons et rangea ses dossiers avant de se lever en chantonnant. Shelley avait fait beaucoup d'heures supplémentaires, ces derniers temps. Elle méritait une récompense. Une invitation au restaurant, par exemple.

— Cela te dirait, Shelley, de manger italien à midi ? demanda Eve en ouvrant la porte de communication.

Elle faillit tomber à la renverse. Draco était assis sur le bureau de son assistante.

Il s'avança à sa rencontre tandis qu'elle s'efforçait de maîtriser sa nervosité. Vainement.

— Mais enfin, que fais-tu ici, Draco ? lui lança-t-elle avec colère.

— Vous voyez, Shelley, elle est ravie de ma visite ! Je vous l'avais dit.

Son assistante gloussa et Eve lui décocha un regard exaspéré. Que dirait son petit ami s'il la voyait flirter comme une collégienne avec le premier venu ?

Evidemment, Draco était content d'avoir réussi son effet.

— Je suis venu t'inviter à déjeuner, annonça-t-il avec un sourire un peu trop familier à son goût.

— Comment as-tu su où je travaille ?

Il sortit une carte de visite.

— Tu l'as oubliée chez moi.

Eve bougonna.

— Je suis occupée.

— Le fournisseur a envoyé un mail pour annuler le rendez-vous de cet après-midi.

— Merci, Shelley, répondit Draco à sa place.

La secrétaire se rengorgea en rougissant. Puis, Draco se tourna de nouveau vers Eve.

— Donc, tu es libre, *cara*.

Comme elle soupirait d'un air excédé, il ajouta :

— Tu aimes la cuisine italienne, apparemment ?

— Elle en raffole, intervint Shelley.

Puis, adressant à Eve un clin d'œil dans le dos de Draco, elle articula silencieusement, en ouvrant grand la bouche : « Il est trop beau, laisse-toi faire ! »

Eve sentit ses joues la brûler.

— Si tu n'as pas le temps de déjeuner avec moi, reprit Draco, nous pouvons parler ici.

Eve s'affola. Professionnellement, Shelley était parfaite, mais sur un plan personnel, elle avait un goût trop prononcé pour les ragots… ! D'ailleurs, celle-ci continuait de se mêler de leur discussion avec une invraisemblable indiscrétion.

— Oh, non ! Invitez-la. C'est son anniversaire, dit son assistante en battant des cils.

Elle ignora délibérément le regard courroucé d'Eve tandis que Draco concluait :

— Voilà qui règle tout. Tu ne peux pas refuser.

Eve préféra éviter une scène devant sa secrétaire. Intérieurement, elle enrageait, mais elle prit son sac, et indiqua la sortie à Draco — sans pouvoir dire un mot.

Une fois dehors, elle s'écarta ostensiblement pour se soustraire à la main que Draco avait posée sur son dos.

— Nous avons couché ensemble..., s'étrangla-t-elle, incapable de poursuivre.

Elle était consternée par ses propres mots, par le trouble irrépressible qui la gagnait.

Draco demeura imperturbable.

— Je n'ai pas oublié.

Non, il n'avait pas oublié et, même, il s'en souviendrait toute sa vie. Lui, Draco Morelli, toujours si maître de lui, avait pour la première fois perdu complètement le contrôle de la situation. Par une curieuse ironie du sort, cela s'était produit avec une jeune fille vierge.

Finalement, ses premières impressions s'étaient révélées exactes. Maintenant que le choc initial s'était dissipé, l'incompréhension persistait. Comment une femme aussi sensuelle et passionnée avait-elle pu garder aussi longtemps son innocence ? En toute honnêteté, il se jugeait indigne d'un tel cadeau. D'un autre côté, il était flatté de l'initier au plaisir.

Eve lui donnait l'impression de s'accrocher désespérément à une hostilité feinte. Il voyait, dans ses yeux et à la manière dont elle le regardait, qu'elle était aussi ébranlée que lui.

— Cela ne te donne pas le droit d'envahir mon lieu de travail et de flirter avec mon personnel, poursuivit-elle d'un air sombre, et avec une voix mal assurée.

— Un peu de légèreté, Eve, s'il te plaît.

Sa remarque sembla l'irriter davantage et elle haussa les épaules avec humeur.

— C'est ton anniversaire qui te met dans cet état ?

Elle se figea.

— Je suis encore loin de la trentaine.

— Eh bien, voilà qui est rassurant. Sur ce point, tu es parfaitement normale et aussi susceptible que n'importe quelle femme.

Il glissa un index sous son menton pour l'obliger à le regarder.

— Tu as l'air d'avoir dix-huit ans, ce qui est un peu déconcertant, parce que tu réagis la plupart du temps comme si tu en avais quarante.

Elle repoussa sa main avec colère.

— Tu es v-vraiment ch-charmant.

— Tu prends la vie trop au sérieux.

Elle crispa la mâchoire avec un air de profond mépris.

— C'est toute la différence entre toi et moi. La vie est une affaire sérieuse.

Il acquiesça discrètement.

— Avec ses moments de tristesse mais aussi de joie et de gaieté...

Il fit signe à son chauffeur et ouvrit la portière arrière en méditant sur l'étrangeté de cette conversation.

En tout cas, il savait pourquoi il était là. Le sexe, pour lui un plaisir comme un autre, excitait un désir de conquête et il avait envie de cette femme.

Mais cela lui était-il déjà arrivé de bouleverser son emploi du temps pour se lancer dans une entreprise de séduction... ?

Il éluda la question. De toute façon, même si son désir semblait pour le moment insatiable, il finirait par se lasser et se désintéresser. Sa sœur jugeait d'ailleurs très sévèrement sa versatilité.

« Un de ces jours, Draco, tu en auras assez de papillonner. Tu rentreras dans le rang, comme tout le monde. Tu auras besoin de stabilité. »

— C'est une question d'équilibre, *cara*, déclara-t-il en s'installant à côté d'elle à l'arrière de la limousine. On supporte davantage les coups durs si on sait aussi profiter des bons moments.

Il se pencha pour donner des indications au chauffeur, en italien.

— On t'a offert un manuel de développement personnel pour Noël ou tu as trouvé cette maxime dans un cracker ? lança Eve, ironique.

— Mon père est mort brutalement, et nous avons tous été profondément affectés, surtout ma mère. Ce qui la console, c'est qu'il a vécu pleinement chaque jour de son existence. Même s'il n'a rien fait d'extraordinaire, il a su goûter des menus plaisirs, comme une bouteille de vin ou les premiers pas de ses petites-filles.

Penaude, Eve regretta sa remarque cinglante.

— Oh ! Je suis désolée.

Elle s'agita nerveusement tandis qu'il scrutait son expression.

— Tu ne t'amuses pas assez, reprit-il. C'est dommage, parce que tu as un rire charmant. Il me procure la même impression agréable que tes cheveux sur ma peau... A propos, pourquoi coiffes-tu tes cheveux en chignon ? Pour me donner le plaisir de le défaire ?

La gorge d'Eve se serra. Un compliment de Draco suffisait à faire accélérer les battements de son cœur.

— P-parce que c'est plus p-pratique. Mes cheveux me gênent, autrement.

Il s'adossa contre la banquette et la regarda avec cette expression taquine qu'elle commençait à bien connaître.

— Tu es trop stricte et ordonnée.

— C'est un crime ?

— Tu veux mon avis ?

— Non !

Ils arrivèrent devant le restaurant juste à ce moment-là.

— Tu veux vraiment manger ? demanda Draco en la dévorant des yeux.

Elle le fixa avec une expression déconcertée.

— Pas toi ?

Il haussa les épaules, avec un air résigné.

— Eventuellement.

Puis il congédia son chauffeur.

— Merci, Carl. Nous rentrerons en taxi.

Le restaurant était bondé et de nombreux clients attendaient. Eve se réjouit de voir qu'ils ne pourraient certainement pas avoir une table. « Draco Morelli ne peut pas tout obtenir en claquant des doigts..., pensa-t-elle ».

9

Apparemment, elle se trompait. Cinq minutes plus tard, un maître d'hôtel les conduisit diligemment à leur table après s'être entretenu en italien avec Draco.

Quand le sommelier arriva avec le vin, Eve couvrit son verre avec sa main.

— Pas pour moi, merci… je travaille.

— C'est ton anniversaire.

La bataille fut de courte durée. Les chamailleries incessantes commençaient à la fatiguer et il valait mieux garder son énergie pour les points importants.

— Juste un peu, alors.

Elle n'allait tout de même pas continuer à se plaindre alors qu'elle était invitée à déjeuner dans un excellent restaurant par un homme qui était la cible de tous les regards féminins. S'en rendait-il compte ou était-il totalement blasé ?

— Carl est vraiment ton chauffeur ?

Il lui jeta un regard surpris.

— Pourquoi me poses-tu cette question ?

— Ce n'est pas ton garde du corps ?

Il éclata de rire et plusieurs têtes se tournèrent dans leur direction.

— Non.

— Tu n'en as pas ? insista-t-elle, incapable de cacher sa curiosité.

— La meilleure sécurité est celle qu'on ne voit pas.

— Ce n'est pas une réponse.

— Tu n'en auras pas d'autre.

Prenait-il un malin plaisir à l'agacer ? Eve se concentra sur l'assiette appétissante qu'on venait de lui apporter et entama avec entrain son plat de pâtes aux fruits de mer.

— C'est succulent, commenta-t-elle. Au fait, comment as-tu fait pour avoir une table ?

— Je connais le propriétaire.

— Le P-DG de la chaîne ?

Il hocha la tête.

— Oui.

— L'enseigne ouvre des établissements un peu partout aujourd'hui. C'est un vrai succès…

Elle s'interrompit quand le directeur s'approcha.

— Monsieur… Mademoiselle… Vous êtes satisfaits ?

— C'est délicieux, dit Eve.

— Tout est parfait, ajouta Draco.

Eve eut une impression étrange. La déférence presque obséquieuse du gérant lui mit la puce à l'oreille.

— Ce ne serait pas toi le P-DG, par hasard ? demanda-t-elle après son départ.

— Depuis deux ans, répondit-il sans ciller.

Elle fronça les sourcils en tripotant son couteau et sa fourchette. Elle avait du mal à soutenir le regard de Draco sans frissonner.

— Il ne t'est pas venu à l'esprit de m'en informer ?

— Non.

Il mit les coudes sur la table et se pencha.

— Tu as quelque chose de prévu pour ton anniversaire ? Tu rentres chez toi ?

— Je ne me sens nulle part chez moi.

— Tu es vraiment à plaindre. Je comprends pourquoi tu as toujours l'air aussi malheureuse.

Eve se vexa.

— J'ai vécu à Brent Manor p-pendant d-dix ans, mais nous étions simplement logées comme domestiques.

— Cela ne t'a pas empêchée de devenir la meilleure amie de Hannah. Et maintenant, ta mère est la maîtresse des lieux.

Eve s'abstint de tout commentaire. Son amitié improbable avec Hannah Latimer avait connu des hauts et des bas. Au début, elle avait évité le plus possible la fille de la maison, blonde, charmante, souriante, dotée de toutes les qualités et qui fréquentait un prestigieux établissement privé. Elle l'avait détestée dès les premiers instants.

Jusqu'au jour où elle l'avait trouvée en larmes dans l'une de ses cachettes préférées. Elles avaient commencé à s'épancher et à se découvrir de nombreux points communs, bien avant de surprendre la liaison de leurs parents. Toutes les deux haïssaient leur école, où elles étaient persécutées par leurs camarades de classe — pour des raisons différentes.

Draco avait pris un air grave. Sa voix douce la tira de ses pensées.

— Tu sais, par rapport à ta maman justement, j'aimerais te mettre en garde. Les gens se passionnent pour les contes de fées modernes qui racontent l'ascension sociale de personnes d'origine modeste. Ne sois pas surprise si tu lis un jour un reportage sur ta mère dans un magazine people.

— Pourquoi dis-tu cela ? s'écria-t-elle, sur la défensive.

Draco lui saisit une main, et d'une voix encore plus suave, il murmura :

— Quelqu'un a posté une photo de nous sur le Net. Je voulais te prévenir.

Il lui tendit son téléphone. Elle frissonna d'horreur en découvrant la photo, très suggestive, prise le soir du mariage. Elle sentit son estomac se contracter et ses tempes devenir bourdonnantes.

— Une de tes anciennes camarades de classe la leur a fournie, j'imagine.

Eve ferma les paupières un long moment sans rien dire.

— Elle passera peut-être inaperçue, chuchota-t-elle, pleine d'espoir.

Il la détrompa sans ménagement.

— Elle circule déjà partout, et se propage à la vitesse d'un virus.

Scandalisée, Eve releva la tête. Comment pouvait-il énoncer aussi calmement pareille abomination ?

— Il faut arrêter cela !

Comme il secouait la tête, elle ajouta :

— Et si ta fille tombe dessus ?

— C'est sans doute déjà fait.

Il était complètement fou ! Cela ne le choquait donc pas de voir son intimité étalée sur la place publique ?

— Cela me rend malade, murmura-t-elle. Que faire ?

Il haussa les sourcils, comme si sa réaction l'étonnait.

— Rien. Nous ne gagnerons rien à réagir, crois-moi. Il vaut mieux en rire pour garder notre dignité, et nous abstenir de tout commentaire.

Eve eut un rire étranglé. Ils n'avaient pas la même conception de la dignité !

— Si tu y tiens, je peux publier un démenti.

Elle exhala un soupir.

— Merci.

— Ce qui convaincra tout le monde qu'il y a anguille sous roche et décuplera l'intérêt.

Eve serra les dents. Elle avait envie de disparaître.

— Alors ?

— J-je ne s-sais plus, admit-elle misérablement.

— Dans ce cas, je vais prendre une décision tout de suite. Partons d'ici.

— Sans terminer ?

— Je vais t'emmener chez moi et faire ce dont j'ai terriblement envie depuis ce matin, poursuivit-il sans répondre à sa question.

Je te promets un cadeau d'anniversaire que tu ne risques pas d'oublier, *cara*.

Il n'avait rien de mieux à proposer pour résoudre leur problème ? C'était ridicule... Mais sa belle voix grave possédait un étonnant pouvoir de persuasion.

L'atmosphère se chargea d'une tension sexuelle intense, presque palpable. Pendant que Draco la déshabillait du regard, Eve sentit son ventre se creuser de désir.

— Oui...

Ils se levèrent dans un même élan. Draco jeta une poignée de billets sur la table et prit Eve par la main.

— Sortons d'ici.

Après l'amour, Draco resta étendu sur elle, pesant de tout son poids. Eve aimait le sentir encore en elle, avec son souffle chaud contre sa peau, au creux du cou.

Ils étaient allongés, nus, sur le canapé Chesterfield, dans le bureau de Draco. Le désir les avait terrassés à peine sortis du taxi. Ils n'avaient même pas pris le temps de monter dans la chambre.

Le sol était jonché de vêtements arrachés à la va-vite, dans une impatience fébrile. Couchée sur le dos, les bras refermés autour de Draco, Eve reprenait sa respiration, les yeux mi-clos. Un délicieux bien-être pénétrait chaque parcelle de son corps. Elle venait de connaître un plaisir infini, qui la remplissait de bonheur.

— C'est mon plus bel anniversaire, murmura-t-elle.

— Tant mieux. Mais ce n'est pas fini.

Il posa une main sur son sein.

— Malheureusement, je dois partir, protesta-t-elle en riant tout bas.

Elle essaya de le repousser mais il résista.

— Non, grogna-t-il.

— S'il te plaît, Draco.

S'écartant de mauvaise grâce, il ne la quitta pas des yeux pendant qu'elle s'habillait.

Son regard la gênait de moins en moins. Elle n'était plus embarrassée par sa nudité, ni par son léger bégaiement qui la reprenait parfois. Etait-ce bien… mal… dangereux… ? L'intérêt que lui portait un homme comme Draco flattait considérablement son ego.

Tout en boutonnant son chemisier, elle inclina la tête sur le côté en tendant l'oreille.

— Il y a quelqu'un.

— Mais non…

Puis, à son tour, il entendit une porte se fermer, ainsi qu'un écho de voix féminines.

D'un mouvement souple, il se leva et enfila son pantalon.

— Reste ici, c'est plus prudent.

Elle s'affola.

— Tu sais qui c'est ? Faut-il appeler la police ?

— Ne t'inquiète pas, je vais voir.

10

Avant de quitter la pièce, Draco finit de boutonner sa chemise et passa les doigts dans ses cheveux.

Les deux femmes qui se tenaient dans le vestibule avec sa fille ne le virent pas immédiatement lorsqu'il traversa la bibliothèque. Ce fut Josie qui l'aperçut la première.

— Maman est venue me chercher à la sortie de l'école pour faire les soldes, expliqua-t-elle, un peu penaude.

— Bonjour, Clare. Tu es ravissante, comme d'habitude.

Elle s'approcha pour l'embrasser sur les deux joues.

— Toi aussi...

Elle le scruta d'un air sagace, mais il lui lança un regard d'avertissement en montrant leur fille.

— Tu as vraiment l'air en pleine forme, dit-elle avec un sourire complice.

— Mère, fit Draco en se tournant vers Veronica pour l'accueillir.

— Draco, tu ne devrais pas marcher pieds nus, observa cette dernière.

— Qu'est-ce qui me vaut l'honneur de ta visite ?

— Je n'ai pas besoin de motif pour passer chez toi.

Elle s'interrompit, les sourcils froncés, en entendant du bruit.

— Tu n'es pas seul ?

« Ne dis rien, je t'en prie », supplia Eve intérieurement. Elle s'était approchée pour écouter, sur la pointe des pieds, ses chaussures à la main, mais avait malencontreusement heurté un meuble.

— Non.

Elle serra les poings. Etait-il obligé de dire la vérité ?

— Eve, *cara*, viens dire bonjour à Josie.

— Elle connaît Josie ? s'écria la mère de Draco d'une voix soupçonneuse.

A moins de se cacher derrière les rideaux, Eve n'avait guère le choix. Elle jeta un coup d'œil inquiet à son reflet dans un miroir, tout en achevant de remettre de l'ordre dans sa tenue. Le résultat n'était pas probant, mais elle n'eut d'autre choix que de se montrer.

Deux femmes se tenaient à côté de la fille de Draco. La plus âgée avait des cheveux gris mi-longs et dégageait une impression d'énergie et d'élégance discrète. L'autre, blonde aux yeux bleus, portait un fourreau rouge qui mettait en valeur une silhouette parfaite. Avec sa poitrine généreuse, elle aurait pu présenter quelques modèles de La Tentation d'Eve. Elle était superbe.

— Eve !

Avec la spontanéité de l'enfance, Josie se jeta à son cou, puis contempla avec admiration le ruissellement de ses boucles auburn.

— Waouh, tu es très belle avec les cheveux lâchés.

— Merci, répondit Eve, un peu embarrassée.

— Mère, je te présente Eve Curtis, dit Draco en la prenant par le coude. Eve, ma mère, Veronica Morelli.

— Madame Morelli...

— Et voici Clare.

Eve se raidit quand Draco passa un bras autour de ses épaules.

— Je suis son ex-femme, expliqua la jeune femme blonde avec un sourire sympathique. Je suis ravie de vous rencontrer, Eve. Pourquoi la caches-tu, Draco ? Vous vous connaissez depuis longtemps, tous les deux ?

— Hier matin, répondit Draco sur un ton évasif.

— D'accord, cela ne me regarde pas, répliqua Clare.

— Je dois retourner au bureau, intervint Eve abruptement.

— Au bureau ? s'enquit Veronica.

— Eve dirige sa propre entreprise, mère.

— Oh ?

Veronica Morelli changea aussitôt d'attitude. Elle lui jeta un regard empreint de respect et de sympathie.

— Nous prendrons le thé ensemble, un de ces jours prochains, et vous me raconterez tout.

La situation devenait horriblement gênante. Pourquoi Draco n'y mettait-il pas un terme ?

— Désolée, je suis vraiment obligée de partir...

— Et Josie doit retourner à l'école.

L'adolescente accueillit avec une grimace la remarque de sa grand-mère.

— Clare m'a autorisée à manquer cet après-midi. Nous devions faire les magasins et elle avait promis de m'offrir une manucure.

— L'éducation passe avant tout. Ta mère est trop laxiste, décréta Veronica. Et depuis quand l'appelles-tu Clare ?

Draco ne disait rien. Peut-être était-il dépassé par la situation, mais il n'en montrait rien, affichant un air détendu et plein d'assurance. Eve, de son côté, se sentait de plus en plus mortifiée par cette situation incongrue.

— Cela ne vous ennuierait pas de déposer Josie ? s'enquit Veronica en se tournant vers elle.

— Pas du tout, répondit Eve, un peu étonnée.

La grand-mère de Josie la prit par la main, et l'entraîna dans un couloir.

— Allons, Josephina. Il faut remettre ton uniforme. Nous ne devons pas faire attendre trop longtemps Mlle Curtis.

Restée seule avec Draco et Eve, Clare leur adressa un coup d'œil complice.

— Je suis confuse de vous avoir dérangés dans votre sieste coquine, tous les deux.

— Tu mets Eve mal à l'aise, plaisanta Draco.

— Vraiment ! Excuse-moi, Draco, mais quand je t'ai vu arriver pieds nus, les cheveux en bataille...

Elle se mit à rire.

— Cela m'a rappelé de bons souvenirs.

Eve faillit s'étrangler. Assaillie brusquement par une jalousie épouvantable, elle ne pensa plus qu'à partir le plus vite possible. Même si les divorces à l'amiable étaient à la mode, elle trouvait la situation ridicule et très gênante. Qu'ils restent tous les deux, puisqu'ils paraissaient si complices !

Veronica Morelli reparut bientôt avec Josie en uniforme.

— Vraiment, Draco, je ne comprends pas comment tu peux vivre aussi à l'étroit !

Cette remarque acheva de sidérer Eve. Si Veronica manquait de place dans cette maison, elle devait au moins habiter un château... Lorsque Josie se dirigea vers la porte, elle se dépêcha de lui emboîter le pas. Elle se retourna vers Clare et Veronica.

— J'ai été ravie de faire votre connaissance, mentit-elle en sortant.

Josie se montra très bavarde dans le taxi.

— Je suis tellement contente que tu sois avec papa !

— Je ne suis pas...

Eve se tut. Comment expliquer à l'adolescente qu'il s'agissait seulement d'une aventure sans lendemain ? Josie s'inquiétait pour son père, mais il ne fallait pas encourager de faux espoirs, ni la décevoir trop brutalement.

Elle lui sourit gentiment.

— Et tu n'es pas du tout comme les autres, reprit Josie.

L'image de Clare flotta un instant dans la tête d'Eve. Si toutes les conquêtes de Draco ressemblaient à son ex-femme, elle était effectivement très différente.

— Je ne suis pas censée savoir ce genre de choses, parce qu'il n'amène jamais personne chez nous…

— Ah bon ? releva Eve, intéressée malgré elle.

— Et si elles venaient à la maison quand je n'y suis pas, je m'en rendrais forcément compte, comme mon amie Lily. Son père lui cachait qu'il avait retrouvé quelqu'un, mais elle s'en doutait et elle avait raison. Il s'est remarié le mois dernier.

— Cela ne doit pas être facile pour un enfant quand l'un de ses parents décide de refaire sa vie.

— Au contraire ! Je serais ravie. Et mamie aussi. Elle l'embête tout le temps avec cela, mais elle ne trouve personne suffisamment bien pour lui.

Elle marqua une pause et observa Eve attentivement.

— Toi, ce n'est pas pareil. Tu ne donnes pas l'impression d'être une jolie écervelée. Si tu te maries avec papa, ou même si tu vis simplement avec lui, le juge ne lui retirera pas ma garde pour m'envoyer chez maman et son fiancé. Parce que, à ce moment-là, il y aura une présence féminine dans ma vie, n'est-ce pas ?

Eve digéra l'information avant de demander, sur un ton faussement désinvolte :

— Tu risques d'aller avec ta maman ?

Josie secoua la tête énergiquement.

— Non, papa fera tout pour que cela n'arrive pas. Il me l'a promis.

Après avoir déposé Josie à l'école, Eve donna l'adresse de son bureau au chauffeur de taxi. La scène embarrassante qui s'était déroulée chez Draco prenait une signification particulière à la lumière des révélations innocentes de Josie.

Elle se sentait salie. Non seulement Draco se servait d'elle, mais elle s'était complètement méprise sur son attitude. Il ne risquait pas de détromper sa mère sur d'éventuels projets de mariage ! Bien au contraire, tout se déroulait selon un plan bien établi.

Elle n'était qu'une marionnette dont il tirait les ficelles... Envahie par la colère, elle résolut de tirer immédiatement la situation au clair.

— Excusez-moi, j'ai changé d'avis, dit-elle en donnant l'adresse de Draco au chauffeur.

Pendant le trajet, elle répéta la scène, avec les répliques qui lui permettraient de repartir dignement, la tête haute. Une rage légitime continuait à l'animer lorsqu'elle tambourina sur la porte en bravant les caméras de surveillance.

— Puis-je vous aider ? demanda la personne qui lui ouvrit, une femme rondelette entre deux âges — certainement la gouvernante.

Eve alla droit au but.

— Je veux voir Draco.

La femme observa un silence teinté d'hésitation.

— Je crains que vous ne vous trompiez d'adresse.

Eve refusa de se laisser désarçonner par un mensonge aussi éhonté.

— Non, je suis sûre qu'il habite ici.

— Quelle bonne surprise !

Les deux femmes se retournèrent au son de la voix de Draco. Vêtu d'un pantalon de jogging et d'un sweat-shirt, une serviette autour du cou, il sortait manifestement de sa salle de sport particulière, au sous-sol de la maison.

Eve pointa un doigt accusateur sur lui.

— Espèce de...

La voix étranglée, elle s'interrompit stupidement.

« Bravo, Eve, lança une petite voix intérieure. Si tu commences à chercher tes mots, tu ne vas pas y arriver. »

Draco la dévisagea avec un calme olympien et s'adressa tranquillement à l'employée de maison.

— Merci, Judith. Je vais recevoir cette jeune femme. Vous pouvez y aller.

Comme la gouvernante ne bougeait pas, il ajouta :

— Vous n'avez pas un rendez-vous chez le dentiste ?

La domestique se frappa le front.

— Oh mon Dieu, quelle heure est-il ?

Après un dernier regard soupçonneux en direction d'Eve, elle disparut.

— Elle a osé prétendre que tu n'habitais pas ici.

— Elle me protège.

— Ce n'est pas une raison pour mentir !

Troublée malgré elle par la présence physique de Draco et sa puissante musculature, elle insuffla le plus de mépris possible dans sa voix.

— Comme si tu étais un pauvre homme faible et sans défense !

Elle ne croyait pas si bien dire ! A ce moment précis, une armée entière de gouvernantes n'aurait pas pu défendre Draco contre lui-même. Un désir fou, irrépressible, martelait ses tempes depuis qu'il avait aperçu Eve sur le seuil, échevelée et furieuse.

Quelle ironie… Alors qu'il venait juste de se féliciter d'avoir repris les rênes et de tout maîtriser.

— Je vais prendre une douche, annonça-t-il.

« Et un peu de recul… »

En même temps, pourquoi lutter contre le plaisir ? La passion violente qu'il éprouvait s'éteindrait d'elle-même. Ne valait-il pas mieux se montrer pragmatique en vivant tout simplement l'instant ?

Eve regarda autour d'elle, en baissant la voix.

— Tes visiteuses sont parties ?

Il remarqua tout à coup ses yeux humides.

— Tout va bien, Eve ?

— Non, je suis furieuse. Comment o-oses-tu te s-servir de moi d'une manière aussi scandaleuse ? Moi qui m'étais juré de ne jamais ressembler à ma mère, après ce que mon père lui a fait… Tu avais tout calculé de sang-froid !

— Allons, *cara*, calme-toi. Et d'abord, qui est ton père ?

Elle s'immobilisa.

— Un salaud, comme toi.

La colère foudroya Draco. Bon sang, quelle mouche l'avait piquée ? Elle venait chez lui, l'accuser de torts dont il n'avait pas idée. C'en était trop pour lui. Il tourna les talons, et se dirigea vers la salle de bains.

— Tu t'en vas ?

— Je vais prendre une douche. Sinon je risque de m'emporter et d'avoir des remords.

Elle l'avait insulté comme personne n'avait encore jamais osé le faire. Draco détestait ce genre de scènes où on ne se maîtrisait plus. Qu'avait Eve contre lui ? Il n'avait rien à se reprocher.

— Tu peux me rejoindre si tu en as envie, ajouta-t-il perfidement en entendant ses talons claquer sur le sol en marbre.

Eve le suivit sans s'en rendre compte et se retrouva tout essoufflée dans la chambre, sans savoir comment. Mais au moment où Draco referma la porte derrière eux, elle eut peur d'avoir commis une imprudence fatale.

— Qu'est-ce que tu fais ? demanda-t-elle d'une voix aiguë.

Le dos tourné, il enleva son sweat-shirt. Puis il se planta devant elle dans une pose arrogante et délibérément provocante.

— J'ai déjà répondu à ta question, observa-t-il avec un humour sarcastique.

— J'ai à te parler.

Eve essayait tant bien que mal de maintenir une attitude dédaigneuse. Mais cela lui était de plus en plus difficile devant Draco. Son torse nu, magnifiquement sculpté, la bouleversait de désir.

— Vas-y, je t'écoute, *cara*.

Il se baissa pour délacer ses chaussures de sport, avec la souplesse féline qui le caractérisait.

Eve était sur le point d'exploser. Elle avait à la fois envie de hurler de rage et de se jeter dans ses bras. Cet homme qui l'attirait tant était en même temps l'incarnation de tout ce qu'elle rejetait.

— Au risque de me répéter, je t'invite sous la douche avec moi, continua-t-il.

Tout en la fixant du regard, il lui sourit et ôta son pantalon et son caleçon.

11

— Non, merci ! s'écria Eve en se détournant, frissonnant de désir et d'agacement.

Pourtant, la tentation était grande, encore plus qu'elle n'osait se l'avouer. Pour se donner une contenance, elle prit un coussin sur un fauteuil et le retapa vigoureusement.

— Comme il te plaira, répondit Draco.

Elle attendit encore quelques minutes avant de risquer un coup d'œil par-dessus son épaule. Draco n'était plus là. Se laissant tomber sur le siège avec un soupir, elle se concentra sur sa respiration pour essayer de détendre ses muscles noués.

Cela ne se passait pas du tout comme elle l'avait imaginé.

Dans la salle de bains, l'eau se mit à couler. Des images érotiques, irrésistibles, dansèrent devant ses yeux. Ce fut pire lorsqu'elle ferma les paupières. La beauté virile de Draco la tourmentait sans répit.

L'écho de son invitation résonna dans sa tête, comme pour augmenter l'intensité douloureuse de son désir. Elle porta la main à son front. Comment pouvait-on à la fois être aussi en colère contre un homme et avoir autant envie de lui ?

Elle n'allait tout de même pas devenir comme sa mère et commettre la même bêtise qu'elle ne lui avait jamais pardonnée ? Heureusement, cette pensée provoqua une sorte de déclic.

Elle soupira en songeant à quel point elle avait été proche

de succomber. Dès qu'il s'agissait de Draco, l'amour-propre la désertait. Etait-ce inscrit dans ses gènes ? Elle secoua la tête en se levant résolument. Même s'il existait en elle une faiblesse héréditaire, elle pouvait encore se révolter. On avait toujours le choix.

Sa mère s'était trompée, à deux reprises. Eve ne répéterait pas ses erreurs.

Elle soupesa les différentes options qui s'offraient à elle et prit rapidement sa décision. Tant pis si elle ne savourait pas la satisfaction d'avoir le dernier mot. Il valait mieux mettre une distance raisonnable entre Draco et elle.

Il fallait fuir cet homme. Absolument.

Mais elle n'eut pas le temps de mettre son plan à exécution. Quand Draco arriva en sifflotant, pieds nus, elle ne put détacher ses yeux de lui. Ses forces la quittèrent et elle fut incapable de se lever.

Des gouttes d'eau tombaient de ses cheveux mouillés sur sa chemise blanche. Ce détail fit chavirer Eve. Curieusement, elle sut tout de suite qu'elle n'oublierait jamais cet instant.

— Tu ne t'ennuies pas trop, toute seule ? lança-t-il en rentrant sa chemise dans son pantalon noir.

Le visage d'Eve, très expressif, la trahissait toujours.

Elle releva fièrement le menton. La vérité était parfois la meilleure défense.

— Si, atrocement, répliqua-t-elle.

— Eh bien je suis tout à toi, maintenant ! s'écria-t-il en lui ouvrant les bras. Dans tous les sens du terme.

Subitement, Eve en eut assez de ses bavardages et de ses plaisanteries, et se félicita de ne pas lui avoir dévoilé les pensées qui la préoccupaient. Elle n'aurait fait que regretter de s'être livrée à lui sur un plan personnel. Il ne la méritait pas, aussi beau qu'il fût.

Elle se planta devant lui, les mains sur les hanches, et le détailla insolemment, de pied en cap. Seulement, Draco ne se laissait pas démonter aussi facilement.

— Je te plais, *cara* ?

Elle ne voulait pas tourner autour du pot et résolut d'aller droit au but.

— Tu t'es servi de moi d'une façon éhontée.

Elle avait peut-être tort de prendre les choses autant à cœur. Après tout, ils se connaissaient à peine. Elle ne pouvait pas accuser Draco de l'avoir trahie puisqu'ils ne s'étaient rien promis.

Le sourire de Draco s'évanouit et il fronça les sourcils. En même temps, il ne pouvait pas s'empêcher de contempler l'adorable silhouette d'Eve, dont il devinait les contours sous la robe. Il se remémorait avec un plaisir intense la texture de sa peau satinée.

La douche froide avait momentanément calmé sa libido mais, devant elle, son désir insatiable renaissait.

— Il me semble que c'était réciproque, observa-t-il. Et jusqu'à présent tu ne t'en es pas plainte.

Elle plissa les yeux et croisa les bras en dardant sur lui un regard plein de mépris.

— Tu sais exactement de quoi je parle ! protesta-t-elle furieusement.

Il faillit éclater de rire. Décidément, elle lui faisait vivre des scènes totalement inédites ! L'espace d'une fraction de seconde, une frayeur irraisonnée l'étreignit. Et si, avec Eve, l'attrait de la nouveauté ne s'estompait pas ? Mais non. Comme les autres, il la rangerait dans un coin de sa mémoire avec quelques souvenirs délicieux.

— Et si tu t'expliquais clairement ? suggéra-t-il.

Elle le foudroya du regard.

— Tu es très inquiet de perdre la garde de Josie. Alors, tu t'affiches avec moi comme si nous avions... *une relation stable*, articula-t-elle en dessinant des guillemets du bout des doigts. Naturellement, tu t'empresses d'en faire étalage devant ton ex-femme... Tu as dû avoir peur que je leur dise la vérité.

— C'est-à-dire ?

— Que ta dernière conquête ne durera pas plus longtemps que les autres.

— Pourquoi tant d'amertume, *cara* ? Alors que tu as tant insisté sur ta volonté de ne pas t'engager. Aurais-tu changé d'avis ?

— Je ne suis pas amère, je suis furieuse !

— On croirait une diva au bord de la crise de nerfs…

Et cela lui allait très bien, songea Draco. Eve avait trop longtemps réprimé sa nature passionnée. Elle se cachait derrière son masque de femme d'affaires, parfaitement organisée et maîtresse d'elle-même. Il était le seul à avoir percé ses défenses… Cette idée le déstabilisait complètement.

— Si j'avais su que tu voulais parler à ma mère et à mon ex, j'aurais emmené moi-même Josie à l'école, reprit-il sur un ton conciliant. Crois-moi, j'ai fait au mieux, ma mère est une redoutable inquisitrice.

— N'empêche… Tu t'es servi de moi, tu avais tout manigancé…, insista-t-elle.

— Tu crois sérieusement que je voulais être surpris avec toi dans cette situation embarrassante en plein après-midi ? Avec Josie, en plus ?

— Tu ne t'attendais peut-être pas à voir ta mère, concéda-t-elle.

— En effet, ses visites sont absolument imprévisibles, railla-t-il. Elle adore me faire des surprises ! Depuis la mort de mon père, elle s'ennuie beaucoup et s'est mis en tête de me marier, pour s'occuper.

— Donc, tu avoues. Tu veux lui faire croire que nous… nous… Arrête de me regarder comme une bête curieuse !

— Que nous avons une liaison ?

— Non ! Quoi qu'il en soit, il n'y a rien entre nous. C'est simplement sexuel. Ou plutôt *c'était*, rectifia-t-elle en serrant les dents.

— Pourquoi cette distinction ? demanda-t-il en la scrutant intensément.

— Parce que c'est du passé.

Draco sentit soudain sa gorge se contracter. Eve était capable de fermer toutes les portes, pour de ridicules histoires qu'elle s'était elle-même fabriquées. Il la dévisagea avec calme, tentant de comprendre les raisons qui l'animaient. Soudain, il repensa à leurs discussions, à son désespoir lors du mariage à Brent Manor...

— Ecoute, je ne comprends pas bien. Ta réaction aurait-elle quelque chose à voir avec l'histoire de ta mère avec Latimer ?

Attaquée, Eve se retrancha derrière ses défenses.

— Il ne s'agit pas de moi, mais de toi. Et tu n'as pas de leçons à me donner. Si j'en crois ta fille, tu changes de femme aussi souvent que de chemise.

Elle essayait de retourner la discussion contre lui... mais elle se trompait. Il ne lui avait pas traversé l'esprit qu'il pouvait se servir d'Eve pour conserver la garde de Josie. Cela étant dit, il n'hésiterait pas à en tirer profit à l'avenir s'il le fallait : Clare et Veronica avaient eu l'air ravies de rencontrer Eve.

— Tu n'avais pas à soutirer des informations à ma fille, Eve. Il suffisait de me poser des questions. Je t'aurais répondu sans problème.

Eve leva les yeux au ciel tandis que Draco s'étonnait de ses propres réactions. D'ordinaire, il veillait à demeurer inaccessible et mystérieux, sans jamais rien livrer de personnel. Quel changement étrange...

— Je ne lui ai rien soutiré ! explosa-t-elle. Tu es simplement le sujet de conversation préféré de Josie.

— Pas le tien ? lança-t-il en haussant un sourcil ironique.

— Si, tu me fascines, railla-t-elle.

— Ainsi, tu as parlé de moi avec ma fille, reprit-il d'une voix aigre-douce.

— Cela te dérange ?

Il se sentait inquiet, tout à coup, et très en colère.

— Pas d'insolence, Eve.

— C'est une menace ?

C'était imprudent de le défier ouvertement… Sa remarque ironique provoqua en lui une décharge d'adrénaline.

Il prit son menton entre le pouce et l'index.

— Je fais peur à beaucoup de gens.

Pour Draco, le pouvoir ne représentait pas un but en soi, mais il avait découlé de sa réussite financière. La fortune du personnage public impressionnait les envieux.

— Mais pas à toi, ajouta-t-il.

— Je devrais ? demanda-t-elle sur un ton impertinent.

La main de Draco glissa vers son épaule et son pouce commença à la caresser doucement.

— Probablement.

Il ne voulait pas lui faire de mal, mais elle souffrirait sans doute malgré tout, car il ne restait jamais très longtemps avec une femme. Eve était beaucoup trop vulnérable… Il l'avait vu tout de suite.

Eve lui jeta un regard circonspect. Sa franchise avait complètement désamorcé sa colère. Elle lui devait une explication.

— J'ai cru que tu avais tout manigancé, admit-elle.

Il la lâcha, mais sans s'éloigner. Elle continuait à sentir la chaleur de son corps.

— Josie m'a expliqué que sa mère voulait récupérer sa garde en arguant du vide de ta vie sentimentale… J'en ai conclu que tu étais venu me chercher au travail en sachant exactement ce qui allait se passer…

— Tu penses vraiment que j'aurais pu prévoir cette scène passionnée dans mon bureau juste avant l'arrivée de ma famille ?

Eve se sentit soudain misérable.

— Excuse-moi. Je me rends compte maintenant que c'était…

— Spontané ?

— Une série de coïncidences, avoua-t-elle d'un air coupable.

— J'accepte tes excuses. Puisque Josie t'a fait ces confidences... Est-elle inquiète ?

— Josie te fait totalement confiance pour résoudre le problème.

Manifestement, l'adolescente non seulement adorait son père, mais se sentait parfaitement en sécurité avec lui.

Tout comme Eve dans son enfance avec sa propre mère... Mais lui avait-elle jamais témoigné sa gratitude ?

L'air soulagé, Draco hocha la tête. Mais il continuait de plisser le front.

— Tu te fais du souci, n'est-ce pas ? devina Eve. Les tribunaux accordent généralement la préférence à la femme.

— Clare n'ira pas jusqu'au bout.

Etait-il aussi sûr de lui qu'il le montrait ?

— Josie n'a jamais vécu avec sa mère ?

— Non, jamais.

Il l'interrogea du regard avec fébrilité.

— Tu penses que c'est un mal ?

Clare était sans doute incapable de s'occuper d'un enfant. Il avait suffi à Eve de quelques minutes pour s'en rendre compte. Josie méritait infiniment mieux...

— Cela dépend de la mère et des circonstances, remarqua-t-elle avec tact.

— Clare m'a quitté quand Josie était tout bébé.

— Comment a-t-elle pu faire une chose pareille ?

Dans l'esprit d'Eve, une mère était prête à tout sacrifier pour son enfant. C'était inscrit dans les gènes. Abandonner un bébé était tout bonnement impensable.

— Avait-elle... rencontré un autre homme ? Elle souffrait peut-être d'une dépression postnatale ?

— Non, même pas. Elle s'ennuyait, c'est tout.

Draco s'assit sur le canapé et tapota la place vide à côté de lui. Mais Eve resta debout, préférant garder ses distances, maintenant que la colère l'avait abandonnée.

— L'intérêt de Clare s'émousse très vite, reprit Draco.

— Même pour sa propre fille ? observa Eve, choquée.

Il se frotta la mâchoire.

— Pour tout.

Sans cacher sa répugnance, Eve fit une moue sceptique.

— Tu n'es plus fâchée contre moi, j'espère ? demanda Draco en allongeant les jambes. Puisque je suis innocenté.

Elle haussa les épaules.

— Non...

— Tu n'es pas complètement convaincue ?

— Si. Mais cette histoire de garde...

— Cela t'inquiète ?

« Pas lui ? » songea-t-elle, perplexe.

— Ecoute, expliqua-t-il. Ce n'est pas Clare qui a mis la question sur le tapis, mais son fiancé, pour des raisons de convenance sociale, parce que c'est un homme politique, soucieux de son image. Mais Clare n'est pas dupe. Pour l'instant, il la manipule parce qu'elle le veut bien. Ne te laisse pas abuser par son allure de blonde évaporée. Elle est très intelligente. Et parfois impitoyable.

Eve frissonna en l'entendant proférer un tel jugement. A l'évidence, Draco avait encore des sentiments pour son ex-femme. Sinon il n'aurait pas toléré ses agissements, ni sa présence chez lui.

— Tu la supportes quand même ?

— Elle aime Josie.

« Mais, toi, est-ce que tu aimes Clare ? » La question ne franchit pas les lèvres d'Eve, qui avait peur de connaître déjà la réponse. Draco refusait peut-être de l'admettre, mais, s'il n'était pas autant attaché à la mère de sa fille, il aurait sans doute déjà refait sa vie.

— Non, je ne suis plus amoureux de Clare depuis longtemps.

Elle sursauta.

— Je... j-je ne pensais pas à cela !

Il haussa les sourcils d'un air sceptique, et sourit.

— Ah, vraiment ? Je l'aurais cru...

— Ecoute, Draco, mon avis ne t'intéresse certainement pas...

— Mais tu vas quand même me le donner, la coupa-t-il d'un air amusé.

— Tu ne devrais pas être aussi sûr de toi. Les juges sont parfois imprévisibles.

Il s'absorba dans ses pensées.

— Que pourrais-je faire de plus que ce que je fais maintenant ?

Eve prit une grande inspiration, et se lança :

— Ecoute, si tu veux leur donner l'impression... qu'il y a une femme dans ta vie... Et si nous continuons à avoir des relations...

— Sexuelles ?

— Arrête de plaisanter ! Si cela peut t'aider, je peux très bien prétendre être la « présence féminine » qui fera pencher les juges en ta faveur. Je peux témoigner.

— Tu ferais ça uniquement pour Josie ?

Il ne lui facilitait pas les choses.

— Evidemment ! Mais, si tu préfères composer sans moi, je comprendrais...

— Viens près de moi. Je vais te dire ce que j'en pense.

Il ne fallut pas la prier beaucoup pour qu'elle tombe dans ses bras.

12

Eve appliquait une dernière touche de mascara sur ses cils lorsque Hannah entra dans sa chambre. Elle se tourna vers son amie, dont la robe de style Empire n'arrivait plus tout à fait à masquer la grossesse.

— Comment va Kamel ?

— Il a encore quarante de fièvre. Mais, d'après le médecin, les antibiotiques devraient l'aider à juguler cette mauvaise grippe dès demain. Il a de la chance de ne pas avoir attrapé une pneumonie… S'il avait attendu encore…

— Ne t'inquiète pas.

— En tout cas, Eve, c'est vraiment gentil d'être venue à mon secours. Toute seule, je ne m'en serais pas sortie. C'est le premier gala que je préside en tant que princesse et je…

— Tout se passera bien, j'en suis certaine. Et arrête de te confondre en remerciements, tu l'as déjà fait un million de fois. C'est plutôt moi qui devrais te remercier pour la séance de relooking. Ce n'était pas nécessaire. Quoique…, ajouta-t-elle en se regardant dans la glace.

— Tu es resplendissante !

Eve se tapota les joues, qu'elle sentait devenir rouges. Quelques semaines plus tôt non seulement elle n'aurait pas cru Hannah, mais elle n'aurait jamais osé porter le somptueux fourreau qui moulait comme une seconde peau sa silhouette gracile.

Depuis que Draco avait fait irruption dans sa vie, la découverte de sa sensualité lui donnait confiance en elle. C'était le côté positif de leurs relations. Se forçant à garder le sourire, elle tâcha de ne pas s'appesantir sur les aspects négatifs.

Elle était tombée amoureuse… Malheureusement, ses sentiments devaient rester secrets. C'était la seule solution.

Elle avait fini par s'éprendre d'un homme qui représentait tout ce qu'elle avait toujours soigneusement évité. Honteuse, elle ferma un instant les paupières.

Dieu merci, elle réussissait à sauver les apparences, refusant par exemple de se rendre systématiquement disponible chaque fois que Draco la réclamait. Du coup, elle se privait aussi du plaisir de dormir avec lui, mais cela lui donnait l'impression de maîtriser la situation.

Naturellement, c'était une piètre consolation.

— Je ne t'avais jamais vue avec les cheveux lâchés, continua Hannah. Tu as beaucoup changé.

— Je ne me reconnais pas moi-même, avoua Eve en sortant de la pièce avec son amie.

Devant les caméras et sous les projecteurs, Hannah lut avec beaucoup de charme et de dignité le discours d'ouverture au nom de son mari. L'espace de quelques secondes, Eve en oublia même de penser à Draco.

Que faisait-il ?

A qui parlait-il ?

Qu'aurait-il pensé de sa robe ?

Draco décida de faire une apparition au gala en fin de soirée par égard pour son ami Kamel.

Eve et lui se voyaient assez souvent, sans toutefois entretenir une liaison très suivie. Josie ayant récemment décidé d'être pensionnaire pendant la semaine, il pouvait inviter Eve à dormir, ce qu ne se produisait pas aussi fréquemment qu'il l'aurait souhaité. Ils menaient chacun une vie indépendante, et il s'en satisfaisait.

Lorsqu'il arriva dans le lieu de la réception, il salua quelques personnes. Alors qu'on lui présentait un jeune duc, celui-ci eut l'air captivé par une apparition, derrière lui. Draco tourna la tête, curieux de savoir ce qui troublait tant le jeune homme. Il réprima de justesse un cri de surprise. Eve, *son* Eve, était là, parfaitement à l'aise, souriante et vêtue d'une robe… beaucoup trop sexy à son goût.

Ignorant un ambassadeur qui s'avançait la main tendue, il traversa la salle à grandes enjambées pour la rejoindre.

— Que fais-tu ici ? tonna-t-il, incapable de maîtriser une colère irraisonnée.

Stupéfaite, Hannah les regarda tour à tour, les yeux écarquillés.

— Je n'ai pas le droit de sortir ? rétorqua Eve avec un calme trompeur, indignée de son inconvenance.

— Tu aurais pu me prévenir.

Elle se hérissa.

— Et toi ? Tu l'as fait ?

Elle se cacha derrière sa main pour ajouter à voix basse :

— Fais attention, Draco. Il y a une équipe de journalistes munis de caméras. Ils peuvent très bien tourner la scène et la diffuser sur les réseaux sociaux.

Puis elle reprit sa voix naturelle.

— Tu connais Hannah, bien sûr.

Draco inclina la tête.

— Princesse. Je suis désolé que Kamel soit alité.

Il se tourna ensuite vers Eve.

— Je rentre. Tu viens ?

La stupeur qu'il lut sur le visage de Hannah l'emplit d'un profond malaise. Eve ne lui avait donc rien dit ? Pourquoi ? Avait-elle honte de lui ? Il se sentait trahi.

— Tu n'as même pas parlé de nous à ta meilleure amie ?

Eve plissa les yeux.

— Non, je ne viens pas avec toi. Je reste ici, dit-elle en éludant sa question.

Il haussa les épaules en affectant l'indifférence.

— Comme tu veux. Au fait, je pars à New York vendredi.

— Eh bien, bon voyage.

— Tu seras rentré pour mon anniversaire ? demanda Josie au téléphone.

Debout devant la fenêtre de sa chambre d'hôtel, Draco contemplait distraitement Central Park.

— Je n'ai jamais raté ton anniversaire.

— Je voulais juste être sûre. La fête sera très réussie. Tante Gabby va cuisiner tous mes plats préférés.

— Tu es gentille avec elle, j'espère.

— Je le suis toujours. Tu peux lui demander si tu veux.

— Je te crois sur parole. Josie, as-tu vu…

Il s'interrompit brusquement.

— Quoi donc ? Désolée, papa, je ne t'entends plus.

La ligne n'était pas mauvaise, c'était son cerveau qui ne fonctionnait pas très bien. Il avait tellement envie d'avoir des nouvelles d'Eve qu'il avait failli mettre sa fille à contribution… Il ne fallait pas la mêler à cela !

Combien de fois avait-il décroché son téléphone pour entendre sa voix ? Mais il n'avait jamais osé aller jusqu'au bout. Ils ne s'étaient pas parlé depuis la nuit du gala.

C'était grotesque.

Et stupide de sa part. Il s'était enferré dans son obstination, par lâcheté, par orgueil. Il avait peur d'admettre combien il avait besoin d'elle, de son sourire, de sa chaleur dans son lit…

Il poussa un soupir à fendre l'âme. En fait, il était tombé amoureux, tout simplement. Cette prise de conscience le stupéfia. L'amour l'avait déjà rendu très malheureux une fois, dans sa jeunesse, et il s'était promis de ne jamais retomber dans le piège. C'est pourtant ce qui était arrivé.

— Tu es toujours là, papa ?

Il fixa le téléphone d'un air hébété, avant de retrouver sa voix.

— Oui, tout va bien.

Tout allait très mal, et il ne voyait pas comment cela pourrait s'arranger...

— Cela ne t'ennuie pas si j'invite Eve à mon anniversaire ?

— Pas du tout. C'est une bonne idée.

Eve avait été extrêmement nerveuse à l'idée de rencontrer Mark Tyler, mais leur dîner se passa finalement très bien. Au café, ils s'étaient découvert de nombreux points communs et bavardaient comme s'ils se connaissaient depuis toujours.

Quel dommage que les choses se soient déroulées si tardivement... Elle soupira et baissa les yeux sur sa main, qu'il venait tout naturellement de poser sur la sienne dans un geste protecteur.

— Ça va ? demanda-t-il d'un air inquiet.

Puis, suivant son regard, il rougit légèrement et voulut la retirer, mais elle le retint.

— Oui, répondit-elle avec émotion. C'est juste que... Je...

— Je sais, observa-t-il tranquillement.

Après avoir payé l'addition, Mark la raccompagna chez elle à pied au lieu de prendre un taxi. La pluie s'était arrêtée, mais Eve marcha dans une flaque, éclaboussant ses collants et ses chaussures neuves.

— *Singing in the rain*, lancèrent-ils tous les deux en riant, à l'unisson.

— C'est un de mes films préférés, dit Eve.

— Un classique, approuva Mark. Donc, tu ne regrettes pas d'avoir accepté mon invitation ?

Elle avait hésité jusqu'à la dernière minute et ne s'était pas encore remise du choc d'avoir été contactée par son demi-frère.

Lui-même n'avait appris son existence qu'à la mort de son père, en mettant de l'ordre dans ses papiers. Immédiatement, il avait eu envie de la rencontrer.

— Je suis très contente d'avoir fait ta connaissance. Contrairement à toi, j'étais au courant de ta naissance, même si j'étais censée ne rien savoir.

— J'étais mort de peur, admit Mark en riant.

— C'est vrai ?

— Amy m'a beaucoup encouragé. Ce qui a achevé de me décider, c'est quand je t'ai vue au gala, l'autre soir.

Eve lui sourit avec chaleur. Mark parlait constamment de sa femme, que manifestement il adorait. La relation qu'elle lui avait toujours enviée avec son… *leur* père avait en fait été détestable. Lord Charlford s'était comporté en tyran avec son fils, sans perdre une occasion de le dévaloriser. Par chance, l'influence de sa femme lui avait redonné confiance en lui et l'avait aidé à échapper à l'emprise toxique de son père.

— Ne me réponds pas si tu me trouves indiscret, Eve… Amy me reproche toujours d'être trop curieux ! As-tu quelqu'un dans ta vie ? L'homme que j'ai vu l'autre jour peut-être, Morelli ?

Ils étaient arrivés devant son immeuble. Eve s'arrêta et se tourna vers son demi-frère.

— J'ai quelqu'un, admit-elle. Mais je ne sais pas si…

— Morelli ?

— Nous nous connaissons depuis seulement deux mois. Je suis convaincue que c'est l'homme de ma vie. Malheureusement…

Elle s'interrompit, le cœur serré.

— Je doute que ce soit réciproque. Il…

Elle secoua la tête. Une larme roula sur sa joue.

Depuis qu'il était parti à New York, presque trois semaines plus tôt, elle n'avait reçu aucune nouvelle, mis à part un texto pour dire qu'il était bien arrivé. Il lui manquait terriblement.

Elle avait beaucoup réfléchi à ses aspirations profondes, tout à fait irréalistes. Au fond d'elle-même, elle souhaitait très fort tout ce qu'elle avait dédaigné jusque-là. Elle avait envie d'aimer et d'être aimée à la folie. Malheureusement, Draco ne lui offrirait jamais ce dont elle rêvait.

Le bon sens et le respect d'elle-même lui commandaient de mettre un terme à leurs relations. A son retour, il lui faudrait s'expliquer honnêtement avec lui. Si sa mère aimait Charles Latimer comme elle aimait Draco, elle comprenait maintenant pourquoi cette dernière s'était accommodée aussi longtemps d'une situation bancale. Elle aurait très bien pu glisser sur la même pente...

Cette pensée l'horrifiait — tout autant que le fait de ne jamais revoir Draco. Pourtant il lui faudrait se résoudre à la deuxième éventualité, car elle ne se satisferait pas de demi-mesures.

Mark essuya une larme sur sa joue.

— Tu es malheureuse. Je suis désolé.

Une expression de colère se peignit sur son visage.

— Cet homme est un idiot, ajouta-t-il.

— Tu es gentil... Je ne sais pas ce qui m'arrive. En ce moment, je n'arrête pas de pleurer.

La veille, elle avait dû quitter une réunion en catastrophe. La moindre contrariété la mettait dans tous ses états.

— Ne t'inquiète pas, j'ai l'habitude. Depuis qu'elle est enceinte, Amy est hypersensible.

Sa mère, Hannah, et maintenant Amy... Autour d'elle, toutes les femmes attendaient un bébé.

Brusquement, Eve s'immobilisa, les jambes tremblantes, glacée par une terreur sans nom.

— Oh, mon Dieu !

— Qu'y a-t-il ? demanda Mark en la voyant blêmir.

L'air inquiet de Mark força Eve à sortir de sa stupeur. Secouant la tête avec un sourire contraint, elle s'obligea à se comporter le plus normalement possible.

— Je viens de penser à quelque chose… Une idée stupide… vraiment…

L'adjectif était sans doute mal choisi pour un événement qui risquait de bouleverser son existence. En tout cas, plus elle y songeait, plus… Non, il fallait d'abord s'en assurer, ce qui ne serait pas possible avant le lendemain, à moins…

Elle se creusa la tête afin d'essayer de se rappeler quelle était la pharmacie de garde ce soir pour y acheter… un test de grossesse.

— Je t'inviterais bien à prendre un café, mais je suis un peu fatiguée.

Mark hocha la tête, puis l'embrassa sur la joue et la serra dans ses bras.

— Tu viendras nous voir à Charlford, d'accord ? La maison est sens dessus dessous en ce moment parce que Amy refait entièrement la décoration. Du temps de papa, elle trouvait l'endroit sinistre et elle veut effacer toutes ses traces. En tout cas, elle est très impatiente de faire ta connaissance. Il faut rattraper le temps perdu.

— Amy a l'air merveilleuse. Moi aussi je…

Soudain, comme statufiée, elle s'arrêta de parler, et Mark suivit la direction de son regard. Il se retourna juste à temps pour recevoir en pleine mâchoire un coup de poing qui le jeta à terre.

Eve poussa un cri et tomba à genoux à côté de son frère.

— Mark !

Il se redressa sur un coude, en se tenant la tête.

— Mais qu'est-ce…

Dans les yeux verts de Mark — si semblables à ceux d'Eve — la colère succéda à la surprise lorsqu'il vit son assaillant.

— Mais tu es fou, Draco ! hurla Eve.

Tout en l'aidant à se relever, elle tamponna un mouchoir sur le coin de la bouche ensanglantée de son frère.

La fureur aveugle qui avait saisi Draco à la vue de l'homme qui étreignait Eve tendrement retomba un peu.

— Je pourrais te dire la même chose, lança-t-il sèchement, l'air toujours agressif et menaçant.

— Oh ! Je suis tellement désolée, Mark. Draco aussi, d'ailleurs, n'est-ce pas... ?

— Non.

Et sur cette réponse sans équivoque, il tourna les talons.

— Reste ici, ne bouge pas, dit-elle à Mark, en faisant mine de le suivre.

— Laisse, Eve. Ce type est dangereux.

— Il ne me fait pas peur !

Elle le rattrapa, tout essoufflée, cinquante mètres plus loin.

— Tu as perdu la tête ?

Il eut un rictus méprisant.

— Non, je me sens mieux.

Des semaines durant, il avait lutté contre ses sentiments. Finalement, il avait raison d'avoir peur. Quand on aimait quelqu'un, cela finissait toujours mal.

Sa réponse sibylline ajouta encore à la confusion qui régnait dans l'esprit de la jeune femme. Elle ne comprenait rien à ce qui se passait, alors que Draco était censé se trouver aux Etats-Unis.

— Tu es rentré de New York ? demanda-t-elle stupidement.

— Oui. Apparemment, tu ne t'y attendais pas.

Dans le silence qui suivit, Eve essaya d'y voir clair, mais la remarque acide et sarcastique de Draco la laissait perplexe.

— Que fais-tu ici ? répéta-t-elle comme si la réponse à cette question allait tout résoudre miraculeusement.

Mais rien ne pouvait expliquer pourquoi il avait agressé Mark aussi sauvagement.

Elle vit Draco serrer les poings.

— Tu sais qu'il est marié ?

Eve cligna des yeux et soutint le regard méprisant de Draco. Son demi-frère leur avait emboîté le pas et s'approchait d'eux.

— Mark ? Oui, bien sûr.

Elle plissa le front, de plus en plus perplexe. Connaissait-il son demi-frère ? S'étaient-ils disputés ? De toute façon, cela n'excusait pas la violence physique. D'ailleurs, Draco était un homme courtois et mesuré qui n'était pas du genre à en venir aux mains pour régler un différend.

Elle agita la main en direction de Mark.

— Non, tout va bien ! cria-t-elle. Ne t'inquiète pas.

Elle n'avait pas envie de se retrouver au milieu d'une bagarre.

Draco avait-il cru qu'elle était en danger ? Non, cela n'avait pas de sens. Il ne l'aurait pas plantée là aussitôt, et surtout il ne l'aurait pas écrasée de ce mépris incompréhensible, et horriblement blessant.

Elle se retourna vers Draco.

— Ne t'avise pas de recommencer ! l'avertit-elle farouchement. Pourquoi l'as-tu frappé ?

Elle chercha désespérément un signe de remords sur son visage. En vain.

Comme Mark arrivait à leur hauteur, elle se plaça entre les deux hommes.

— Laisse-le tranquille ! commanda-t-elle à Draco.

Il serra les dents.

— Je suis curieux... Est-ce le titre ?

— De quoi parles-tu ? demanda-t-elle sans comprendre.

— Ce qui t'attire en lui, précisa-t-il. Ou alors tu préfères les blonds ?

— Quoi ?

Une illumination se fit brusquement dans le cerveau d'Eve. Elle comprit ce que Draco avait vu, ou plutôt ce qu'il avait imaginé.

Il avait cru la surprendre avec un amant !

Repoussant le bras de Mark, elle s'avança vers Draco.

— Cela t'excite de goûter à l'interdit, d'avoir des aventures en cachette ? poursuivit-il.

Eve était tout près de lui. Son regard blessé obligea Draco à s'arrêter de parler un instant. Puis, très vite, la colère et la jalousie reprirent le dessus. Comment avait-elle pu commettre une infidélité ? Il l'avait crue pure et intègre — et il s'était trompé. Il avait imaginé que des sentiments les unissaient — là encore, c'était une erreur. Elle avait raison, leur relation était purement sexuelle. Rien d'autre ne les liait.

— Telle mère, telle fille, j'imagine. Je n'étais sans doute pas suffisamment réactif à ton goût ! conclut-il sur un ton mauvais.

Elle lui asséna une gifle retentissante qui lui brûla le visage. Le dénommé Mark la tira en arrière et l'entoura d'un bras protecteur.

— Eve est ma sœur. Notre père vient de mourir.

Draco se figea, sentant un immense vide creuser son ventre alors qu'Eve et Mark lui lançaient le même regard méprisant.

— C'est ton frère ? Charlford était ton père ? murmura-t-il d'une voix étranglée.

La panique l'empêchait de digérer l'information. Quel gâchis...

— J'ai cru...

— Que je te trompais. Et tu t'es permis aussi de mettre en doute la moralité de ma mère.

— Non, je...

Cela ne servait à rien d'essayer d'arranger les choses. Elle ne lui pardonnerait jamais. Il avait insulté sa mère et à moitié assommé... son frère. Il s'était montré odieux — sous son plus mauvais jour !

Il avait honte d'avoir perdu tout contrôle sur lui-même, de s'être comporté comme un homme de Néandertal.

— Je me félicite d'avoir découvert quel individu tu es avant qu'il ne soit trop tard ! lança-t-elle furieusement.

Il n'avait rien à dire pour sa défense. La colère et la jalousie l'avaient égaré d'une manière impardonnable.

— Je suis désolé, dit-il platement.

— Comme si cela pouvait tout arranger ! Je ne veux plus jamais te revoir, hurla-t-elle rageusement.

Puis, prenant son frère par le bras, elle s'en alla vers l'entrée de son immeuble.

— Il nous suit ? demanda-t-elle, les dents serrées.

— Non, il est déjà parti.

— Parti ? répéta-t-elle d'une voix blanche.

— Oui.

Eve s'effondra et éclata en pleurs.

13

— Le prince de Surana au téléphone ! annonça la secrétaire d'une voix fébrile.

Décidément Kamel faisait toujours beaucoup d'effet aux femmes. Draco eut un pincement au cœur en songeant que sa femme Hannah était la plus proche amie d'Eve...

— Bonjour, Kamel. Que puis-je pour toi ?

— Tu me déçois. Je ne te croyais pas aussi lâche, commença-t-il sans ménagement.

Draco accueillit la remarque de son ami avec un grand étonnement. Il ne s'attendait pas à ce ton de la part de Kamel.

— J'ai fait quelque chose qui t'a déplu ?

— A ma femme, ce qui est pire.

Ayant échangé tout au plus une douzaine de mots avec la princesse au mariage de son père et au gala, Draco ne comprit pas de quoi il s'agissait. Il demeura silencieux pour laisser Kamel poursuivre.

— Eve est la meilleure amie de Hannah, Draco. Elles sont même sœurs, maintenant ! Sous mon toit, ton nom est devenu tabou. Que s'est-il passé ? Eve est... Oh ! Cela ne me regarde pas, après tout.

Après Josie, Kamel venait à la charge. Malheureusement, il ne pouvait pas revenir en arrière. Eve avait mis un terme définitif à leurs relations. Même s'il essayait de la reconquérir, il n'y parviendrait pas. Ce qu'il avait fait était impardonnable.

Il était donc inutile de s'apitoyer sur son sort. D'ailleurs, il n'avait pas le temps de sentir le poids de la solitude. Il avait un emploi du temps chargé et une existence bien remplie.

— Tu m'appelles pour me parler d'Eve ?

— Oui… Non…

Une appréhension horrible étreignit le cœur de Draco.

— Il est arrivé quelque chose à Eve ?

— Non, pas à elle.

— Elle va bien ? Elle n'est pas malade ou…

— Il s'agit de sa mère, Sarah. On l'a admise en urgence à l'hôpital à cause d'une prééclampsie. Le pauvre Charlie est effondré.

Le terme médical ne disait rien à Draco.

— C'est grave ?

— Très. Les médecins ont décidé de provoquer un accouchement prématuré. C'est Eve qui nous l'a annoncé. Charlie n'arrivait même pas à nous expliquer la situation. Hannah est très inquiète — d'autant que son propre terme approche. Les médecins lui imposent le repos et elle ne peut lui rendre visite. Quant à moi, je souhaite rester auprès de Hannah. Ceci dit, cela la rassurerait si quelqu'un pouvait se rendre à l'hôpital, au moins pour soutenir Eve…

La mâchoire de Draco se crispa.

— Je suis la dernière personne qu'elle a envie de voir.

— Cesse de penser à toi.

La remarque lui fit l'effet d'une gifle. Mais Kamel avait raison de lui parler ainsi.

Cela faisait des semaines qu'il se lamentait sur son sort. Mais Eve avait peut-être besoin de lui en ce moment. Et *Dio*, même si elle ne voulait pas de lui dans sa vie, il serait idiot de ne pas au moins essayer de la faire changer d'avis. Mais, pour l'instant, il y avait d'autres priorités. Il devait alléger le fardeau qui pesait sur ses frêles épaules.

— J'y vais tout de suite, dit-il à Kamel en attrapant ses clés de voiture. C'est quel hôpital ?

Il battit des records de vitesse pour parcourir les soixante-quinze kilomètres qui le séparaient de la maternité, les mains crispées sur le volant. Toutes sortes d'images le torturaient. Il imaginait Eve rongée par l'angoisse.

Il aurait dû être à ses côtés. Au lieu de cela, elle était seule. *Seule*... Et il lui fallait en plus épauler un beau-père désemparé, incapable de faire face.

Eh bien, qu'elle le veuille ou non, il serait bientôt là, pour l'aider.

Il ne fallait pas non plus arriver comme un bulldozer. Pour une fois, il s'efforcerait de montrer un peu d'humilité. Il lui demanderait pardon. Ce serait à elle de décider.

L'orgueil et la peur du rejet l'avaient empêché de plaider sa cause. Kamel avait raison. Il était lâche.

Eve était la meilleure chose qui lui soit arrivée.

L'hôpital était un véritable labyrinthe de couloirs mais il finit par arriver dans le bon service. Le visage grave, une infirmière le dirigea vers une salle d'attente.

Si Sarah Latimer était dans un état grave, Eve aurait besoin de soutien. Mais voudrait-elle de lui ? Quelqu'un avait-il prévenu son frère ?

— Monsieur Morelli ?

Draco arrêta de faire les cent pas.

— Quelles sont les nouvelles ?

— Vous êtes de la famille ?

— Je suis le fiancé d'Eve Curtis, osa Draco.

Ces mots, évidents et lumineux, firent basculer son monde.

Le visage du médecin en blouse blanche s'éclaira et il lui tendit la main.

— Désolé, mais nous avons eu un incident. Un journaliste a voulu forcer la porte, tout à l'heure.

— Ce sont des vautours.

Le médecin hocha la tête.

— Malheureusement, les gardes du corps de M. Latimer ont réagi un peu vivement. Nous avons dû les exclure aussi. Je suis George Robinson, de l'équipe du professeur Stirling. Une infirmière va vous conduire au service de néonatologie. Mlle Curtis est avec son frère.

— Le bébé va bien ?

— C'est un garçon. Il est très petit, mais viable. Nous sommes plus inquiets pour la mère.

Draco dut se laver les mains avec un désinfectant spécial et revêtir une blouse stérile avant de pénétrer dans l'unité de soins où on gardait les prématurés en couveuse. Il écoutait distraitement l'infirmière qui lui parlait, sans arriver à se concentrer. Son cœur s'arrêta presque de battre quand il aperçut Eve, derrière la vitre. Elle se penchait avec une expression pleine de tendresse et de compassion au-dessus d'un bébé minuscule, relié à toutes sortes de tubes et d'appareils.

Elle entendit l'infirmière, mais ne se redressa pas, visiblement incapable de détacher le regard de ce petit être fragile qui ne pouvait pas respirer sans assistance.

— Il ne souffre pas, j'espère ?

En entendant sa voix, Eve se retourna et il la vit tressaillir. Il avait imaginé toutes sortes de réactions de sa part, et préparé l'unique réponse qui convenait, celle qu'il aurait dû choisir six semaines plus tôt — *il resterait avec elle*. Mais il n'avait pas du tout prévu ce qui se produisit, la force des sentiments qui se déchaînèrent en lui. Elle était si belle et si vulnérable… Il aurait donné n'importe quoi pour soulager sa peine.

Ou mieux encore, pour tout partager et vivre avec elle.

Un sourire tremblant éclaira le visage d'Eve et alluma une petite lueur dans ses yeux verts assombris par des cernes.

— Tu es venu ?

Draco avança d'un pas et elle se jeta dans ses bras pour enfouir le visage au creux de son épaule. Il la serra très fort contre lui alors qu'elle éclatait en sanglots.

L'infirmière s'éclipsa sur la pointe des pieds.

— Je suis désolée..., murmura Eve, un peu calmée. Tu m'as manqué.

Quand la main qui lui caressait les cheveux s'immobilisa, Eve prit brusquement conscience de l'aveu qui venait de franchir ses lèvres. Mais elle était trop épuisée pour s'en effrayer. Elle s'écarta un peu pour contempler Draco.

Elle le fixa intensément. Après le cauchemar des dernières heures, elle avait l'impression de rêver. Elle avait peur qu'il disparaisse si elle le quittait des yeux. Pourtant, ce n'était pas un mirage. Il était bien réel, son corps le lui disait... Son cœur s'était mis à battre sourdement tandis que chaque cellule de son corps semblait s'éveiller.

La présence physique de Draco envahissait tout l'espace et l'emplissait d'un doux sentiment de réconfort. Elle s'était sentie tellement seule, assaillie par d'horribles pensées et de mauvais pressentiments.

Instinctivement, elle posa une main sur son ventre. Mais ce n'était ni le lieu ni le moment d'annoncer la nouvelle, alors qu'à côté d'eux un autre petit être s'accrochait désespérément à l'existence.

La vie était si précieuse et fragile à la fois... Eve ne s'en était jamais autant rendu compte. Et comme elle admirait sa mère qui avait tenu bon pendant toutes ces années pour élever son enfant sans aucune aide.

Elle espérait pouvoir le lui dire.

Ses lèvres se mirent à trembler et ses yeux s'emplirent de larmes.

— Ma maman risque de mourir, Draco.

Les yeux emplis de tendresse, il effleura sa joue, puis il lui prit les mains pour les serrer dans les siennes.

— N'envisage pas le pire. Tu te tortures inutilement.

— Tu as raison, mais…

— Il faut te reposer un peu.

Elle le considéra un instant. Il avait les traits tirés, avec deux sillons creusés aux coins de la bouche.

— Toi aussi, tu es fatigué, murmura-t-elle.

— Hannah t'envoie ses amitiés.

Eve hocha la tête avec un sourire. C'était surtout de l'amour de Draco qu'elle avait besoin. Parfois, elle se réveillait au milieu de la nuit avec un grand manque, comme un trou noir dans la poitrine.

Eve dut se faire violence pour ne pas confier à Draco le secret qu'elle gardait depuis maintenant plusieurs semaines. Le moment était mal choisi. De plus, il était sans doute là uniquement parce que Hannah le lui avait demandé…

— As-tu vu Charlie ?

Jusqu'à l'hospitalisation de sa mère, Charles Latimer ne lui avait inspiré que du mépris. Mais les circonstances dramatiques lui avaient permis de le découvrir. Il aimait sincèrement sa mère, ce dont elle avait toujours douté. Les premiers mots qu'il avait dits au médecin l'avaient bouleversée.

« Ma femme… Sauvez-la, je vous en supplie. A n'importe quel prix. »

Il répétait cela inlassablement. En ce moment même, il était à son chevet.

Draco secoua la tête.

— Non.

— C'est très dur pour lui.

La peur rendait son beau-père très agressif. Il accusait les internes de négligence et menaçait de les poursuivre en justice si Sarah mourait.

— Toi aussi, tu m'as manqué.

Elle sursauta au son de la voix rauque de Draco. Si c'était vrai, pourquoi ne s'était-il pas manifesté ? Elle se mordit la lèvre et préféra changer de sujet.

— Hannah va bien ?

— Je ne lui ai pas parlé. C'est Kamel qui m'a appelé. Hannah est morte d'inquiétude et se désole de ne pas pouvoir être ici avec toi.

— Je ne sais pas pourquoi ils t'ont contacté. Tu n'étais pas obligé de venir.

Il lui lança un regard tendre et repoussa une mèche de cheveux derrière son oreille.

— C'est faux. Tu le sais aussi bien que moi...

Elle hésita un long moment, puis finit par s'écarter pour reprendre sa place à côté du berceau.

« Tu le sais aussi bien que moi... »

Que voulait dire Draco ? Non, elle ne savait rien et ne comprenait rien à ce qui se passait. Le manque de sommeil, le stress et l'inquiétude l'anéantissaient. Sans parler du secret qui pesait sur sa conscience... Elle ne pouvait pas se fier à son jugement pour interpréter les propos de Draco. Elle avait trop peur de s'illusionner.

Il se rapprocha.

— Comment va-t-il ? demanda-t-il à voix basse en regardant le bébé.

— C'est un battant, a dit l'équipe de soins.

— Depuis quand es-tu là ?

— Je n'en ai aucune idée.

— Tu es épuisée.

— L'état de Charlie est bien pire... Je me suis complètement trompée sur lui. Je croyais qu'il épousait ma mère uniquement parce qu'elle était enceinte, mais il l'aime très sincèrement. Je regrette tellement ! Si maman meurt, je ne pourrai même pas lui demander pardon.

Ses yeux lumineux s'emplirent de larmes.

— Ta maman bénéficie des meilleurs soins médicaux possibles, dit Draco en posant la main sur le dossier de sa chaise.

— J'ai très m-mal j-jugé maman à cause de sa liaison avec Charlie. Dans mon esprit, elle s'était fait piéger et ne pouvait pas rompre, au risque de perdre son emploi. Mais elle n'était pas avec lui par calcul ou par intérêt.

Elle secoua la tête.

— D'une certaine manière, cela me facilitait les choses et m'aidait à accepter leur relation. Mais nous n'en avons jamais parlé et je ne lui ai jamais rien demandé. Elle savait que je savais et réciproquement...

Sur l'une des machines, un signal retentit à ce moment-là et une infirmière apparut aussitôt. Elle appuya sur un bouton et le bruit cessa.

— Est-ce que... ?

— Ce n'est rien. Tout va bien. Je suis Alison. Je viens de prendre mon service. Si vous voulez vous reposer un peu, faites-moi signe. Je peux vous relayer auprès de... Vous avez choisi le prénom ?

Eve secoua la tête.

— Appelez-moi quand vous voudrez prendre un café avec votre mari, je viendrai veiller sur votre enfant.

Eve n'osa pas la corriger. *Leur enfant...*

Serait-elle prête, le moment venu ? Probablement pas.

Et Draco encore moins...

Maintes fois, elle avait tenté d'imaginer ses réactions, jusqu'aux pires accès de colère. Elle avait préparé ses réponses, calmes, compréhensives. Elle ne se laisserait pas déstabiliser. Elle allait être mère et devait se montrer adulte.

14

Eve soupira en se remémorant les dernières semaines qu'elle venait de traverser. Lorsqu'elle avait découvert qu'elle était enceinte, elle s'était résolue à en parler à Draco.

Mais elle avait eu beaucoup de mal à s'y résoudre. Et s'il se comportait comme un goujat ? S'il lui demandait de mettre un terme à sa grossesse ? Eve se couchait tous les soirs en se promettant d'appeler Draco le lendemain. Et tous les matins elle se réveillait avec une excuse pour reporter la corvée à un autre jour... La seule fois où elle avait décroché le téléphone, elle était tombée sur la messagerie. Déterminée à ne pas flancher après être allée si loin, elle l'avait appelé au bureau pour s'entendre dire par une horrible pimbêche que M. Morelli était absent. Eve avait ravalé sa colère. Il n'avait pas envie de lui parler, voilà tout. Mais elle avait manqué de courage pour se rendre sur place et exiger une confrontation.

Il fallait bien qu'elle lui annonce cette nouvelle à présent.

— J'aurais dû détromper l'infirmière qui nous a pris pour les parents, dit-elle.

Draco, blanc comme un linge, semblait pris de vertige en regardant le nourrisson dans la couveuse.

Comment réagirait-il si c'était leur bébé qui était là ?

— Je regrette de ne pas lui avoir expliqué...

Il lui serra la main, et murmura avec fermeté :

— Eve, arrête de t'excuser et d'imaginer que tout est toujours ta faute !

— Je ne peux pas m'empêcher d'avoir peur et de penser à maman. J'ai toujours vécu au jour le jour, sans vraiment prendre de recul.

— Parent ou enfant, c'est un peu pareil, observa Draco. Je vis la même chose avec Josie depuis quatorze ans.

Eve leva les yeux vers lui et sa poitrine se gonfla d'amour, comme chaque fois qu'elle le regardait.

— Tu es un bon père.

Il saurait s'occuper de leur bébé. Dans ses moments de calme, Eve n'en doutait pas. Peut-être, au départ, se mettrait-il en colère… Puis il s'habituerait à l'idée, même si cela prenait un peu de temps. Il s'acquitterait de ses devoirs. Mais était-ce tout ce qu'elle espérait de lui ?

— Honnêtement, je croyais que maman quitterait Charlie si elle en avait les moyens matériels. Cela me semblait très simple. Je voyais les choses en noir et blanc. C'était très puéril, reprit-elle.

— Non, tu réagissais comme une fille qui aime beaucoup sa mère. Pourquoi es-tu si dure avec toi-même ? Tu ne devrais pas culpabiliser. Tu n'es pas responsable de ce qui s'est passé.

Eve secoua la tête en soupirant.

— Ne me cherche pas d'excuses. Je suis abominable.

Draco la regardait avec des yeux rieurs, comme s'il était sur le point d'éclater de rire.

— Pourquoi me regardes-tu ainsi ?

— Parce que tu es bien loin d'être abominable. Et même si tu l'étais, je…

Il s'interrompit brusquement. Ce n'était pas le moment pour une déclaration d'amour.

— Tu me connais mal…, reprit-elle. Si tu savais le nombre de fois où je me suis inventé des excuses pour ne pas aller la voir…

Et quand elle m'a annoncé sa grossesse, je n'ai même pas pu faire semblant d'être contente.

— Mais aujourd'hui tu es là pour elle, et pour Charlie et le bébé.

— Oui.

— Et comme l'épreuve risque de durer un certain temps, pourquoi ne pas suivre le conseil de l'infirmière et te reposer un peu ?

— J'en suis incapable.

— Alors je vais être dans l'obligation de sévir. De toute façon, tu ne peux rien faire.

Eve esquissa un sourire triste.

— Il est si petit... Charlie n'a même pas pu le regarder. S'il arrive quelque chose à maman, ce sera terrible.

— Arrête d'imaginer le pire, Eve.

— Je ne peux pas m'en empêcher.

— Si le pire devait se produire, tu seras là pour le bébé. Et Charlie s'en occupera aussi. Comment pourrait-il ne pas aimer son fils ?

— Mon père ne m'a pas aimée, confia-t-elle avec lassitude. Il voulait que maman avorte. J'ai découvert une lettre de lui, que j'ai remise en place sans rien dire. A l'époque où maman est tombée enceinte, elle était étudiante et avait trouvé un job d'été dans la propriété de Charlford. Il l'a traitée comme une moins-que-rien... Quant à moi, j'étais un fardeau inutile dont il fallait se débarrasser.

Draco se pencha vers elle et lui prit les mains. Ses yeux exprimaient de la douceur et de la compréhension. Eve crut y déceler également de la dureté. Draco condamnait silencieusement son père.

— Un père comme lui ne t'aurait rien apporté, de toute façon.

— Mark m'a dit exactement la même chose.

Tout à coup, le souvenir de leur dernière rencontre s'interposa, alourdissant l'atmosphère.

— Ton frère est un homme sensé, reconnut Draco. Il n'a pas eu trop de mal à se remettre, après... ?

— Non, cela ne l'a pas affecté.

— Tant mieux. Je t'ai aussi dit des choses très blessantes, ce soir-là.

Il choisit de résumer la situation au plus court.

— J'étais jaloux.

Curieusement, il était plus facile de l'avouer à Eve qu'à lui-même.

— Quand Mark m'a dit cela, je l'ai traité d'idiot.

— C'est un sentiment que je n'avais jamais éprouvé avant toi.

Eve avait du mal à croire à ces paroles. Cet aveu trahissait des sentiments qu'elle ne parvenait pas encore à bien interpréter. Son cœur se mit à battre la chamade. Pouvait-elle espérer quelque chose de Draco Morelli ?

— J'aimerais être sûr de ne jamais recommencer, mais si je te voyais de nouveau embrasser un autre homme… j'aurais certainement la même réaction. Je… Je ne peux pas continuer à parler ici.

Elle se leva lentement. Le chaos régnait dans son esprit. Tout se mélangeait, la confusion, le choc, l'excitation… Les jambes en coton, elle se leva pour le suivre. Mais un regard sur le berceau du nourrisson la retint. Déchirée entre le désir et le devoir, elle hésita.

— J'aurais l'impression de déserter, si je partais…

— Je comprends. Moi j'ai besoin d'une pause. Je peux te rapporter quelque chose, un thé ?

Elle secoua la tête et le regarda partir. Il lui sembla que sa démarche avait perdu de sa souplesse, de son arrogance. Quelque chose en lui était plus humble…

La porte s'était à peine refermée que la jeune infirmière réapparut.

— Allez donc tenir compagnie à votre mari. C'est souvent beaucoup plus dur pour les hommes que pour nous. Ils ne savent pas parler de leurs émotions. Je reste ici, je veille sur votre bébé.

Eve remercia l'infirmière sans la détromper. Puis sortit de la salle : après toutes ces émotions, elle aussi avait besoin d'une pause.

Elle bataillait encore pour enlever sa blouse quand elle rencontra

Draco dans le couloir, devant la salle d'attente. Il semblait l'attendre et, lorsqu'il la vit, il lui sembla que son visage s'éclairait.

Comment avait-elle pu se résoudre à ne plus le voir, à ne plus entendre le son de sa voix ?

Elle en tremblait.

Elle inspira profondément. Le moment était venu. Les mots se bousculaient dans sa tête mais elle plongea dans l'inconnu la tête la première avant de changer d'avis.

— Le jour où tu es parti, j'ai eu l'impression de perdre une part de moi-même.

Elle leva la main pour la presser sur son cœur, tirant sans s'en rendre compte sur sa ceinture.

— Oh ! Je n'arrive pas à me débarrasser de cette blouse.

— Ne bouge pas. Je vais t'aider.

Les mains de Draco s'affairant sur sa blouse la mettaient au supplice. Comme elle aurait aimé qu'il la déshabille, encore une fois ! Elle baissa la tête pour masquer son trouble. Quand elle releva les yeux, il avait l'air surpris, les yeux fixés sur…

Elle suivit son regard.

— J'ai juste eu le temps d'enfiler des bottes sur mon pyjama et d'attraper mon manteau…, expliqua-t-elle.

— Non, non, ce n'est pas cela…

Eve comprit. Elle portait un top à fines bretelles qui moulait son buste… Draco était fasciné par la rondeur inhabituelle de ses seins ! Allait-il se douter de quelque chose ?

Le sondant du regard, elle chercha à déchiffrer son expression. Vainement. Il avait repris un air impénétrable.

Son silence rassura Eve. S'il ne posait aucune question, c'est qu'il ne l'avait pas démasquée. Inconsciemment, elle porta la main à son ventre. Lorsque l'obstétricien l'avait examinée au premier rendez-vous prénatal, il avait émis des doutes sur la date de conception. Une échographie, la semaine suivante, préciserait les choses. Ils s'étaient toujours protégés... sauf ce petit incident, un soir.

Naïvement, elle ne s'en était pas inquiétée.

— Allons dehors, proposa Draco. J'aimerais te parler... Cela ne prendra pas beaucoup de temps.

Sur des charbons ardents, Eve le suivit sans trop savoir à quoi s'attendre. Elle avait l'impression de chercher son chemin dans un dédale compliqué, autant à l'hôpital qu'à l'intérieur d'elle-même. Heureusement, Draco la conduisit sans hésitation dans une petite cour avec des bancs et des jardinières. A cette heure de la nuit, l'endroit était désert.

L'air frais lui fit du bien. Dans les étages, de nombreuses fenêtres étaient toujours éclairées.

— Je me demande comment font les gens qui travaillent ici pour supporter... tous ces malheurs.

Elle avait commencé à lire un article sur les prématurés sans arriver jusqu'au bout. Elle avait oublié le pourcentage de décès, mais le chiffre l'avait effrayée.

— Ils ont des techniques pour faire face. On leur apprend à avoir du recul... Heureusement, il y a aussi des guérisons et de bons moments.

Soudain, Eve se sentit incapable de poursuivre cette conversation. Il ne servait à rien de continuer à retarder le moment fatidique. Elle devait le lui annoncer.

— Draco, j'attends un bébé, déclara Eve tout à trac.

— A quand cela remonte ? lui demanda-t-il sans rien laisser transparaître de ce qu'il ressentait.

— Environ six semaines.

Draco mit quelques minutes à réaliser. D'abord il n'éprouva rien. Puis chaque seconde fit exploser en lui une nouvelle étincelle de bonheur. *Un bébé*... Il se sentit soudain immensément reconnaissant : était-il possible que la vie lui fasse un tel cadeau ?

Une douce sensation de chaleur l'envahit en imaginant Eve donnant le sein à leur bébé. La gorge nouée, ému à en pleurer, il ferma les yeux un instant — tentant de rassembler ses esprits. Eve, la voix hésitante, continuait de parler...

— J'ai téléphoné un jour à ton bureau pour m'entendre dire que tu étais en voyage...

Draco, les yeux toujours clos, parvint à murmurer :

— On ne m'en a jamais fait part.

Eve était certainement tombée sur la jeune remplaçante qui n'en faisait qu'à sa tête et ne leur avait créé que des ennuis...

— Quand était-ce ? demanda-t-il.

— Le mardi 6 avril.

— J'étais à Londres. C'est la date anniversaire de la mort de mon père. Nous avons toujours une réunion de famille ce jour-là.

— Oh.

— La naissance est pour quand ? demanda Draco, en essayant de maîtriser les tremblements de sa voix.

— Noël. Je me sens déjà énorme !

Draco la regarda. Il comprenait mieux maintenant d'où lui venaient ces nouvelles rondeurs : au niveau des seins, de son ventre peut-être très légèrement. Comment n'avait-il pas deviné ? Eve avait ce teint radieux, cet air de plénitude que l'on ne voyait que chez les femmes enceintes.

— Tu es très belle. Tu seras une mère parfaite.

Il lui saisit les mains, et enfouit son visage dedans — respirant l'odeur de ses poignets graciles.

Eve était magnifique. Il l'imagina s'arrondir, de mois en mois... Loin d'en être altéré, son désir pour elle s'intensifia. Il releva la tête et contempla Eve. Il fut alors convaincu qu'il ne se lasserait jamais de cette femme.

Eve lui jeta un regard perplexe. Il devait être livide. Il ne sentait plus ses jambes.

— Tu veux t'asseoir ?

Il acquiesça en la prenant contre lui tout en s'asseyant.

— Je préférerais m'allonger...

Il sentit Eve frissonner... mais elle continuait de le regarder d'un air inquiet.

— Tu es sous le choc, Draco.

— Non, je suis amoureux. J'ai cru que je t'avais perdue pour toujours, confia-t-il d'une voix émue, méconnaissable. Mon sang n'a fait qu'un tour quand je t'ai vue avec Mark. J'aurais pu le tuer ! Pourquoi menons-nous des vies séparées, en faisant semblant d'être indépendants ? Je ne peux pas continuer ainsi. J'ai besoin de toi, Eve.

Eve le fixa, visiblement bouleversée.

— Tu n'es pas obligé de dire cela, chuchota-t-elle.

— Si, protesta-t-il avec un sourire qui la bouleversa.

Il noua ses mains derrière sa nuque, avant de l'embrasser avec une tendresse et une délicatesse infinies.

Eve pleurait de joie.

— Dis-le-moi, murmura-t-elle, n'osant trop y croire encore.

— Je t'aime, Eve. Acceptes-tu de me donner une deuxième chance ?

— Idiot ! lança-t-elle en posant la main sur sa joue. Oh ! Draco, j'ai été si malheureuse sans toi. Je t'aime tant...

Il poussa un grognement indistinct en l'attirant sur ses genoux pour l'embrasser de nouveau, cette fois-ci passionnément.

Lorsqu'il s'écarta, son expression de tristesse le déconcerta.

— Qu'y a-t-il ?

— J'ai un peu honte d'un si grand bonheur en ce moment.

— Ta mère souhaiterait te voir heureuse, non ?

Elle hocha la tête.

— Alors, fais-lui plaisir. Nous fêterons cela plus tard. L'important est d'être ensemble. Quoi qu'il advienne, je serai toujours là pour toi, Eve. Tu le sais ?

Les yeux d'Eve brillaient d'une joie ineffable qui le remplit d'une félicité insoupçonnée.

— Oui, répondit-elle avec une conviction inébranlable.

Ils échangèrent un nouveau baiser, avant de retourner à l'intérieur, ensemble.

Épilogue

— Il neige ! Il neig !

Josie courut jusqu'au salon. Son père était en train de placer au sommet du sapin l'ange argenté qu'elle avait confectionné quand elle avait six ans. Il avait perdu une aile mais cela ne l'empêchait pas d'avoir la place d'honneur.

Eve, aussi excitée que sa belle-fille, bondit sur ses pieds.

— Un Noël blanc ! Que souhaiter de mieux ?

Elle poussa un soupir de contentement.

— Une sieste ? proposa Draco, pragmatique.

— Nous avons tout de même dormi trois heures la nuit dernière, répliqua-t-elle.

Depuis son accouchement, deux semaines plus tôt, ils tentaient de composer avec le manque de sommeil.

La première échographie avait révélé l'existence de jumeaux. La vue de deux petits cœurs qui battaient avait ému Eve aux larmes. Draco avait mis quelque temps à assimiler l'information. Puis il avait acheté une grande maison à la campagne.

— Sur un coup de tête, avait-il admis. J'allais chez Gabby et en voyant cet endroit magnifique, je me suis tout de suite imaginé là avec notre famille. Mais si tu n'es pas d'accord…

Eve avait tout de suite adoré l'immense manoir victorien, à une dizaine de kilomètres de la maison qu'occupait la sœur de Draco. Josie était évidemment ravie d'être aussi près de sa cousine.

Pendant sa grossesse, Eve s'était liée d'amitié avec sa belle-sœur. Et depuis la naissance de ses vigoureux jumeaux, Gabby lui offrait une aide précieuse. Ainsi que Josie. Il n'était plus question pour elle d'aller vivre chez sa mère. Clare avait abandonné l'idée et se passionnait maintenant pour la défense des animaux.

Quelle différence avec l'année précédente ! songea Eve. Elle avait alors passé le réveillon à travailler dans un bureau désert.

— Si la neige tient, maman et Charlie ne pourront peut-être pas venir ?

— Mais si, ne t'inquiète pas, murmura Draco en s'approchant.

Ils seraient nombreux demain autour de la table, même si Veronica avait choisi de passer le réveillon chez Gabby. Ce serait leur tour l'année prochaine, avait-elle promis. De toute façon, ils se retrouveraient tous à midi le jour de Noël. Joe, le deuxième demi-frère d'Eve, serait de la fête. Après des débuts difficiles, c'était maintenant un bébé robuste, sans problème particulier. Quant à Sarah, après avoir passé quatre jours en soins intensifs, elle avait surmonté victorieusement ses ennuis de santé. Elle était même rentrée à la maison une semaine avant Joe.

Draco vint se placer derrière elle, les mains sur ses épaules. Elle s'appuya contre lui, profitant de la chaleur sécurisante de sa présence.

— Notre premier Noël ensemble… Dommage que Hannah ne soit pas avec nous.

— Ils viendront pour le nouvel an.

— J'ai hâte de voir leur bébé.

Hannah avait donné naissance à une petite Cordelia, dont Eve serait la marraine.

— Tout est si paisible, murmura-t-elle en contemplant les flocons de neige qui voltigeaient.

Comme pour la contredire, des cris s'élevèrent depuis l'écoute-bébé posé dans un coin de la pièce.

— J'aurais mieux fait de me taire ! gémit-elle.

— Davide ou Dario ? demanda Draco.

Leurs deux fils avaient déjà des personnalités bien distinctes, mais il ne différenciait pas encore leurs voix.

Eve tendit l'oreille.

— Davide.

Elle se leva, mais Draco la rattrapa par le bras.

— Non, reste assise. J'y vais avec Josie.

Cette dernière bondit pour le suivre.

Arrivés sur le seuil, Draco retourna en arrière pour effleurer ses lèvres d'un baiser.

— T'ai-je dit combien je t'aimais, aujourd'hui ?

— Une ou deux fois, murmura-t-elle en souriant. Mais je ne m'en lasse pas.

Revenant dans la pièce pour chercher son père, Josie leva les yeux au ciel.

— Encore ! Vous êtes incorrigibles !